U0559602

李燕　著

为人处师

—— 一种个体成长教育随笔

上海文化出版社

谨以此书献给

过去、现在和将来，我有限人生路上无处不在的老师们，

以及那些在意学生的老师们。

序一　立德树人的正向反馈与成果

在担任山东理工大学党委副书记期间，我曾和党委宣传部的同志因公去北京出差。因工作需要，便和媒体宣传领域在京的校友进行了交流，由此结识了李燕校友。我们相聚在中关村，在轻松愉快的氛围中，感受到在京校友们蓬勃向上的发展力量。

李燕校友2008年从我校法学院社会学系社会工作专业本科毕业，因家乡四川发生汶川地震牵动包括他在内有志青年的心，加上对教育与文化的兴趣，于是他返回四川乐山，在他的高中母校——乐山市更生学校工作了三年。2011年，在完整地带完一届高中文科班后，他随即南下广州，再到北京，至今一直在媒体圈打拼。

这位1986年出生的青年校友，在山东理工大学就读期间，就展现出深厚的文字功底和强烈的媒体意识。他担任过我校学生工作部主管的"青春在线"网站第七届站长，校报社下属的大学生记者协会第二届主席，校团委主办的《理工青年》报创刊编委、副主编和教育部"中国大学生在线"山东理工大学发展协会的首任会长，组织协调能力出众，深得老师们赏识，并曾获得国家励志奖学金和山东理工大学社会工作单项奖学金。

参加工作后，李燕校友心系母校。2016年，他联络马智、伏彦、刘杰、王成、徐栋祖、王嘉、宁文洁、时艳涛等校友，共同发起与出资设立了"青春在线创新创业奖学金"，用于奖励在创新成果、创业项目特别是在互联网创新创业上有突出表现的在校学生或团体。这是我校第一个创新创业奖学金，也是第一个利用互联网众筹概念运营和管理的奖学金。奖学金的设立激发了不少在校学生创新创业的意愿和行动。

李燕校友也受聘担任山东理工大学创业导师，和很多创业校友保持了交流与互动，提供互联网、媒体等方面的帮助。在 2020 年初突如其来的疫情面前，他还与鲍建国、王旭等校友一起多方筹集，向我校捐赠口罩一万只，以表达对母校师生健康的关切。

在山东理工大学建校六十周年的校友文集中，李燕校友还撰写了《教我如何不爱您》的长文，深情回忆了在校学习成长的点滴，并且分享了与师长们交流交往的感人经历和感悟内容。他尊师重教、重情重义的优秀品格，充分体现了山东理工大学"厚德、博学、笃行、至善"的校训精神。

李燕校友也一直活跃在我校的校友工作中，担任山东理工大学北京青年校友会秘书处负责人，多次组织"青春在线"网站站友暑期聚会，邀请毕业、在校的站友和领导老师们，一起参观考察国内知名互联网公司，开展广泛深入的交流研讨活动。

立德树人是学校的根本任务。今年是山东理工大学建校六十七周年。学校正向建成特色鲜明、优势学科专业国内一流、国际上有一定影响的高水平教学研究型大学的奋斗目标阔步前进。李燕校友的教育故事随笔集《为人处师》即将出版，书中呈现了相当篇幅的山东理工大学师生故事和校园生活的精彩片段，是我校师生团结奋进精神面貌的生动反映，思想性、趣味性都非常强。这部书可以说是李燕校友回馈母校立德树人成效的最好礼物，对于积淀、传承、弘扬学校校本文化具有重要作用。

写下上面这些话，表达对李燕校友《为人处师》一书出版的祝贺与祝福。

胡兴禹

（教授，山东理工大学党委书记、校友总会会长）

2023 年 5 月 26 日

序二　我有些庆幸

我 1976 年当知青时开始从教，至今近五十年，1993 年当校长，至今三十年，但一直诚惶诚恐，内心十分害怕。

我怕我的学生一出校门就再也不想学习，就报复式地放任自己，用休闲娱乐主导了日子和生命。我怕他们没有主动学习的意趣、能力和习惯，进了大学也仍然只是机械呆板地背书和刷题，被动地应付考试，很难在以后的学习工作中体现个性和萌生创意。我怕他们一回忆起中小学的生活学习就是恐惧和厌恨，不是学校和老师时间上的拼命压榨，就是领导和老师板着面孔的训斥，和为了名誉、利益变着花样的刻意追逐索取。

我害怕他们心里面满是排斥和鄙视，表面上又装作恭敬顺从甚至感恩，以致人格分裂，逐渐被固化成一种变态的心理定式，并以此去认知和处置人际生活和未来境遇。

所幸我的学生如李燕。他高中毕业以后没有厌恶憎恨学习，而是一直都还非常热爱学习，自觉地在各领域广泛涉猎。他进入大学后没有因（入学）成绩靠后就应付学习、沉沦消遣，而是积极主动求索新知、不断拓展进取，不但成绩跃升前列，还成为学生精英去推动学校建设。他跨入社会后也没思维受限手足禁锢、消极被动地应对工作生活，而是活跃在各行业的多种层面，不断发挥潜能素养，特立独行地思考探索创新，不仅造就了自己，同时造福于社会。

经历了近二十年的生活颠簸磨练和努力打拼后，李燕他对人的纯善，他对生命的激情，他对社会生活和类群的责任感，他挚诚的感恩之情和对学校对教育的热爱，仍激荡于心。

我确实感到了一些欣慰，因为李燕正是我们更生众多子弟中的一个代表、一个缩影。在他们身上，我体悟到我们多年的本心执着、不太合节拍的、孤傲的、艰难任性的求索，还真是值得的。这也更强化了我们要坚守那一份非凡的师爱的信念。

　　我不敢写序，也不知道怎样写序，就以这几段话和2020年教师节在校会上的一段致辞，勉强交差给李燕这本《为人处师》吧——

　　教师节说教师，我不由地想到了爱，陶醉于品味师爱，品味这种宇宙间最独特最广泛最丰富的爱。

　　教师的爱是浩然壮阔的爱，她是对人类文明认同、赞美、传承的大爱。

　　教师的爱是自然纯净的爱，她是源自种群繁衍中对后代舐犊护幼情的天然之爱。

　　教师的爱是明慧理智的爱，她是超越血亲姻缘、排斥骄纵宠溺的理性之爱。

　　教师的爱是超然圣洁的爱，她是传递世间真、善、美、公、正能量的神圣之爱。

　　教师的爱是深远持恒的爱，她是人类寄望后代、奠基明天、开拓往后的未来之爱。

　　教师就基于这份与众不同的爱，铸就了自己独特的品格、崇高的尊严、不朽的价值和华美的风采。

陈年

（青少年教育家、乐山市更生学校创始校长＆校友总会荣誉会长、四川省社会力量办学先进个人）

2023年5月28日

目录

第一章

什么是老师？回首又见 TA

本章回忆校园里、人生路上与老师们的点点滴滴，通过一个个真实温暖的故事，深入、形象地诠释"什么是老师"，并分享其给自己成长、成熟带来的种种感悟与启发。章节里写到的很多老师，已经离世。

已到山花烂漫时，她在丛中笑

"7加6等于好多？"

周子华校长喝了一口茶，抱着1991年在中国西部乡镇上很少见的玻璃杯坐到了藤椅上，跷上二郎腿，用右手往嘴里送了一口纸烟，突然抛出这个问题。

整个办公室空气都要凝固了，大家看着谢键霖和我，谢键霖扳动手指很快回答13，他父亲谢昭刚很满意地在旁边点头微笑。我当时的真实想法是，不知道他的答案对不对，又觉得马上跟着他说13好像有点跟屁虫和作弊的感觉……就那么几秒钟，本来一进校长办公室就紧张的我更忐忑了。

父亲和小姑父脸上挂笑的神情里也掺杂了一丝窘迫，我努力回想幼儿园班主任毕别蓉老师教的手指数数法，也开始站在那里动手指，数完7这个数字，再数6，结果数到6里的3发现手指头不够用了。似乎世界末日都到了，我吓得不敢看任何人，低着头，恨不得马上找个地洞钻进去。也不知怎么的，这时候我看到了自己泡沫凉鞋里的脚趾头，才赶紧从6里的3数到4、5、6，然后心里又默念检查了一遍，发现果然是13个指头，这才涨红了脸说出答案。

声音小得我自己都听不见，周子华校长却哈哈大笑说："这就对了，不要怕，怕啥子！"只读了一年幼儿园的我当然害怕，因为这是跳级直接上小学一年级的校长面试。就这样，才五岁多的我侥幸跟着谢键霖一起，在1991年秋天进入了四川省乐山市犍为县新盛乡中心小学一年级学习。

心目中最时尚的班主任，印象永远定格在那一头简约的短发

我们一年级就一个班，班主任是刘胜勤老师。直到刘老师去世，我才从她爱人谢智荣老师那里知道，那时已经是刘胜勤老师参加工作的第九个年头了。而1982年12月她刚参加工作的时候，才满十六岁，在罗城镇青狮中心小学顶替别人代课，从此开始了自己三十七个年头的教师生涯。

至到现在，我也认为刘胜勤老师是我遇到的班主任里最时尚的那位。我印象中，刘老师仿佛永远是一头简约的短发，在20世纪90年代初，在新盛这样一个四川的偏远乡镇，大大超越了扎两个辫子、一个马尾辫或者一个月牙发卡的披肩发型。那时，除了乡政府有几个女干部比较时髦，就数学校的女老师们既时尚又显得有气质素养了。

刘胜勤老师当我们一年级班主任的时候，是她从青狮中心小学调到新盛中心小学工作的第二年。那时她才二十五岁，已经和谢智荣老师有了一个圆圆脸、笑起来特别可爱的女儿牛牛。接下来的四年相处中，我记得她上班上课穿过喇叭牛仔裤、麻纱裤、很淑女的裙子，还有冬天大红大白带着花纹的毛衣……而一直不变的还是她那头短发，让刘老师显得有超脱当时环境的气质和干练。

语文课代表是我人生第一个职务，命运总是留下它的线索

整个小学一年级我过得浑浑噩噩的，那时杨洪同学已经展现出不怯场的主持人才能，谢键霖也以反应敏捷的聪明被老师欣赏。我除了喜欢听刘胜勤老师温声细语的语文课，还被数学老师秦超在课堂上讲的黄继光、邱少云那些故事迷住了。有一次秦超老师守着我们上自习，

有同学起哄提议他给我们讲个故事，秦老师半推半就地讲起来，我们听得入神，等讲完了才发现刘胜勤老师也站在教室后门听。秦老师调侃说："你们刘老师来了，等她上语文课再给你们讲啦。"刘老师也回应说："我看你们秦老师要把语文和数学课都拿去上了，我以后就轻松啦。"两个老师在那里打趣地笑，我们也跟着满堂大笑起来。

其实我是很喜欢听故事的，还能把听到的讲给别的小伙伴听，这是后来才明白的复述能力。慢慢地，我的看图说话和写作能力突飞猛进，随着理解能力和记忆能力的明显提高，我对语文课越来越感兴趣。到了选班干部的时候，刘胜勤老师在班会课上问，谁愿意当语文课代表呀？我把手举得高高的，如愿当选了仅比小组长职务高一点点的语文课代表，帮着刘老师收作业，要朗读或者背诵课文的时候第一个跑进办公室去表现自己。

就这样，从第一次的简短故事到后面每一学期的作文多次被刘胜勤老师选出来在班上宣读，我越来越有荣誉感，对语文课和写作也越来越有兴趣与信心。小学三年级的下学期，我期末考试的语文成绩名列罗城学区的第二名。刘老师把区上奖励的二十元现金发到我手里的时候，她很高兴我也很开心。而这以后，我小学高年级、初中、高中语文成绩都很好，获得乐山市首届创新作文大赛高中组一等奖、四川省报纸副刊杂文一等奖、第二届中国博客大赛第三名（教育类）、担任乐山市更生学校"火凤凰"文学社社长、山东理工大学蒲公英文学社东校区分社长、大学生记者协会主席……到现在数十篇文章发布在市、省和国家级媒体，工作后出任香港成报网总编、创业做互联网科技媒体……命运总是留下它的线索，我人生的第一个职务是在小学的时候，做刘胜勤老师的语文课代表，到现在生活事业都离不开以语文为基础的笔杆子。

每一次开学交学费都是煎熬，至今记得那句"鲤鱼跳龙门"

小学二年级到大学四年级，我的每一个求学阶段都跟奖（学）金有关系。但说实话，大学获得五千元的国家励志奖学金，还是没有小学凭借期末考试的成绩拿到十元二十元几十元不等奖金的记忆深刻。当然，2000年以后和1997年前的物价没法比。从我小学二三年级开始，家庭经济情况每况愈下。小学三年级下学期我获得班级语文、数学单科第一、总分第一和语文成绩全学区第二，拿到总计五十五元的学校奖金。我马上跑到乡里供销社，给自己买了文具盒、钢笔、墨水、直尺、圆规等一大堆东西之后，居然还剩二十多元钱。我又给家里买了五斤肉。我记得特别清楚，两斤瘦肉拿回去炒青海椒，三斤泡泡肉用来熬猪油和油渣，因为1993年的6月，我在家里已经连续两个月没有吃过荤菜了。

新盛乡不过是农业大县犍为县一个普通的乡镇，各项自然资源匮乏，土地贫瘠，在20世纪90年代交通闭塞，民众整体文化水平也有待提高。我们家也因为种种原因成为这其中很贫寒的一户人家。对我来说，吃不到荤或者饥一餐饱一顿顶多对身体发育和营养健康有一些影响，更煎熬的是每一次开学交学费。别人都是拿着寒暑假作业和足额学费交到刘胜勤老师手中，然后开心轻松地回家了。而我只能默默地站在旁边，等刘老师忙完叫我，才低着头走过去。她当然知道我又没带学费，等人少的时候会对我说，作业先放下，学费也先欠着，明天来上课。

开学后发教材和作业本，刘老师把全班同学的发完了，我的课桌上什么都没有。但她总是在最后时刻偷偷把我叫到办公室，拿出一套教材和作业本，让我不要声张、好好用功学习。我深深地对她鞠一躬，然后怀着喜悦和发奋的复杂心情跑回教室。

虽然成绩一直在班级数一数二，但我捣蛋起来也非常让人讨厌。

也是小学三年级的时候，一次在数学课上和同桌女生讲话之后我又与后面一桌的余小平拉拉扯扯。秦超老师去乡政府工作后接着教我们的朱老师实在忍不住发火了，甩我粉笔头，让我到教室后面站着，下课后又把我叫到办公室。朱老师也是女神级的老师，用现在的话形容是长长的马尾辫、大长腿，数学课也教得好。她问我上课为啥子不好好听讲，我说都预习了，你讲的题都会做，一副很傲娇的样子。

这时刘胜勤老师在别的班上完课回来，看到我站在那里，问咋回事。朱老师当着刘老师的面陈述我的"罪状"。刘老师一句话就把我打回原形，她说："你不知道吧，他作文里还写自己以后要当数学家呢，就这种德性，我看是吹牛！"朱老师也附和说："哈哈，这么笑人哇，我看也是的。"两位老师一唱一和，我觉得羞愧难当，竟然"哇哇"大哭起来，眼睛都哭模糊了。等我哭够了，刘老师把我叫到她身旁说，"你看你家里条件不好，不要那么调皮，要好好学习，要争气，争取鲤鱼跳龙门，脱了这身农皮！"我一边点头，一边记住了她的那句"鲤鱼跳龙门"。

林花谢了春红匆匆太匆匆，如今她在丛中笑

到了小学四年级，朱老师脱离教职出去闯荡，学校教导主任周贤彬短暂地教过我们一学期数学。然后是我初三上学期的班主任周文学老师的妻子——王世轩老师接着教我们数学，直到六年级小学毕业。五年级的时候，王世轩老师还接替刘胜勤老师成为我们的班主任，语文老师也变成了周贤彬老师的爱人罗霞老师。

刘老师之所以没能继续当我们的班主任和语文老师，很大程度上是因为身体吃不消。她那时好像有了胃病，曾经在课堂上痛得扶着讲

台甚至差点晕倒，吓我们一大跳。后来班上几个同学一起去学校和旁边初中之间的一楼宿舍看望她，我也在徘徊了很久后鼓起勇气走到门口问刘胜勤老师好点没。她一边招手让我进去，一边从床上起来，去做了两个荷包蛋，撒了一些白糖，让我吃。回想起来，她病了，却照顾我吃东西，令人不禁唏嘘。

随着初中、高中、大学、工作的节奏……我也从新盛乡到了罗城镇，又到了乐山市城区再出川到了山东淄博求学，工作后走遍了中国绝大多数地方和世界部分国家。有一次在美国旧金山出差，夜幕降临万家灯火的时候，我端着一杯白葡萄酒站在费尔蒙酒店高层房间的落地玻璃窗前，不远处的金门大桥尽收眼底，海湾里还有轮船在鸣笛……不知怎么的，我想到自己从中国西部一个偏远乡村走向了世界，此生已经超越了家里的历代人。

而这一切的起点，恐怕还真是应该回到小学的启蒙阶段。有了像刘胜勤这样的乡村教师对我们的教导和帮助，加上我们自身的努力，才有了我们的今天。小学班级不到四十人，我知道最后读了大学的有谢芳、谢泽彬、余小平、谢雅萍、姚春梅、杨洪、李敏、余雪梅和我等，还有余霞、王小军、周富军、谢键霖、张波、谢军、谢德、谢兵、陈佳、李燕（女）、谢润梅、周俊波、彭俊梅、王琪琳、李思贵、周群芳、黄晓燕、余晓梅、姚强、万铁梅、雷波、李春秋、黄波……这些散布在各地各行业的小学同班同学，人生历程中都多多少少受到一个个刘胜勤老师的陪伴和熏陶。

只可惜的是，刘胜勤老师已经离开了我们。2018年4月4日她被检查出来血癌晚期，仅仅十天以后，4月15日，她不幸离世，永远地离开了我们。1995年后她不再教我们，但在新盛初中和中心小学联合的校园里，在乡场上，在她的教师公寓门口，还能看见她的身影。2004年8月，我作为大一新生前往山东理工大学报到的时候，她也从新盛中心小学调任到犍为县定文中心小学工作，离老家白鹤乡很近，也可以和在定文中学任教的丈夫谢智荣老师更好地生活在一起。

刘胜勤老师是典型的 20 世纪 80 年代开始工作的中国乡村教师，中师函授学历，毕业于四川广播电视学校。经过自身努力和工作实践，去世前刘老师已经是小学高级教师。只恨享年五十二岁的她走得太早，匆匆太匆匆，我都没有机会见她最后一面，感谢她当年的师恩。谢智荣老师怀着沉痛的心情翻拍了几张刘老师的生活照片给我，她比年轻的时候略微发福了些，头发也留长了。有一张照片里，她穿着白色的上衣，面带亲和力极强的微笑，让我想起毛泽东的《卜算子·咏梅》——

> 风雨送春归，飞雪迎春到。
> 已是悬崖百丈冰，犹有花枝俏。
> 俏也不争春，只把春来报。
> 待到山花烂漫时，她在丛中笑。

回看刘老师当初对我的点点滴滴，想到她已三十七个年头的乡村教师生涯，必定已是桃李满天下，教书育人的成果早已犹如山花烂漫。谢智荣老师客气地说，刘老师很一般很普通。其实，平凡中见伟大，每一个人生命中都应该有一位刘胜勤这样的老师不经意地付出与奉献，给他或她留下启蒙基础，抑或一辈子深刻的影响。

愿，刘胜勤老师在天国的花草丛中继续微笑。

我永远记得这名乡村校长

我先认识的其实是彭商贤老师的爱人龚玉萍老师，教我们初三之前的英语，后来她调到了罗城小学。在一个乡镇初中，英语教师的气质总是很好很突出的，穿着打扮也有着与英语这门学科相称的审美水平，龚玉萍老师也不例外。她教学很认真，同学调皮惹她生气她会脸红，也会非常乐意解答学生的问题。

彭商贤老师当了校长之后，敢惹龚玉萍老师生气的同学就越来越少了。彭老师身高应该超过一米七五，仅次于我们初一第一学期和初三两个学期的语文老师张培兴，在 20 世纪 90 年代的西南地区乡镇，他俩是非常高挑了。他们是搭档，张培兴老师任教导主任，彭商贤老师是校长。

每周一的早上朝会前，彭商贤老师总会从新盛乡初级中学教学楼的二楼办公室出来。他拎着一根板凳，走到二楼凉厅，站上板凳在墙壁上的值周牌上写出那一周的值周行政、值周教师和学生干部代表的姓名。那个场景极具仪式感，给人一种感觉：新的一周又开始了。

我总觉得彭商贤老师有时很威严。他教我们数学的时候，上课时在黑板上写粉笔字和数学公式，字体往往修长而富有韵律。他喜欢双手撑在讲桌上，有时会用沾满粉笔灰的右手捋一捋他从左边太阳穴开始往右的微偏分发型。

我甚至觉得，彭老师身穿短袖白衬衣、麻纱灰长裤，脚踩一双凉皮鞋，走在楼梯和走廊上都是很有男士风度的。他跟龚玉萍老师，还有他们的女儿彭旖旎一起走在街上，给人这一家子非常般配的感觉，可能都让不少女同学多了一些对长大以后爱情婚姻的向往和憧憬。

而我真正第一次近距离接触彭商贤老师，是被选送到县里参加作文比赛的前一晚，和陈灵琳、杨春蓉一起被龚玉萍老师叫到他们家里吃晚饭。彭老师有应酬不在，龚老师煮了腊肉、炒了菜，我们和应该才四五岁的彭旖旎一起坐下来吃饭。龚老师让我们不要客气，多吃点。对于我们经济不够发达的偏远乡村学生来讲，那是非常丰盛的一顿饭了。在要吃完的时候，彭老师回来了，看到我们点头微笑了一下，显得比在工作场合要沉默但更有亲和力。了解了我们第二天一早要坐车去县里比赛后，他说了一句"好好准备，争取个好成绩"。然后他说有事要出去一趟，龚老师扶了扶眼镜说："哪个又喊你去打牌喽，早点回来哈。"他略不耐烦但又有点幸福地回了一句"晓得了"，就带上门走了。我们三个学生在一旁偷笑。

到了初三，彭商贤老师除了处理校长的各种事务，还担任我们的政治老师。当时犍为县还有自己的报纸在发行，有一期上面专门报道了我们中学的发展现状和代表教师风采。报道里说，好几个行政领导就像万精油，哪里需要往哪里抹。当时，校长彭商贤老师教我们政治，党支部书记罗复先老师教我们历史，教导主任张培兴老师教我们语文，总务主任万德顺老师教我们数学，班主任周文学老师教物理之外还管着团学工作……当然这也侧面反映了乡村师资的紧张和全校对初三毕业班的重视。

我除了数学有点弱，其他科都还好。我们那一届全乐山市第一次初三调研考试成绩出来，我的政治是 90 多分全班第一，数学居然不及格，但总分仍然比全班第二名高出 30 多分。即便后来初三最后一学期我转到罗城初级中学，我的政治科目都保持在年级六个班中多次第一，中考也是年级第一。班主任陈玉容老师也教我们政治，说没想到学区里比较后进的初中也有政治学得这么好的。这当然跟彭商贤老师当年的教学指导分不开关系。在课堂上，他讲出知识点的上一句我经常可以响应下一句，或者被提问的时候能站起来回答出正确答案。他也曾把我喊到办公室，有时是对我说"不要调皮，好好学习，以后去大城市生活打拼"，有时则从抽屉里取出一本我没有能力买的复习辅导资料让我拿去自习做题。

最调皮的一次，初三的我和初二的学弟发生冲突，还把对方打伤了。我跑回家拿钱准备付医药费，但家里清贫到十元钱都很难凑齐。当我回到学校，对方及家长已经在校长办公室。看在我主动走进去，如实陈述经过的份上，彭商贤老师当着大家的面批评我的冲动情绪和行为。在他的指引下，我又当场向对方道歉。可能觉得我继续站在办公室无济于事，也可能是出于对我初三学业的关心和对我的爱护，彭老师做出一个很生气的样子，训斥道："回班上去！好好反省下自己。"

这下我得以暂时从这件事抽身回到教室，继续上课学习。想到当时困难的家境和未知的人生，还有对打架伤人行为的羞愧，我只能把头埋深一点，钻进课本和练习册，继续努力学习。后来我到罗城初级中学，到更生学校，到山东理工大学，到今天……都记得彭商贤老师的教诲。遗憾的是，我再也没有机会当面感谢他。因为乡村学校裁并整合，彭商贤老师后来也到了罗城初级中学工作。2018年评上高级教师职称的他，2019年不幸患上了"诊断性中枢神经恶性肿瘤"，瘫痪在床，且几度病危，直到2019年7月29日凌晨离世。

8月14日回罗城看望家里亲人和落实农场猕猴桃的后续工作时，我才得知彭商贤老师的讣告信息。才五十四岁的他，本该是老当益壮，享受更好生活和天伦之乐的，非常令人痛惜。

那一刻，我脑海里浮现的居然是初一下学期的某一个周末深夜，我到新金村小学及周边商店寻找可能还在喝酒打牌的父亲，突然远远看到刚刚结束和村小老师聚会的彭商贤老师夫妇走出来，可能正准备沿着公路回乡上的初中教师宿舍。不知道是怕两位老师会问我这么晚怎么还在外面游荡，还是羞于说自己来找父亲回家，反正就一下子闪到右边的蕉藕地里躲了起来。

　　那是夏日的夜晚，白白的月光透过道路另一边的竹林斑驳地打在地面，我看到彭商贤老师背着好像已经睡着的女儿彭旖旎，龚玉萍老师走在他身边，手还不时的扶一下趴在爸爸背上的女儿。他们一家三口就这样默默地走在夜色之中，只有清脆的脚步声划破静谧的空气。彭老师的乡村校长、父亲、丈夫、男人……各种身份混杂其中，他带着爱人背着女儿的身影渐行渐远，直到消失在远方的黑夜中。

　　我永远记得那一幕情景，也永远记得彭商贤老师。

可甜可咸"叶摩尔"

2021 年 12 月 24 日，我在北京办事。时任高中母校副校长的阮顿老师微信告知：叶培元老师因病在成都去世了。我有点不敢相信，回想起最后一次见到他还是五年前，2016 年 7 月 30 日更生成都校友会成立仪式上。

对早恋的"著名论断"：蚂蚁儿耍苍蝇儿，耍一哈哈儿

叶培元老师是我高中时的年级主任，既没有做过我的班主任也没有做过科任老师。但他对年级四个班的学生，有足够的威严与影响力，包括我。

高二那一年，因为早恋，我相继被班主任、校长找去谈心。本以为接下来就是自己反省了，没想到一天晚自习时班主任通知说，年级主任叶老师找我谈话。我按时间到他办公室，叶老师没有让我站着，直接示意坐到他对面，然后一脸严肃地跟我谈。

叶老师说话抑扬顿挫，不紧不慢，加上他老家是眉山太和镇，口音明显的偏成都官话，增添了谈话的严肃性。他对我说出那句对早恋的经典论断："你们这个年纪谈恋爱，就是蚂蚁儿耍苍蝇儿，耍一哈哈儿。"

我不像他任班主任的四班同学那样在班会课上听到这句话时集体偷笑，而是感觉自己的青春萌动和行为的不成熟被一眼看穿，有点沮丧。

他接着从我那时不太好的家境，和自己作为二班班长还有以后要靠成绩与继续努力才能拥有可能不错的人生说开，不知不觉一节课都结束了。下课后路过办公室外面走廊的同学们，或许看到的是眼眶里泪珠在打转的一个我。

事实上，整个高中三年下来，我这个情况的处理程度算很轻的了。还有一些同学因为恋爱的问题，被请家长，被"棒打鸳鸯"，甚至落下了青春期的心结。叶培元老师的一些做法一度引起争议，有的同学一时半会无法理解。等我 2008 年大学毕业回到更生当了高中老师，做了班主任，也要面对学生早恋的问题，也需要谈心谈话甚至不得不干预，直到那时，我才更加明白作为一名老师和班主任的难处。可能思维、性格和年代不一样，导致每个老师处理问题的方式方法不同，但初衷都是相同的：为了学生更好地成长发展，为了更长远。

"叶摩尔"这个绰号，我所理解的三层含义

大概在文理分科后，我所在的二班分来部分四班要读文科的同学。这才慢慢知道，叶培元老师有一个绰号叫"叶摩尔"。应该是高 2000 届的时候，本校初中升高中的老更生们，慢慢传开的。

我的理解中，叶摩尔这个绰号，有三层含义。第一层，就是叶老师任教化学，用化学术语的绰号很贴切。第二层，是在乐山方言中摩尔的摩，单独发音 mo，方言里说一个人 mo 得很，就是行动迟缓。1936 年生的叶老师从五通桥中学退休后于 1997 年加入更生学校，2000 年秋季管理我们高 2003 届这个年级时已经六十四岁，年事已高不说，而且他独特的小碎步走路方式，虽很稳，但确实看起来有点慢。

至于第三层含义，我认为是叶老师烟瘾特大，一天两包烟据说都

是少的。在一段时间内，学校要创建无烟办公室，到了叶老师所在办公室，均告失败。我们的英语特级教师孙毓松老师跟叶老师是多年的老搭档，和他同一个办公室，但孙老师不抽烟，多次被熏得跑到走廊栏杆边上批改作业。如果按化学里的计量来讲，叶老师抽烟的吞吐量恐怕不是一摩尔，而是亿摩尔，"叶摩尔"正好谐音。

当然，叶培元老师在学生和教工同事中，还不止"叶摩尔"这一个绰号或者称呼。比如我亲耳听到过更生校史上德高望重的张新仪老师称他为"叶老头"，也听到过被他一把手传帮带成长起来的高中年级主任丁莉萍老师和其他一些老师喊他"叶帅"。

无论怎么称呼他，叶老师总是脸上堆起笑容微微点头。但他认真讲课或者谈论问题时，笑容也总是消失得很快，严肃的气氛立马营造出来。他的儿子，同样奋战在成都教育岗位上的叶嘉眉，回忆起青少年的时候说一直被这种严肃和严格的家教约束，有一次甚至因犯了错被狠狠地教育了一顿后要离家出走，搞得师娘都急了，说要跟儿子过不要叶老师了。难怪更生母校的阮平校长说，叶老师对自己的家人和学生，都是爱之深恨之切的严格。

一次次年级座谈和一次新进青年教师座谈

叶培元老师在带领我们高 2003 届的时候，可能创下了更生校史上一个纪录，那就是组织年级学生与校长集体交流的次数最多。从高一开始，直到高考前，每次期中乃至月度考试后，每个班的前 7—8 名，全年级的前 30 名左右的同学，都由叶老师主持，在学校会议室和阮平校长进行 1—2 节课时的晚自习交流。

每学期，进步显著的一批同学也有类似的交流机会。阮校长从学

15

习到生活到人生，再到社会、国家甚至全人类，侃侃而谈，并回答大家的具体提问。这实在是令人大开眼界，还打破了对一校之长权威的森严感，让我们在高中时代就有了"世界是平的"的对等感和进一步巩固人格塑造的机会。

那一次次的年级座谈，参加人员实行动态管理。高中三年，我只有一次月考意外跌出年级前30，没能参加那次的座谈。看着他们去了会议室，自己坐在教室里心中很不是滋味，暗自下狠心想要以后都保住成绩以有资格参加和校长的年级座谈。回头看，这或许成了当时努力学习的一种动力。能和校长近距离交流对话，谁说不是一种荣耀呢？这不是每个人在求学生涯中都能得到的机会。

后来我在更生工作担任高2011届八班班主任时，也对照当年自己做学生的成长经历和体会，主动去找阮平校长沟通，希望他能抽出宝贵时间和我们八班的同学们进行集体交流。彼时的更生，办学规模和学生人数，都已不是2000年到2003年的时候能比的了，但阮校长还是很爽快地答应了我，给予我工作莫大的支持。2010年3月，"同校长谈一次话"的八班学生高中生涯探索研究课程活动开始，计划用高二下学期的时间，将班上55个同学分为3—4人不等的17个小组，按一定时间周期，由小组派代表去敲开校长三楼的办公室兼卧室，跟校长约好时间，然后小组再集体如约去找校长交流，并将谈话内容进行整理，在班上和所有同学分享。

八班的同学们和校长谈话回来都容光焕发，他们说比和我谈话要轻松愉快。他们感受到了校长的亲和力和人格魅力，感受到了校长的思想力和长远眼光，也感受到了校长的期望和良苦用心。我想，没有叶老师当年组织我们和校长的座谈，我做班主任的时候也不能触类旁通想到组织学生进行"同校长谈一次话"的活动。

做叶老师的学生，和做叶老师的同事，感觉确实完全不同。我

2008 年暑假回到更生工作时，叶培元老师开始担任学校的督学。在秋季开学后的一次新进青年教师座谈会上，校长讲完话，叶老师补充发言。他直言不讳地说到，这学期更生自己的学生回来工作的不少，有人说这是近亲繁殖，可能有弊端，但他不这么看。他说很多高校例如北大清华也很多自己的学生毕业留校工作的，我们更生的学生大学毕业回来工作，利大于弊。叶老师首先看好的是我们对更生的熟悉和当年受到的熏陶有机结合，工作时更容易把握节奏，上手更快。其次，他说更生的学生抱着对母校的感情回来，工作会更加用心。

叶老师的这些发言，对我们几个回到母校工作的人是一种鼓励。实际上，后来他也一直支持和指导我们。仅仅是我的高中历史课，他就前后来听了不下十次，这促使我备课上认真下功夫，不敢怠慢。年级召开考试分析会，他讲话都不忘点名鞭策我们"更生籍"的年轻后辈，有了一点点成绩他也不吝啬表扬。

2011 年我带完一届学生，准备离开更生出去闯荡的时候，叶培元老师也决定完全退休，安享晚年生活。他看到我租车来搬家的时候，就猜到了我的离开，站在寝室窗台跟我喊话："李燕，可惜了，校长知道肯定要挽留你的，不过你去哪里也不会差。"我回话："叶老师言重了，保重身体，找机会去看你。"

最后的两次见面和他的道歉

等到再次见面，已经是 2013 年更生建校二十年庆祝现场，我和高 2000 届校友李颖超从北京赶回乐山。叶培元老师也受邀返回更生参加活动，我俩都是他管理的年级学生。看到我们，他满面笑容地主动走过来跟我们打招呼，拍我们的肩膀。

又过了三年，2016年7月29日更生成都校友会成立仪式前夜，作为校友总会秘书长，我陪同阮平校长一行，在成都设宴与叶培元老师、杨梦琦老师夫妇、张新仪老师、张雪琴老师夫妇以及成都校友代表相聚。他那晚很开心，还吃了我们准备的蛋糕。

第二天，7月30日，在成都市成华区秀苑东路5号闽川汇红木馆"闽川商会"举行的更生学校成都校友会成立仪式上，叶老师受聘为顾问，并且上台讲话。最后，他说："我今天非常感动，更生学校情商最高，情感天下，把同学团结在一起。更生，我希望它更好，我希望能再活五百年！最后祝校长，张新仪老师、张雪琴老师、丁莉萍老师，及所有的同学好，如果我以前对你们有不当之处，请你们多多的海涵！"

这个道歉来得始料未及。现场有很多他的年级（包括班级）学生。大家都长大成熟很多了，想必回头看当年的青春往事，也就那样。自己为人父母后，应该更加理解当年的叶老师了。很多事，是需要时间的。叶老师说完道歉的话，还在台上深深地鞠了一躬，被报以的是全场的掌声。

没有想到，那就是我最后一次见到叶培元老师，一个严厉起来很咸，和蔼起来又很甜的叶老师。他晚年跟儿子定居成都。在2021年12月11日的早上，抽完一支烟去上洗手间，从马桶起身的瞬间叶老师发晕摔倒。紧急送医后，医生诊断他长期血压不稳定、忽高忽低，可能当时血压突然升高造成破裂，然后引发头晕摔倒。这种脑溢血的状态下叶老师一直坚持了十二天，期间还经历一次大手术，但最终还是没能挺过来。12月23日六点十二分，叶老师安静地走了，生命定格在八十五岁高寿。

12月25日清晨，叶老师的遗体告别仪式在成都市殡仪馆菊花厅举行。更生学校阮平校长、阮顿副校长一行，还有在蓉的部分学生代表前往为叶老师人生最后一程送行。他1959年从教，一生工作只换过四

个地方，在更生工作十四年，是执教生涯中第二长的单位，高 2000 届、
2003 届、2006 届、2009 届很多都是他的班级或者年级学生，其中像李
颖超、杨波、侯晓彬、侯晓丽、刘春洪等师兄姐，都跟我成为了朋友。
同年级的特别是叶老师班级出来的邓为琼、龙阳、周奕町、李萌等，
也是我很好的朋友。五十二年的教师生涯，叶老师真可以说是桃李满
天下。也许这就是宿命，我们都终将和他——可甜可咸的"叶摩尔"——
一样，化作一缕青烟，随风飘散在人世间。

要说说祝乔森老师的这四件事

2016 年 12 月 1 日，我还在上海出差，突然看到校友群里更生行政办公室主任王晓勤老师说祝乔森老师去世了。尽管知道他高寿八十六岁，但还是觉得很遗憾，忍不住问清楚。原来是 11 月 30 日凌晨，祝乔森老师突发大面积脑梗，抢救无效离开了大家。

2008 年，我本科毕业回到高中母校更生学校工作，任校团委书记、高中历史教师和高 2011 届八班的班主任。恰逢祝乔森老师"二次退休"，成为"夕阳红中的夕阳红"。七十八岁的他精神矍铄，头发乌黑发亮。祝老师还记得我，用多年来的眯眼微笑跟我打招呼。那时我才知道他前几年遭遇了一次车祸，幸运的是恢复调养得很好。

指导暑期留校毕业生开展校园工作，派我给大家发餐票

印象中的祝乔森老师，似乎永远坐在行政办公室的左边进门口。我 2000 年秋季入学更生高中部，因为领取奖、助学金和勤工助学补贴以及其他学生工作，总是出入那里，常常跟他打招呼，但真正打交道的时候少。

2003 年高考后，我仅差 2 分上重点本科分数线，心有不甘加上数学不好的我却被黑龙江工程学院会计本科专业录取，有了补习一年再考的想法。于是和一些有着同样想法以及暑假没有其他打算的毕业生一起，留校了。这种情况恐怕绝大多数的高中都是不允许的。我们的

阮平校长给了大家这个机会，而且提供工作给我们，以此换取住宿和餐食。

我被任命为暑期留校毕业生工作队的队长，指导我们展开工作的就是祝乔森老师。他当时已经做了十年的更生学校后勤主任。每天早饭后，我就去办公室找他，除了领取当天的工作任务，还要拿中午、晚上和明早的餐票，回去派发给大家。说工作，其实就是除草、修剪、浇水、种花等等轻便的活路，当时还有个别同学嫌天气热、出汗多，在工作的时候"磨洋工"，祝老师忍不住偶尔在巡查的时候说一两句，再回到行政办公室外面调制花土种花。看着七十多岁的他顶着大太阳还在劳作，我们这些十七八岁的小伙子也没什么可说的，就跟着埋头好好干活。

校园里至今盛开的菊花和月季是他亲手培育和栽种的，爱花爱美的他也有美人相知相伴

说到种花，已经没有人记得清更生校园里究竟有多少花花草草甚至树木，是祝乔森老师种的了。如果非得要形容一下，那只能是很多，很多。听王晓勤老师说，在12月2日早上的遗体告别仪式上，祝老师担任过领导职务的乐山四中老校长还介绍，现在四中校园里有一些花草，也是祝老师种下的。

一草一木总关情，祝乔森老师是一个爱花爱美的人。种养花草，能陶冶情操。祝老师晚年的精神气质，跟这个有一定关系。他也很少生病，阮校长评价他"始终保持积极向上、乐观的品格"。

心底好的人，也是有福的人。祝老师晚年有美丽的花草相伴，更有美丽的人相知相伴。我只见过他的伴侣一两次，绝对的大美人，气

质和颜值俱佳，因为是市里一家厂子的领导，大家都称她王厂长。她和祝老师在一起生活二十七年，爱祝老师，也支持祝老师在更生的工作。家里楼顶辟建了一个花园，专门修了电梯运送花盆和土壤，就是为了给更生培植花草。至今在更生校园里盛开的菊花和一朵朵月季，都是祝老师在爱人的支持下亲手培育和栽种的。

后勤工人们说他"抠"，
但又不得不佩服他为学校省钱的精明和自觉

我也不止一次听说过祝老师的"抠"。因为和后勤工人特别是食堂阿姨们混得熟，除了碗里免费的多了一些饭菜，还听到她们说"祝老头抠得狠，一分钱都记得清清楚楚"。

这个话今天祝老师如果在天之灵能听到，应该是开心的：这难道不是对后勤主任工作的另一种褒扬吗？任何一个企业或者单位的后勤，历来都是收支的大部门，资金流动大，很多后勤领导怕犯错也容易犯错。但祝乔森老师当年面对的，是财务多年吃紧的更生学校。他可能犯的"最大错误"就是，长期勤俭持家、量入为出。

经历过更生前二十年发展历程的教工、学生乃至家长校友，都或多或少知道更生办学和发展的困难。祝老师为更生省下多少钱，恐怕连校长本人都说不清楚。因为，更生最困难的时期，祝乔森老师一直坚持不要工资，他为更生省钱体现了作为后勤主任的精明，也是作为更生创始元勋的一种自觉意识。

不仅卖股票自己借钱给学校发工资，
还动员亲友借钱给阮平校长办好更生

　　不要工资就算了，更生困难到发不出工资的时候，祝乔森老师还卖掉自己的股票，借钱给学校让阮平校长拿去给教职工发工资。据说后来那几只股票都上涨了十多倍，祝老师还是笑眯眯地说"没的事，更生继续办下去办得好，我比股票赚钱更开心"。

　　他真是这样想的，因为祝老师还动员亲朋好友借钱给阮平校长渡过难关。据王晓勤老师回忆，更生历史上最困难的时期，几个主要负责人和阮平校长多次开会讨论学校是否还要办下去。祝老师在会上，从不说泄气的话，更不打退堂鼓，他一直说要办下去，他鼓励校长和大家想法设法挺过难关。或许他的鼓励没有重要到决定更生存亡的程度，但祝乔森老师的乐观、坚定，感染了创业初期的更生人，也才有今天的更生和遍布五湖四海数以万计的更生校友。

　　阮平校长说自己和祝乔森老师亲同父子，这其中的情意非一般人所能体会和理解。当他得知祝老师去世，心情非常难受，几次想给我发消息告知都因为回忆起与祝老师的点滴过往，被深情和难过中断。校长的哥哥阮健老师在祝乔森老师去世当天，写了挽联一幅，我想也许能代表校长和很多人的心声，他悲痛哀悼祝乔森老师：

　　　辛勤耕耘培桃李淡泊名利
　　　无怨无悔为更生劳苦功高

俞医生，到底是不是"愚医生"？

2015 年的教师节就在眼前，而俞医生去世已经整整十年了。

俞医生应该是不是老师的"老师"，是我 2000 年进入乐山市更生学校就读高中认识的第一位校医。每每记起他，就想起 2004 年暑假在校长宿舍里，俞医生来商量药品采购的时候，说起当时正在进行的军训，他感叹现在的孩子体质很弱，学校医务室的他忙得"一塌糊涂"。说这个词的时候，他有腔调的上海口音在四川这个地方，显得格外突出，我也就记忆深刻。

俞医生全名俞国耀，1945 年 12 月生于上海，上海医科大学毕业后，他响应国家建设开发大西南的号召，只身入川，在 207 地质队从事医务工作。1995—1996 学年后半期，他开始到更生学校工作，是更生的第二任专职校医。俞医生身材高大，典型的国字脸，人老之后发际线往后退了很多，很像国家领导人或者行业专家的标准发型。

我入校那年，俞医生已经五十五岁了。曾经在学校公共浴室遇到他洗澡，身形已经瘦了很多。阮顿回忆，俞医生穿上白大褂很有范儿，小学部的孩子们更是喜欢叫他"白求恩"爷爷。高中部的同学有些个得了感冒，去找俞医生拿药，结果药丸都是一样的，有人吃了几天好了也有人没好，"愚医生"的名号就开始传开了。实际上，学校里都是流行性感冒，俞医生作为校医按标准处理是没错的。一般学校的医务室只能治疗一些基础的病痛和处理紧急状况。

也有教职工特别是班主任说俞医生是"愚医生"，理由是学生的病假他几乎都同意。在更生，由于实行全日寄宿制和封闭式管理，要出个校门必须班主任签字、训导处盖章才行。关键就在于班主任一岗双责（教育＋安全），本着对学生安全负责的态度，很多班主任老师对于学生请假的审核非常严格。但是病假就容易了，只要到学校医务室找俞医生写上"建议该生校外就医／治疗"，班主任和训导处一般都会放人。有些贪玩调皮的学生为了请假出校门，故意装病说肚子不舒服啊，脚崴了啊，就去俞医生那里软磨硬泡。老师们说他是"愚医生"连学生撒谎装病都看不出来，其实他自己挺无奈的：生病这件事，宁可信其有，也是对学生负责。俞医生何尝不知道一些学生的"小九九"呢，只是很少去戳穿。

但是，俞医生在生命的最后几年做了一次自己的"愚医生"。2005年6月，他找到阮平校长说，我必须离开学校了。校长感到纳闷，他一直保持对工作的高度责任心，始终对所有师生热情耐心、有求必应、随到随医，怎么就要走了呢？在校长的关切和询问下，俞医生才说出了实情：原来在三四年前他就得知自己患了胃癌。

他当时没告诉学校，仍然带病坚持。同时，俞医生非常积极乐观，内心通透敞亮，平和地接受身患绝症的事实，坦然地面对病痛，透彻地理解领悟生命。他保持良好心态的同时也注重自我调理，在带病坚持工作期间，几乎没有表现出身体有异样和不适，几年时间竟然没人察觉。俞医生感觉自己的身体实在撑不下去，不能胜任工作了，才向学校提出离开……大家知道后都非常震惊，都感觉非常痛心惋惜，更为他身为医生却也无法治疗自己而感到难过无奈。俞医生却还反过来安慰大家，用他的乐观豁达，用他对生命的透彻领悟来宽慰大家的心。

这不是"愚医生"，又是什么医生呢？

只不过，这里的"愚"，是大智若愚的"愚"，是知天命的一种极难得的平静随和、豁达超然的"愚"。2005年10月，俞医生离开了人世，享年六十岁。他是在更生工作过的第一位辞世的"夕阳红"老人，

25

一位不是老师的老师。

当年我获悉俞医生因病去世的消息，才想起在更生念书时，有几次去医务室找他看病，他从对面的宿舍开门走出来的一瞬间，脸上前一秒似乎非常严肃带有痛楚，抬头看我后的一秒又挂满了笑容，问："哪里不舒服啊？"

多少次学生患病半夜敲醒俞医生？多少次俞医生自己忍痛还要强颜欢笑接待在校师生？校医可以说比教师还辛苦，只要有上课或者补课，都要在校待命。俞医生在更生工作十年，白天黑夜都要在，那时全校只有他这一位校医。

如今，又有十年过去了，我又想起俞医生。不仅因为有过接触交往，还因为从他身上真的感受到了做人的豁达乐观。他是医生，也是老师。就像阮顿说的，愿天堂再无病痛，愿俞医生的灵魂乘着凤凰的翅膀浴火重生！

校长造就了我们，阮爷爷造就了校长

2010 年 9 月 15 日的凌晨，阮爷爷走了。

2000 年到更生学校就读高中时，上体育课的我们常常在操场边、道路上，看见一对年老的夫妇散步。后来才知道那是校长的父母，也不是散步，是校长的父亲阮爷爷搀扶着病中的老伴出来透透气，散散心。印象中的阮爷爷和奶奶，穿着深蓝色的确良中山装，走在秋天的校园里。他们相濡以沫的样子永远留在了大家的脑海之中。

民国牛华溪地主大家出来的闺秀，跟着当时还是一个穷书生的阮爷爷吃尽了苦头，又在 20 世纪经历了三年自然灾害和十年"文革"，拉扯五个子女跟着阮爷爷，不离不弃，身体落下不少病根。阮爷爷对奶奶的爱，从他日后老年痴呆症的逐渐加重，可以深深地感受到。他开始自闭房门，或许在陷入对往事的深深沉思之中。他开始遗忘一些事情，反复念叨一些事情，对奶奶的感念表现得尤为突出。他甚至一度恍惚到从二楼的窗台上跳下，或许真要寻找什么。

2004 年，阮爷爷的病症还不是很重。暑假的一天我们坐在校长的房间里，他对我反复讲到牛华溪的古镇风光和庙会排场，两只眼睛还很有神，说到兴奋之处他的声音提高了很多。后来我跟着阮大孃去乐山二中阮爷爷原来的房子里整理物品，才发现这位数学老教师过去对中医特别是针灸很感兴趣也很有心得，他还抄写诗词、对联，房间里的东西摆放、整理得井井有条。大孃将阮爷爷的一个诗词对联的抄写本转赠给我，我留存至今。

阮爷爷身体力行的教导，对校长阮平先生留下终生的影响。阮平先生从事教育工作，1993 年又创办更生学校，在网络和手机如此发达的信息社会，在中小学生的成长环境和社会生活的价值观念发生剧烈变化的当下中国，基础教育难上加难，他仍然坚持办学走到今天，很大程度上是因为阮爷爷对他的潜移默化。当年，阮爷爷既是校长的父亲又是校长的班主任。可以说，是阮爷爷造就了校长阮平先生，然后阮平先生造就了更生学校。

我曾亲眼见到五十多岁的阮校长为阮爷爷擦洗身子，耐心和细致的程度不是常人能够做到的。人类亘古不变的一个问题就是赡养老人乃至孝敬老人的问题。普天之下，倾尽全力延长父母的生命，并对父母始终如一的孝敬的人并不常见，阮校长当属其中。最近一次和他谈到阮爷爷，是一个傍晚，讲到阮爷爷已经木不能言，生理消化器官全面衰竭，阮平先生的声音是颤抖的；想到阮爷爷仅仅依靠流体食品维持生命体征，谁也认不出来的时候，阮平先生的眼眶是湿润的。

事务繁忙的阮平先生不仅对阮爷爷的吃喝拉撒、住院吃药、看护照顾一一妥善安排，还倡议家人夜里轮流值守阮爷爷。我也有过几次在他们忙不过来的时候，白天代为陪护过阮爷爷，小心的翻身、慢慢的喂饭、及时导尿、观察体征……可以想见阮平先生通宵未眠值守在阮爷爷身边，第二天回来还有很多校务需要处理的疲劳和辛苦。

尽管晚年后十年身体越来越差，但终身从事教育的阮爷爷是可敬的。年近半百的学生还相约来看他。病重的他几不能忆，学生们纷纷落泪，祈望他能够康复。他在任教的时候，专攻数学，但演讲也极好，声宏意远，很多学生因此倍受感染。阮校长不止一次的表示，要在更生学校设立专项奖学金，以阮爷爷的名义，奖励在数学和演讲上有突出表现的学生们。（2010 年 12 月阮平校长以父母的遗产和名字设立"文钦　敏学"奖学金。）

阮爷爷是走了，而这父子间的爱和人间亲情的力量，还在延续和壮大。我们这些做学生的，感恩校长阮平先生的培养和帮助，也感念阮爷爷站在阮平先生身后，用精神支持更生的创办和发展，然后才有了今天成长、成熟的我们。这是一个永不停息的大善循环，是一个永不停息的精神乘法，如今有很多更生的校友已经回到母校工作，加入到这爱的力量汇聚之中。

　　我还记得写过一首拙诗，献给病中的阮爷爷，大概是这样的——

　　　　爷爷生日
　　　　拉上往事的阳光
　　　　陪他到老家
　　　　回忆
　　　　一个人静静地
　　　　脸上的幸福在迷茫
　　　　奶奶走了就在乎
　　　　那不是八百块
　　　　也不是脑白金
　　　　带走　带走
　　　　不能相帮　只有心伤
　　　　于是他说
　　　　妈妈　带我回家

　　谨此，怀念阮爷爷。

教我如何不爱您

2016 年，母校迎来六十岁生日，回想十二年前，我和同高中隔壁班一起考入山东理工大学的赖剑英下了淄博 7 路公交车，拖着行李箱走进西校区东门。那时候的白杨树还没有长太高，一眼望过去看不到西门，我们脱口感叹，哇，太大了。我们的高中母校乐山市更生学校占地不到六十亩，而山东理工大学东、西两个校区加起来有三千一百七十九亩，我是第一次看到这么大的校园。

那一年的我，也是第一次出川，第一次坐火车，第一次到山东，第一次到淄博，第一次从中国的西部到东部，开启自己的大学生活……这么多的第一次，竟然都献给了山东理工大学，想来真是感慨。

因为您的绿色通道和无私帮助，我才能读完大学

坐了三十八个小时的绿皮无空调硬座火车，我在 2004 年 8 月 25 日凌晨到达淄博。在火车站附近的旅馆睡了几个小时后，我和赖剑英先是到了山东理工大学东校区南门，去了那时著名的小红楼，后来一度的大一年级工作部办公楼。我们在那里见到了学生三系的团总支书记张程老师和辅导员施海花老师，他们惊讶地看着我们说，你们来早了，先去西校区宿舍住下，过几天再正式注册报到。

就这样我暂时住进了西校区西北边的 22 号公寓，宿舍里干净整洁，配有电扇、电视和独立的卫生间。那两三天电视里都在播放雅典奥运

会的赛事。看着同龄人刘翔、郭晶晶、田亮还有我们学校同年级的奥运冠军杜丽同学……他们争金夺银，我的心里是忐忑的。他们优秀太多都是远虑，近忧是我没有带够钱，或者说我根本没有带学费。身上仅有的两千多元，是临走时我的高中母校阮平校长买下我在2004年6月参加乐山市首届创新作文大赛现场决赛获得高中组一等奖（两名获奖者之一）的那套音响奖品给我的钱。

新生入学通知书里有提到，让家庭经济困难的同学通过户口所在地和高中母校开具证明，可以在报到的时候走"山东理工大学绿色通道"。2004年的时候，四川籍的大学生还不能办理生源地助学贷款。我把证明材料交到张程老师手里的那天，心里有了更多忐忑，因为不知道从大西南一个偏僻山村好不容易考上本科的自己能否过了这一关，开启宝贵的大学时光。第二天下午，张老师把正在军训的我和另外几个递交了材料的同学叫到西校区第一体育场路边，一个身材魁梧梳着偏分的方脸中年老师对我说："学校党委会已经讨论了申请材料，同意你们走绿色通道，学费可以缓交，你们好好军训不要担心。"

后来我才知道那是时任山东理工大学学生工作部（处）、武装部长的赵华龙老师。那一天通过了山东理工大学的绿色通道，对我有重要意义，我记忆非常深刻。总是因为有这些点点滴滴的无私帮助，人生才能经历一次一次的奇遇。大一下学期，辅导员施海花老师打电话让我去一趟，在东校区3号教学楼的办公室里，她告诉我有一位烟台龙口名叫阎石霏的商人愿意资助一名大学生。施海花老师也是山东理工大学的毕业生，光荣的成为一名西部志愿者之后，因为帮助新疆的贫困青少年在烟台老家被媒体报道过，阎石霏因此结识她，并提供过一些帮助。他们这个莫大的善缘又结在了我这里。直到我大四毕业，阎叔叔都不求回报的资助我每年的学费。我还曾两次去龙口他家做客，还认了他女儿阎妮莎做妹妹，他们带我去吃海鲜买衣服和鞋，对我特别好，至今感恩于心。还记得大二进入法学院后我的本科导师、时任法学院院长的刘冠生老师在办公室塞给我两千元钱……像我这样当时家道中落、母亲已经去世、只有父亲一个主劳动力、还有上学的妹妹和八十多岁高龄奶奶的情况，能读完大学，也算是一个奇迹。但我自己非常清楚，是遇到了阎石霏叔叔、施海花老师、张程老师、赵华龙老师、刘冠生老师……遇到了山东理工大学，也才有这个奇迹的可能。

因为您的勤工助学补贴和校报稿费，我才能过好大学生活

大一上学期，我放弃第一批入党机会并辞职不做班长，张程老师是非常生气的。在气头上的他甚至指着办公室门口说："你走吧！"我丝毫不怪他。他不知道我因为报名申请了学校的勤工助学岗位，被分到了东校区图书馆的样本书库，时间和精力都很紧张。因为想多挣一份勤工助学补贴，我还"钻空子"多报了一份东校区的道路清扫工作岗位。干了快一个星期，结果被勤工助学中心的老师发现"重岗"，让我二选一，我又只能做样本书库一份工作了。

书库由两位上了年纪的女老师负责，有含我在内的三名勤工助学的同学。老师们对我们和蔼可亲。工作首先是擦拭书架上的灰尘和规整书籍的摆放，其次是洒一点水给书库拖地，新书入库的时候我们会协助老师们编号然后上架。这些对我来说很轻车熟路，在乐山市更生学校读高中的时候，我就是图书馆首批学生管理组的组长，也拿勤工助学补贴，每个月六十元，基本够伙食费。在山东理工大学的补贴每个月可以拿到一百元，老师们很贴心地帮我们争取到每月一个的优秀名额，可以多三十元补贴，我们三个人就轮流拿。

到了大一下学期，我加入"青春在线"网站，最初的原因是不仅

可以免费上网，还有勤工助学补贴可以拿。那是 2005 年的愚人节，计算机基础课上，课间休息老师打开了"青春在线"网站，首页跳出一个愚人节的专题，非常有趣，网页上还有网站纳新的通知。我暗自记住了，然后刷卡到了计算机实验楼，在电脑上详细查看了纳新通知，并且报了名。经历了笔试、面试和一个月试用期，在 2005 年 6 月，我正式成为"青春在线"网站的采编人员，也结束了图书馆的工作。样本书库的老师们替我高兴，其他两位同学也很羡慕我"高大上"的新勤工助学岗位。

"青春在线"网站的工作机会和应聘的成功给了我启发：靠知识等"软实力"能进一步改善我的大学生活。我更加注重写作能力的训练和提高，我应该是同年级里除熊江和王资博外，第三个在校报上发表文章的学生。"我爱我师"的征文《赵缊印象》被刊登在了校报上，我拿到了三十元的稿费。校报稿费一度也成为我大学生活的重要经济来源。2005 秋季开学后有一期的《山东理工大学报》上，从一版到四版都各有我一篇文章，我一口气拿到二百二十元的稿费，高兴地请朋友"搓了一顿"之后，还够半个月的生活费，真是有一种"自力更生丰衣足食"的感觉。2015 年是校报创刊三十周年，我还遥想当年写了一篇《三十年后再相会》发表在纪念特刊上。

因为您的育人为本和各种平台，
我才能获得了课堂以外最宝贵的成长

进入大学，我做过临时班长，大一还做过文学院蒲公英文学社东校区分社的社长。老社长刘文兵还介绍我认识了后来"青春在线"网站第五届站长徐栋祖。我带着王资博、王荣波、赵东虎、李敬英、黄晓芳、刘丽、肖红……等一批同学，写稿子搞活动，我们还一起去玉黛湖游玩采风，那是文艺青年的一些快乐时光。

大一下学期进入"青春在线"网站，为对我这辈子目前为止最重要的互联网属性，打开了一扇无限可能的窗口。我和鲍建国、窦坦玲、伏彦、杜芸、樊美廷、田杰、徐廷慧、朱仁锋、王超等同一批进站，时任第五届采编部副主任的马智成了我在网站工作的"师父"。我们不仅要学习如何进行新闻消息写作，也要尝试着写通讯和言论稿。摄影和图片处理也要逐步学习。"青春在线"网站每年暑假都有骨干培训班，对我们了解互联网知识和提高网站工作技能都有很好的帮助。第四届站长刘杰毕业的时候，我还是网站一名普通成员，可能是看我采编工作积极、成天泡在网站，选了一本书送我，上面给我的赠言是"燕子你很优秀，相信你很快可以在理工大叱咤风云"。我倍受鼓舞，在"青春在线"的干劲更足了。第六届站长王成是学校管理科学的工程硕士，把团队管理得非常好，而首席记者孟宪强、宋其佳，首席编辑徐清凯、路应刚，技术部先后的负责人赵继涛、安宁、赵佳康，也都很优秀，很快又认识了王璇、范玉伟、王迎春、刘培、孙亚萍、来庆新等优秀老站友，加上先后担任过网站指导工作的郭万保、牟万新、王玉冰、魏法汇等老师很信任和支持网站团队的工作，又有刘昕、李新红等分管领导老师和迟沂军等主管领导老师的关心和帮助，一度"青春在线"网站成为理工大学子的网上精神家园，我们提出"网站是我们的孩子，我们是网站的孩子"。2006年6月，我成为"青春在线"网站第七届站长。恰逢网站成立五周年，那一年我们做了很多专题和线下活动，郭智强、严振湘、吕显腾、贾承谕、王喜平、解麟先、高卫峰、隗来、刘红梅、齐盈盈、郭大路……一大批优秀站友相继涌现，还联合各个学院、部门和其他校园媒体搞活动。时任党委副书记的张宗新老师欣然为网站题词"永远的青春""思想港湾精神家园"，时任党委书记范跃进老师约见我，并听取网站工作报告，网站的发展得到学校领导的高度重视。可以说，"青春在线"网站作为国内高校最早一批建立的学生门户网站，给了我极大的发展空间。

校报这个平台又进一步加强了我身上的媒体属性。高中和大一我都做过文学社，但在写作上，特别是新闻写作的训练，主要是在校报完成的。2005年下半年，我成为挂靠在校报的大学生记者协会的第二届主席，得到从西部做志愿者回来的马东顺老师的指导和校报老师们特别是穆冠成老师的很多悉心帮助。除了向校报写稿，在穆冠成老师和时任校团委书记刘明永老师的撮合下，2006年我们还办起了《理工青年》报，我任创刊编委、副主编，主编是当时团委社团部的戴洁老师。鲍建国、李伟、韩琪、厉智敏、臧利国、赵存艳、范军波等有才气又有活力的会员相继出现，充实和壮大了第二届大学生记者协会。曾刚、王荣波、袁翠、郭智强、赵笑丹等一些踏实做事、执行能力很强的人加强了团队管理和活动落地。我们在校报老师们的支持下，用"一群青年，用同一种理念，打造一个团队，创造一段历史，度过一些阳光的日子"的理念，陆续做了"理工传媒校园行"系列活动、记者节特别晚会暨第一届校园好新闻大赛颁奖仪式，开办了大学生新闻写作培训班。一个大二的学生，就是我，站在阶梯教室的讲台上，给来自全校二十多个学院宣传口上的几百名学生记者和干部做培训，想想也是醉了。

2008年毕业前夕，"5.12汶川大地震"爆发，在山东理工大学的四川籍学生都很关切，都想为家乡做点事情。我们发起了募捐活动。后来重庆籍的同学还有很多关心灾区的其他省份的同学都参与了进来。2008年5月16日晚七点，我们在母校逸夫图书馆前广场为四川地震灾区举行了烛光祈福活动。第二天，穆冠成老师打来电话慰问，说校报社会帮助我们宣传募捐。如果没有记错，那次全校师生包括教工一起募集了十万元现金连同一些物资，送给了灾区。

倘若多年后，我被称为所谓的资深媒体人，成为移动互联网时代自媒体人的一份子，厚着脸皮做了腾讯OMG（网络媒体事业群）专家顾问、搜狐移动新媒体专业顾问、青岛日报报业集团掌控传媒顾问等等社会职务，那都有得益于在大学里校报和大学生记者协会工作的训练。大学毕业后的六七年里，我在香港成报传媒集团这样传统的报业集团做过香港成报网总编，也在搜狐这样的互联网公司负责过搜狐新闻客户端的用户运营，每每遇到工作上的挑战，总是习惯性地追本溯源，想一想当年在校报在大学生记者协会时的干劲和感觉，然后继续向前。如今，我做互联网创业项目，做自媒体，负责公司和产品的市场公关、营销推广工作，也是得益于从校报开始的，到现在越来越强的媒体属性。母校"以生为本，以爱为源"的育人思路和给学生提供的各种发展平台，确实让我获得了课堂以外最宝贵的成长。

因为您的奖助体系和感恩教育，我才能受到帮助又去鼓励他人

刚刚进入大学的时候，有个给父母写一封信的感恩教育活动，让我记忆深刻。学校倡导同学们在信里跟爸爸妈妈说一说来到山东理工大学学习生活后的感受，感谢家里让自己上大学和多年的养育之恩。学校给大家提供信封和邮票。我们班在一个教室集体写，我看见几个女同学写着写着就哭了。有时候，只有当我们去正视情感、回报感恩的时候，才知道原来这让我们如此动容。

我在大学获得过两次奖学金。一次是山东理工大学社会工作单项奖，这是鼓励我在社会活动和活跃校园方面的突出表现。另外一次是国家励志奖学金，当时我已经自主选择院系到了法学院社会学系，同时申报了

"万承珪、周维金奖学金"和国家励志奖学金。我们年级的辅导员、法学院的团总支书记李华伟老师找到我说，申请奖学金的同学比较多，考虑到要尽量扩大受奖面，让更多人得到鼓励，我申请的两个奖学金，可二者取其重，学院推荐我到学校里申报国家励志奖学金。我非常理解学院和老师的良苦用心，当时就同意了。后来，班委也知道我家里当时比较困难，推荐我去申请了国家助学金。如今想来，同学们和老师们的点滴帮助，让我心怀感恩。

也正是我受到了帮助，我才萌发了去鼓励他人的想法。2013 年起，我在高中母校——乐山市更生学校设立了"火魂奖学金"，寓意"更生之火，民族之魂"，每年拿出两万元现金奖励在写作、体育、美术、音乐、舞蹈和科技创新上有突出表现的师弟师妹，至今已有三年多的时间，每次颁奖我都回去。

2015 年 11 月 8 日，我又和校友、"青春在线"站友刘杰、伏彦、李燕、马智、王嘉共同倡议、发起山东理工大学"青春在线"创新创业奖学金，用于奖励在创新成果、创业项目特别是在互联网创新创业上有突出表现的在校学生个人或团体。这个具有"互联网众筹"性质的"青春在线"创新创业奖学金，受山东理工大学领导老师特别是迟沂军老师感召，凡是在山东理工大学"青春在线"网站工作过的站友、各届校友及社会友爱人士，均可成为该奖学金的赞助人。我认为，做公益慈善要趁早，因感恩而起的奖助鼓励行为，会让正能量螺旋式地上升积聚，形成一个善的循环，会对我们的人生和周围的人文环境的改善起到积极的作用。

因为您的厚德博学和人才汇聚，我才能领略到大学的风范和严谨

我不知道大学的大师应该是怎样，但山东理工大学有几位授课老师，让我印象深刻。大一下学期，我选了时为历史系副教授的赵纾老师的公选课"中国传统文化概论"。赵纾老师出身学术世家，其父亲赵俪生是我国著名历史学家（曾执教山东大学、兰州大学），讲起中国传统文化来游刃有余、左右逢源，这个典故那个事件信手拈来。他在课堂上说中国的龙本原是蜻蜓！乍听不可思议，可他从史料、从生物学角度分析，有道理。我曾就此请教他的校友学弟，时任齐文化研究院院长宣兆琦教授。宣教授坦然笑道：成一家之言。

宣兆琦老师开设了公选课"齐文化入门"，我也有幸成为其学生。他上课没有讲义也几乎没有板书更没有PPT，但就是他，站上讲台，一节课讲下来，旁征博引大开大合，内在条理性很强，让人听得津津有味。他当时已经是山东省齐文化研究基地首席专家，把齐文化研究推上了系统化、理论化的发展阶段，是国内外知名的齐文化专家。我们社会学系的教授倪勇老师也没有讲义，上"社会学"的时候，每次只有打印在一张A4纸上的讲课要点。靠着那一张纸他能讲两课时，我也靠着那些A4纸对社会学的发展历史和各家观点有了基本了解。他讲过很多自己读书时代的奇人异事，也不止一次在课堂上对大家说，"同学们，大学是你们人生中最青春美好的时光，一定要珍惜啊"！

大二下学期是"大学英语"这门必修课的最后一期。2006年5月26日，我逃了杜红梅老师的最后一节课，名义上是去组织学生记者报道五十周年校庆的相关活动，实际上反映了自己对英语课不够重视。后来考试结果出来：59分。我打电话给杜红梅老师，她说李燕我经常在校报和学校网站上看你的文章，但是这学期英语课学习不认真，我是故意让你不及格的。有个性的杜红梅老师给了我一个宝贵的教训，尽管后来补考顺利过关，但我知道对待学习不应该这样。从此以后我再也没有挂科。当时社会学系的副教授阎更法老师更有个性，在"性别社会学"课堂上，他把弗洛伊德的《性学三论》影印发放给大家进行分组研读、讨论并派代表上台发表观点。我们组派我上去，于是我就在黑板上写下了"性情中人"四个字，从人的爱情应该包含性爱和情爱、二者融为一体才是完整的爱情出发，谈了自己的观点。同学们课后对我说讲得有点"劲爆"，但阎更法老师一下记住了我，后来他在招生就业处工作到广州出差我们还见面聚会过。除了学校老师们的课，我也在大学四年间听了不少大师们的课：学校多年坚持举办文化名人报告（后来叫稷下大讲堂），莫言、欧阳中石、王蒙、周汝昌、孔庆东、张炜、陈爱莲、郑小瑛、金兆钧……很多名人都来做过专场讲座，只要我知道都会去听。这些讲座让我感受了文化的博大与学术的前沿，开了不少眼界。

作为文科生的我，高中数学就不太好，经常不及格，满分150分的高考我考了98分把北大数学系毕业的王明昭老师高兴得写了一首诗送给我。本以为大学不用学了，结果大一两个学期都要学习高等数学，我也就连续两学期挂科。第一学期补考一次过了，第二学期补考一次没过，学校组织全年级几十个文科生补修，授课老师是当时数学与信息科学学院的副教授张冠翔老师，他是上世纪80年代毕业的研究生。我记得十年前的那一天，我的高数补修课上，头发稀稀落落的他走进来，站在讲台上扫了一眼教室里稀稀落落的二十几个人，说在我手里你们要是还不能及格，理工大就没人能救你们了……我们先是不屑，等他"感谢天，感谢地，感谢命运让我们相遇""花前月下，卿卿我我，你是风儿我是沙，携手浪迹到天涯。到了考试，只能是横眉冷对试卷纸，俯首干啃手指头""这就是大名鼎鼎、鼎鼎大名的XX公式""不难，会的话"……这些生动有趣的讲课语录慢慢印入脑海，我对高数课的兴趣起来了。张冠翔老师讲课很有激情，别具一格，语言比其他数学老师丰富又风趣。最后我以最高分75分通过补考。他平常喜欢和学生们一起打乒乓球，没想到老人家几年前在学校西校区南门外遭遇车祸，不幸离开人世。永远怀念这位冬天脱下外套，里面穿着朴素白大杠蓝色运动服的个性数学老师！

因为您的笃行至善和情感维系，
我才能和优秀校友们一起创新创业

时间从十年前拉回到十年后，2015 年的 2 月 5 日，是中国传统的立春时节，母校党委书记都光珍老师、副校长刘国华老师在党委（校长）办公室主任迟沂军老师、校友办主任李修春老师陪同下到京走访校友，我得以有机会在交流会上见到在北京工作的很多学长校友，特别是时任中央党校校务委员会委员、科研部主任梁言顺师兄。他提出的低代价经济增长论和关于可持续发展两循环三增长理论引起诺贝尔经济学奖获得者和我国一些两院院士的关注，最近几年又持续关注互联网经济。我清楚地记得他在山东理工大学五十周年校庆庆典上，进行了精彩的脱稿演讲，大家掌声雷动。

我还有幸成为时任国家新闻出版广电总局电影局党组书记、局长张宏森师兄的微信好友，亲眼见证了他在朋友圈对微信公众号"娱乐资本论"、对电影《百团大战》票房问题的看法和在后续文章的评论留言和互动。还有在淄博创建国家大宗商品交易指数分析和评价权威体系的卓创资讯常务副总经理李学强师兄，国井（扳倒井）集团副总经理张辉师兄，半岛都市报发行公司副总经理成跃文师兄……这些学长师兄都是山东理工大学的优秀校友，毕业之后在工作生活中能够有机会和他们交流，我感觉非常荣幸，对拓展视野、活跃思维很有帮助。

而像时任东方燃气控股有限公司的 CEO 周荣刚师兄，对青年校友非常关心和鼓励，在他的领导下，北京校友会青年分会正在建立。就像在时任副校长邹广德老师和时任团委书记、创新创业学院执行院长赵明老师陪同下当时的校长吕传毅老师在 2015 年 10 月 14 日北京创新创业青年校友见面交流时说的，"校友特别是众多创业的校友成功了，就是母校的成功"。母校总是和校友们有着千丝万缕的联系，其中最重要的就是大学时光留下的情感维系。

正是因为这一份母校感情，我和马智、王嘉、陶新乐等校友才能一起推出了"I 律师"创新创业项目。我在法学院 2005 级法学专业的师弟、好兄弟贾承谕是一名优秀的青年律师，有着搭建互联网法律援助平台的夙愿，却于 2015 年 1 月 17 日凌晨不幸意外身亡。正是为了帮助贾承谕实现他生前的愿望，更好地为用户提供"互联网 + 法律"的服务，"I 律师"才应运而生。2015 年 12 月 9 日，我们"I 律师"团队与山东理工大学法学院合作的"I 律师"创新创业工作室，作为山东省首个"互联网 + 法律"的创新创业工作室正式落地淄博。和在读的、毕业的优秀校友们一起创新创业，又进一步延续了与母校的情感维系，这感觉很棒。

心中默默一算，到 2016 年我成为山东理工大学的一份子已经有十二年了。是母校对我潜移默化地教育和帮助，在我人生路上的成长和打拼的重要时刻，让我更加稳健和温暖地前行。西南地区小乡村走出来的我，南下广州之后又在北京立足，山东理工大学对这十二年人生轨迹的影响是非常深远的。我不知道人生有几个十二年，但我知道以后的人生无论怎样都有山东理工大学的影子。母校爱我，又教我如何不爱您呢！

老辈子口口相传的，是民间故事也是为人的道理

外婆谢翠华坐在屋檐下宰猪草，嘴里还叼着一根纸烟。经年累月的劳作，让她需要靠纸烟来提神。宰一两捆猪草，她又停下来吸几口，等一根烟抽完了，就慢悠悠地给我讲起民间故事。

她说，从前有个二十来岁的小伙子，娇生惯养十几岁想吃奶他母亲都要给他吃。他还不学无术，一开始偷鸡摸狗后来谋财害命，被抓后判了死刑。砍头那天，刑场几千人围得水泄不通，都想看看他的最后下场。将近午时，刑场一声炮响，四个刽子手将罪犯绑在一棵木桩上。验明正身，正要斩头，围观的人群中发出一声嚎叫："我的儿啊！"接着，一个蓬头垢面哭得伤心的中年妇人挤过人群，朝着死囚奔了过来。

这娃儿哀求："请让我再见娘一面。"官兵把妇人放过来，娃儿凄惨地说："娘啊，以后不能孝敬你了，我死之前还想吃你一口奶。"当妈的二话不说，解开衣裳就喂到娃儿嘴里，众人看得目瞪口呆。

谁知死到临头的娃儿嗷嗷地哭，突然一下子把奶头咬下来，跟着一口鲜血吐出去，大吼一声："娘啊，你惯使我，害了我啊！"

正当我听得惊心动魄，外婆着重地说了一句：自家的娃儿自家爱，但是惯使了宠过头肯定不行。我又求着外婆再讲一个，她又讲了地主与长工的故事。

地主家大房子在上风上水的位置，长工家茅草屋在下风下水的位置，两家阴沟相通，生活污水继续向下流。地主家年景好的时候，总是大手大脚铺张浪费，佣人淘米，淘米水里都有很多米被一起倒进了阴沟。

长工和老婆偶然发现了这个事，就不声张地在自家阴沟里把地主家淘米水里的米捡起来，悄悄用簸箕风干，放进米缸。日积月累，一年下来也有满满一缸子。长工家平时都舍不得吃纯米饭，都是掺着苞谷、红苕等粗粮吃，节约得很，渐渐地自家粮仓也堆满了。

过了几年，当地粮食歉收闹饥荒，加上地主家花钱如流水，竟然家道中落，又被土匪洗劫。一家人死的死，散的散，只剩地主和大房老婆还有几个孩子，饿得实在不行了，堂堂地主带着妻儿老小出门要饭。一天没有要到饭，一家人好不容易爬回来不停地在路边呻吟，眼看着奄奄一息。

长工念在地主以前虽然鼻孔看人克扣工钱但也还是给了他一份活路，于是和妻子煮了一些粗粮饭端去给地主一家吃。地主感激不尽，吃完了去还碗的时候问长工："连我家都没有粮食了，你怎么还有？"

长工哈哈大笑，揭开粮仓和米缸给地主看，说："这都是你家以前阴沟里不要的米。"地主当场捶胸顿足，懊悔不已。

五六岁的我，听外婆讲这个故事不止两次，每次她到最后都要强调：勤俭节约过日子，没啥不好。她说着，还吸了一口纸烟，特意睁大眼睛盯了盯我：一会儿好好吃饭，珍惜粮食。

奶奶杨贵珍跟外婆一样，也抽纸烟，她小时候作为童养媳在民国时来到我们家，还跟着曾祖父母他们抽过大烟。她也给我讲过一个三兄弟分家的故事：

从前有三兄弟，长大娶媳妇后分家，老大要了东边的十五亩地，老二要了北边的十五亩地，老三只好要西边的十五亩不好的涝洼甸子地。家里的牲口，骡子归大哥，漂亮的马归二哥，剩下的那头老黄牛归老三。

转眼到了第二年春天，种地忙的时候，老大发现骡子虽然能帮着驮东西但是食量不小费粮食，老二家的马中看不中用干活不行，老三

43

的老黄牛犁田发挥了大作用还只吃草节省粮食。老大老二费了很大劲才在自家的地里种上了黄豆、麦子、高粱，老三的地种上了适合的水稻。

结果这一年，十天九雨，老大、老二的庄稼都涝死了，老三的水稻长得扑扑腾腾。秋收的时候，老三打了满满一仓粮。

正当我感叹老三运气很好的时候，奶奶拍我的背说：做人不要太精明，吃亏是福。

高中校长阮平也在一次小范围聚会上，转述过他父亲阮文钦先生对他们兄妹小时候讲过的唐伯虎祝寿的故事——

明代才子唐伯虎诙谐幽默，常常是妙语连珠。

有一次，一个官宦人家的老太太九十寿辰。老太太那个当大官的儿子备了一份厚礼拜访唐伯虎，请他第二天为老太太作祝寿诗助兴，唐伯虎爽快地答应了。

第二天，唐伯虎果然准时赴约。等到觥筹交错、耳热酒酣之际，主人邀请唐伯虎作祝寿诗。唐伯虎也不推辞，站起来思索片刻，用手指着老太太高声说了一句："这个老太不是人。"老太太顿时横眉竖眼，极为难堪，众宾客也纳闷怎么才子开口就骂人，莫不是酒喝多了说胡话？众宾客惊愕，主人也满面不悦，客厅里顿时鸦雀无声。

唐伯虎似乎没有注意到别人的反应，稍停片刻，才慢慢说出第二句："九天仙女下凡尘。"

"好！"众宾客齐声喝彩，个个转怒为喜。主人喜笑颜开，寿星老太的脸上也泛起红晕。

想不到唐伯虎又指着坐在老太太周围的一众儿孙道出了第三句："儿孙个个都是贼。"全场空气立刻像要凝固一样，主人好不尴尬。老太太的儿孙们个个满脸震惊，恨不得马上把唐伯虎赶走。

又停片刻，唐伯虎指着八仙桌上的寿桃，一字一顿地抛出最后一句："偷得蟠桃献至亲。"

"好诗！好诗！"众宾客一齐喝彩，掌声如潮。主人立即亲自上前敬酒，感谢唐伯虎所献的绝妙祝寿诗，老太太的寿宴也变得与众不同。

一首七言绝句，搞得跌宕起伏，欲扬先抑，唐伯虎抖得一手好包袱。同时，告诉我们，做人做事不能太急躁，事缓则圆。

阮文钦爷爷，我外婆谢翠华，奶奶杨贵珍，他们这些老辈子口口相传的民间故事，通俗易懂，给人启迪，实是一种很好的口述教育素材，可以教给下一代为人处世的道理。虽然老辈子们相继离世，但是他们都是极好的老师，不然我为何至今记得这些故事呢？

第二章

做事先做人，做人先做学生

本章是写从小学到大学乃至工作后的人生路上，作为一名名副其实的学生，从老师的言传身教中学到做人做事之道的成长经历与感悟。其中并不避讳部分故事的隐私，反而更为凸显教育的感化和激励价值。

新盛，兴盛！

1986 年，我出生在一个叫新盛的乡里。它下面几个村子的名字保留着上世纪五六十年代的风格：柏山、新场、新金、太平、红旗……这是中国千千万万个乡镇中很不起眼的一个。它归属于西部，存在于四川，划归于乐山，是当年乐山第一大县犍为三十个乡镇中最穷的地方（2019 年四川省撤乡并村工作中并入定文镇）。

新盛穷，没有矿产没有沃土没有投资，有点搞头的就是养猪、种柑橘和栽桑树养蚕茧。我曾见到父母挑着箩筐背着背篓走十几里山路，加入长长的队伍去卖白白的蚕茧或者红红的橘子。至于猪，猪崽自己弄到几十里之外的罗城镇上去卖，肉猪出栏总是由贩子开着"小四轮"卡车来买。来之前贩子们会走乡串户统计"供货情况"，规划将车开到某条村里的黄泥公路上，以便最多地装下沿线的肉猪。

说新盛在整个犍为县最穷，还有一个重要的原因就是偏僻。在中国，偏僻这个形容词总是和交通不便、道路不好联系在一起。是的，新盛在犍为境内的东北方向，但不比更东北的金石井镇有"黄牛坡农业生态种养植（殖）园"以及战国墓群，也不比离县城更远的纪家乡因靠近吴玉章在辛亥革命中领导独立的荣县有投资，更不比旁边曾是四川最大旱码头的古镇罗城有旅游开发和厂矿企业。21 世纪之前，新盛通向外界的道路只有三条：第一条，从太平村到纪家鱼石村通向荣县和自贡，黄泥公路；第二条，从新金村经伏龙乡的黄桷村通向犍为县城，黄泥公路；第三条，从新场村经青狮、铁岭两个村（罗城镇辖区）到罗城镇，可去往犍为县城和乐山市区，还是黄泥公路。21 世纪初，新盛通向外界的道路还是只有三条。本世纪的第一个十年，先是第二条路县城到伏龙乡境内的路段变成了水泥路，接着新盛乡找新金村的老百姓集资加上县里的拨款，把自己境内的路段也变成了水泥路。至于第一条和第三条路，到2011年，还是黄泥公路。

给力的是，第一条路和第三条路就要被一起解决了。2011年的3月26日，罗（城）纪（家）路铁岭村至鱼石村段改建工程开工，全长约九公里，改造后路宽六米半。该工程总投资为一千一百一十三万元，资金来源为业主投资和财政补助，预计9月底完工。新闻通稿里说："该工程建成后，将有效解决公路沿线三个村三千多人的'出行难'问题。"

何止是三个村三千多人的问题！这是全新盛乡近七千人的问题，也是离家在外多少新盛人长久以来的一块心病！我还记得儿时节假日跟家里人翻山越岭走路从新盛去罗城赶场（赶赴集市）的情景。现在觉得有些悲壮，当时其实有点欢畅。想着到了古镇上可以吃一碗豆腐脑或者几个叶儿粑，走一个半小时的路又算得了什么。如果是父亲去卖猪崽兴许还可以去饭馆吃一顿豆花饭，如果在政府工作的小姑妈有空说不定能在她家里吃到很多肉和零食。

赶场完了，就动身走回家。先走罗城镇上到新盛的大黄泥公路一个小时，经过牛呷桥和滴水岩煤矿的山顶上，走到桂花坪分山路到大山顶二十五分钟，再走五分钟的小黄泥公路到狗屎坳，再分小路下山到谷里的家。这一趟，真是一趟好走。不管风吹日晒还是雨淋，上路了，就只能安心。春夏秋冬，四季之中我最喜欢夏天走这一趟路。因为夏日炎炎，有三个地方可以吃到茶水，滴水岩煤矿山顶、五七煤矿小卖部和桂花坪的大榕树下。那些茶水中我最喜欢喝的是老荫茶树或者泡楠树的嫩叶子泡出来的红茶水和糖精兑的凉开水，价格分别是一角钱和五分钱。就靠着喝两三碗茶水，我可以跟着大人们顶着午后两三点的烈日走一个半小时的路回家。我一般从罗城镇上走出来，走到滴水岩煤矿山顶的时候喝一碗糖精凉开水，然后走到五七煤矿换喝红茶水，清凉无比还有一丝回甜，这样就可以鼓起劲儿往山上走半个小时到桂花坪，在那棵大榕树下奖励自己长征胜利，再喝一碗糖精凉开水，这样总共花掉两毛钱。后来他们开始卖冰糕，死皮赖脸地有时会让大人拗不过，花一毛五或者三毛钱买一根。也有中暑的时候，太热又走那么久的路，到家都晕了，身上皮肤还过敏，这时奶奶就用线缠住中指，用针猛扎指头，顿时冒出鲜血来，她就把血点在我的额头、脸颊和心窝那里，据说这样能驱走身上附着的晦气和鬼魂，有时管用有时也不管用……这样要死要活的走路赶场，意义不光是吃喝，尽管那时物质匮乏，缺衣少食肉荤一个月没几顿，但更重要的是开眼界。罗城古镇集市的热闹，在全县都是数一数二的，老的人教版初中地理教材，讲到乡镇贸易的时候，有一幅彩色插图就是罗城古镇船行街的赶场景象。

我上幼儿园、小学、初中、高中和大学，就是走小路走山路走小黄泥公路走大黄泥公路走水泥路走高速路走铁路，一步一步，路越走越宽，走向大千世界的。初三的最后一个学期，大概是春节前后大家都很散漫，我觉得班上学习氛围很不好，不知怎么来的一股力量驱使，就和周富东、余鸿从学校所在地新场村走路到了罗城镇初级中学，找到教物理的小姑父，说想在罗城学习。后来校长罗彬亲自督促我的学习，最后中考我从原来的 730 多分考到了 800 分，以全校第三名的成绩升入高中。这里面有个小插曲，当时班上有一个女同学叫余霞，说是跑出学校来追我们三个结果没追上，又哭着回去了，原因是我把她的两个好朋友带走了。当年的她花枝招展能跳会唱，很多人喜欢她。后来我们有通信，现在还是很好的朋友。

中考成绩出来之后，父亲帮我收拾东西，从罗城背回新盛的老家。我要背一会儿，他说我是"秀才"了硬是不让。走到桂花坪的时候，碰见原来新盛的初中同学许春妹，她考得不理想，准备读个职业技术学校出去打工。父亲在远处停下来等我，顺便休息一下，我们就在那棵大榕树下追忆逝水年华那些可贵的往事，然后互道珍重。从此，我还是继续做我的穷书生，她去打工去结婚，在我高三那一年，她就已经当了妈妈。

客车有没有？有的。一开始，是1991年左右罗城到新盛通车。大概在1995年前后，票价已经是两块五毛钱一人次。两块五毛钱当时可以买一斤烧酒或者半斤猪肉或者八根冰棍外剩一毛钱买一根当当糖。对于精于算计生活和勤劳朴实的当地人来讲，花上两块五毛钱坐客车往返，既是"享福"，又是"受罪"。

当我"酒足饭饱"，挺着浑圆的小肚子坐上客车从罗城返回新盛的时候，那真是一场度秒如年的纠结历程。因为山里人很少坐车，加上这段黄泥公路上坑坑洼洼，客车在这路上不断的颠簸、摇摆中艰难行进，各种险象环生，所以有三分之一的人在客车行进过程中晕车呕吐，有三分之一的人在客车到达新盛以后晕车呕吐，还有三分之一的人下车以后，在走回家的过程中，忍不住，终于晕车呕吐。

如此的情况从我小学毕业延续到初中毕业再延续到高中毕业再再延续到大学毕业。在我工作到第四个年头，我才意识到我已经五年没有回过新盛了。因为在大四的时候，家里已经从新盛搬到罗城，我从山东淄博回到四川成都坐的是火车，从成都回到乐山坐的是高速大巴，从乐山回到罗城坐的是联运客车，这些车子走的路都不是什么黄泥公路。直到2011年的春节，我决定回新盛祭祖，才和妹妹坐摩托车从罗城赶回新盛。冬天的四川盆地总是阴雨绵绵，我们和摩托车司机颠簸在路上的时候，一边听着他对这条烂路的抱怨，一边感叹二十年过去了老家新盛还是这个样子。回来天色已晚又下起了毛毛细雨，我和妹妹还跟着司机摔倒在五七煤矿外面的泥浆路上。2006年我去上海参加教育部组织的全国高校网络精英夏令营的时候，参观松江区，发现那里的乡村跟城市一样，都是一幢一幢的"别墅"，道路极好，不由得想到那句至理名言：要想富，先修路。

抛开修路致富的思路，甚至嫁出娶进的婚姻幸福也要靠交通的改善。高中时候，女友曾经在一个春节从乐山到罗城再到新盛，经过四个半小时的折腾，搭着摩托车出现在我家的后山上。那时感动得要死，因为我深知这一路的艰辛与不易，何况当时她是前一天晚上在家里洗澡的时候煤气中毒突然感到生命脆弱然后抱着感冒的病体出现在我的面前……尽管我后来全程陪护她回到乐山，尽管我后来很讨她家人的喜欢，尽管我后来十分珍惜这段感情，可是我们的结局就好比那段没有修的路……

我们有几个至今保持联系的小学同学，在外读高中读大学和工作的时候，说起老家新盛，对路况的糟糕和出行的不便无不抱怨。可能是我每次都比较激动，谢芳同学还经常拿我开涮："李燕同学，加油喔，以后你当官或者挣钱了，我们老家这条路就靠你来修了。"这让我无限感慨，因为古往今来修路都是一件造福的事情。秦始皇统治严酷，但修建了几条贯通东西南北的驰道，方便了百姓生活来往和经济贸易，是造福；《士兵突击》里的许三多为连队哨岗修的那条石子路，也是造福；捐款修建罗纪路铁岭村至鱼石村段的那些个业主，更是在造福，造新盛人的福。因为这段路从罗城镇的铁岭村出发，要穿过新盛乡的新场村，才到纪家乡的鱼石村。这样，新盛通向外界的第一条和第三条道路就要贯通了。

修好之后的路，路宽六米半，碳渣路面。2011年的4月5日，清明时节我回去扫墓，看到工人们在打路基，上千万的投资果然质量好很多。面对这样的善举，我都情愿不去想象九公里的千万工程在修建中是否有贪污存在。无独有偶，2009年，通过省侨办牵线搭桥，澳门西南饭店董事长汤福荣、澳门文化公司董事长李寿年共同捐款二十万元修建犍为县新盛乡红旗村福寿桥，汤福荣还捐资十万元修建了舞雩乡双桥村福荣路。2010年11月15日，汤福荣和李寿年前来参加福寿桥和福荣路的竣工剪彩仪式，还为一百二十户困难群众赠送了价值两万元人民币的过冬物资。

在21世纪的第二个十年，新盛终于开始了巨大的变化。上世纪的90年代初，连个大哥大手机都很难在乡里出现，如今的时代，手机和网络遍地都是，为乡里人带来与全球同步的资讯。"开眼看世界"，更要"走出看世界"，路修好了，人好走。而这，就是第四条路，网路。网路上，尽管暂时没有或者永远不存在无限的自由，但是网络如果通到新盛每村每户，任何一个人只要会用手机或者电脑上网，认得常用的三千五百个汉字，网络世界的信息对新盛人来说就是海量或者无限了。

而一个人如果能从中提取有效信息，用于积累知识，然后形成素养，受到外界刺激转化为能力，通过运用能力来展现价值，再用价值获取财富，凭借财富确立社会地位，将最终拥有不小的社会影响。新盛人是具有后发优势的，能借助现实和虚拟世界的丰富资源与极大便利，实现一步到位或者超前发展也未可知。

乡村振兴已经上升为国家战略，中国未来的发展潜力和空间必定在广大的乡村。于我而言，遗憾的是，举家迁到罗城之后，新盛老家的房子都已不在，想起那生于斯长于斯的地方已经无处安身，让我不禁思考魂归何处？不过，路修好了，以后从罗城回新盛祭祖扫墓，就只需要二十几分钟了，而且不颠簸，想到这些，心里欣慰很多。

每一个在外的游子总是希望老家富裕起来，兴盛起来。那是生我们养我们的地方，我们儿时最重要的成长记忆都来源于此。也许，落叶终究是要归根的，我想，当我老了，就回到老家，找个地方，盖间草房，后山前水，茂林修竹，有点饭吃，有些书看，当然，还要有个人陪……

　　想到这些，我心里难免会微微的发出一些声音，像是在对上苍祷告又像是在喃喃自语，这些声音化为字符的话，或许是——

　　新盛，兴盛。

上厕所都在练英语的特级教师

2009年8月的一天，我在更生学校的运动场上最后一次见到孙毓松老师。他正在疾走，停下来说话的时候，我才得知他真的要退休了。十年前，他从五通桥退休来到这里；十年后他将再次回到五通桥，过上真正的退休生活。

我知道孙毓松老师是闲不下来的。还记得2003年更生学校十年校庆，纪念文集中收录了一篇他的文章《我是这样讲授对话课》，写到最后他感叹"自己年事渐高，记性大不如从前，看过的东西不大容易记住，我采取抄写的办法来帮助记忆"，他"花了近一年的时间把一本厚厚的汉英大辞典抄了一遍"，他"抄了十大本……"

这样的英语特级教师，在他们那个年代，可以说是"又红又专"，教书认真工作敬业。我2000年进入更生学校读高一，孙毓松老师从五通桥中学过来教我们班的英语。一开始我们在路上相遇，见他嘴里念念有词，仔细一听，原来是在练英语，他专注到了连我们向他问好打招呼都不太听得见的程度。后来，我们偶尔在厕所相见的时候，也听见他不停地在练英语……按现在时髦的话来说，孙毓松老师就是一位超级英语控。

他也是超级上课控，讲起课来，唾沫四溅，也激情四射，每一堂课从不浪费一分钟。多数时候都是提前五分钟到教室，将非常漂亮的手写体英语单词、短语和语法知识写满整个黑板。我这个从乡镇初中来的"英语高手"，进校第一次月考英语68分，相当郁闷，好歹中考英语也有136分啊。所幸的是，孙毓松老师对英语的激情感染了我，期末统考英语我118分，已经基本适应高中英语学习，还拿到了一千五百元的奖学金。

孙毓松老师对学生尽心尽责是有目共睹的。有一天午饭后他专门到教学楼拦截一个同学，那个同学应该是多次不交作业了，他很激动，吼了那个同学几句："……人家喊你飞机，我看你在英语课上才是坐飞机！你这样下去就是毁了自己！……"声音大得响彻整栋楼，很像河东狮吼。那个同学被吓得后来乖了很多，按时上交作业，成绩提升很明显。其实，按照老师的要求去做，坚持下来，肯定有收获。我把英语课上从孙毓松老师这里学到的思路推广到其他学科上去，到了高二下学期，就考到了全市文科前十五名，奖学金也上升到了两千五百元。

孙毓松老师中英文演讲都很棒，每学期总要不失时机地给我们演讲几次。他经历过抗日战争，讲到激动的时候，总是挥舞着拳头说："同学们要努力啊，落后就要挨打！"我们一点都不担心他激动起来坏了身体，因为孙毓松老师的身体太好了。他很注意锻炼。有一次在宿舍双手举哑铃，弄得胸口不舒服，过了一个月，他去医院体检的时候人家告诉他，肋骨断了三根现在又长好了，这才明白一个月之前举哑铃可能让他断了三根肋骨……

孙毓松老师再次退休时，年过七旬，到了"从心所欲而不逾矩"的境界了。他不仅英语教得好，还是酿制葡萄酒的高手。他说要送我上好的一瓶。作为他的学生，我也曾在更生学校任教高中，没有太大成绩也就没有底气去领他这份馈赠。不过还真想念他，他对工作的激情对生活的热情总能感染我鼓励我一直向前。

我尊敬的黄运泉老先生

我刚进私立高中乐山市更生学校读书的时候，黄运泉老师刚从公立高中峨眉一中退休，按他的话说就是手痒放不下三尺教鞭，就来当了我们学校的语文老师。

熟悉了，就直接叫他黄老师。每每听到我们叫他黄老师，总是挺挺将军肚，很舒服地用小碎步踱开了。先生当年在西南师范学院（后称西南师范大学，2005与西南农业大学合并为西南大学）师从郑思虞、吴宓等国学大家，写得一手好字，也赋得一手好诗词。对学生鼓励良多，私下资助过好些学生。

当时先生并没有教我，是我主动去结识的他。听说他退休前是峨眉一中的语文教研组长，又当过乐山市政协委员，到我们学校也做教研组长，而我在负责"火凤凰"文学社的活动，又从黄老师班上的同学嘴里得知他讲课风趣、天南海北，就想请黄老师为社员开个讲座。可他往往上课之前才从寝室踱步而来，下课之后学生一般只问数理化，他也洋洋而回。那天趁上课铃声未响，我就凑到在办公室休息的黄老师面前，像爆炒豆一样说了我的想法。他不住地点头，等我说完，拍着我的肩膀说："年轻人有活力，你们先自己搞搞。"当时我还以为他摆架子，瞧不起学生社团。后来才知道，黄老师的话，实不为过：内部还没有形成凝聚力，就大大咧咧搞活动，确实不妥。到社团运转了些日子，黄老师给我们出谋划策，指导扶持了不少。

他爱喝酒，因为身体棒，一直没见他生病。在我所有老师中他年龄最大，但得病最少或者说没有，这和他不管春夏秋冬，几十年如一日的冷水浴密切相关。他的冷水浴一般选在早上起床之后进行，盛夏喝酒后半夜出汗太多，黄老师也要从凉席上翻身冲个凉。后来这个喜好被考上同济大学的官远智学去，至今乐此不疲。

黄老师爱作古体诗，一边抽着四川土烟，一边作起诗歌。高考结束的那个暑假，我和另外一个同学去寝室拜访他，一打开门，便是浓浓的土烟味，可谓云雾缭绕，黄老告诉我们刚刚完成一个作品，拿来一看原来是给我们学生写的墨迹，送我的是一幅"声宏意远"四个大字。不久我去山东求学，把他的手迹一同带着，曾拿给大学书法老师看过，他们说这字自成一家。

黄老师是峨眉山人。2004年高考完了我和两位同学去登山的时候，又去他家中折腾了一宿。他和师母盛情款待，吃完峨眉特产烟熏鸭，还亲自带我们走看峨眉城，走到他以前工作的学校外面，他指着一棵估计七八个大人手拉手也圈不起来的榕树，用浓重的峨眉口音说："去年我还住在那棵榕树上。"我们百思不得其解，他挺了挺将军肚，扶着黑框眼镜说："你们看那榕树后面的宿舍楼，隐约其间，我每天推开窗户就站在树干上了。"我们豁然明白，大笑不止。黄老师又幽默了一盘。

黄老师每晚都喜欢喝点小酒，但在他寝室总是酒友躺下他却不醉。记得在学校有一个笑话传得非常厉害，说一晚住在二楼的陈姓年轻老师去他四楼的寝室请教教学上的问题，进去半天，出来已经是不晓得东西南北。黄老师把他送到门口让他小心，小陈老师口口声声说"没事""没事"，等黄老师房门一关，小陈老师下楼，结果是滚到三楼，再爬回自己房间。第二天，小陈老师鼻青脸肿给学生上课，自嘲昨夜成半仙，不想还半醉，酒一醒，就从云里掉下来了。众人捧腹大笑。

2006年先生终于从教职上退下来，居住在峨眉山下。2008年我回高中母校更生任教，和同事兼校友、他的学生彭粒一起去看他。先生面色红润、口齿清晰、思维和行动都很敏捷，还带着我们去桥头吃了一顿牛肉汤锅，喝了二两酒。回到住所，又在纸扇上为我们题写诗词。我们真真的是又吃又拿。

听闻1935年出生的他2011年冬天生了一场病动了手术，2012年身体恢复得还好。黄老师常对我们说要热爱生活，他给我讲过一个故事：一个妇女吃着包子上了公交车，嘴里嘟囔，现在什么世道啊，包子芯芯这么小，第一口没咬着，第二口又咬过了……几年前相伴他几十年的老伴不幸先离开了人世，子女很关切他，幸而现在有个老伴又陪着他，晚年生活有一帮书词老友聊人生谈书词，过得很开心。黄老师出了一本毛笔手写体的《峨眉揽秀词》，每每送人阅读，题词落款都自称"苦挑夫"。我们做学生的，希望他借苦喻乐，健康快乐。

欠宋玉莲老师的不仅仅是八千元钱

　　铃声和广播响起来，英语考试开始了，这是 2011 年四川高考的最后一个科目，教我带的班级英语的宋玉莲老师到现场给大家加油鼓劲和陪考。学生们各自进入乐山草堂高中考场后，她悄悄拉我到旁边说："走，我带你取钱。"

　　高考前几天，我告诉宋玉莲老师自己要离开乐山了。她以为我要去北京读研究生，实际上我是去广州工作。我们聊到在外生活的不容易，她顺口问了我一句钱够不够用啊，我有点难为情地说还真不太够。我毕业回母校当高中老师起薪是三千，朋友多，一起吃吃喝喝，又喜欢数码产品爱看电影，也是月光族。而后三年里工资每年都有百分之十以上的增涨加上在学校负责团委、宣传和高中年级的补贴，到了 2011 年也有四千多。学生高三那年，我把每个月过生日的聚集起来请他们出去吃顿豆花饭什么的，临近毕业惜别的氛围越来越浓，我也时不时和朋友、同事甚至约着几个学生吃饭、喝茶，没存下多少钱。带完那一届学生，准备去当一个广漂时，身上的钱还不到一万。宋老师问起，我还腆着脸说"要不你借我点，哈哈"。

　　聊天之后我就忙着学生高考的事，没料到宋老师一直记着，高考就要结束的时候，要带我去取钱。我们沿着草堂高中的校门出来，来到工商银行排队。一会儿宋老师把八千元钱递到我手上，她说："我的活期存款不多你先拿这点用着，以后需要我再借给你，年轻人是要多出去闯一下，加油哦。"

　　一个小老太太站在我面前，不仅从物质上帮助我，更是从精神上鼓励我，现在想起来仍然非常温暖。要知道，宋玉莲老师不仅是我任班主任的高 2011 届八班的英语老师，更是当年我在高 2004 届三班学习时的英语老师。尽管是英语高级教师，我第一次见到时，觉得她一点架子都没有。她真的是那种勤勤恳恳、扎扎实实工作的老师。她很朴实，衣着打扮上如此，教学方法也是这样，属于老派正统的老师。班上有一些同学和后来我班上有一些学生，觉得她的课堂教学不活泼，还有调皮的学生接嘴起哄，不好好学习英语。

宋老师就很伤心，但她一般也不说，只是喃喃几句又默默工作起来。有那么几次被学生气哭了，她红着眼睛说"现在的学生咋不懂得学习的快乐、知识的可贵啊，太不听话了"。和我搭档在高 2011 届八班任教的时候，我们算是师徒三代同堂。有一次她被气哭了，我通过课代表、班委和一些同学了解了情况，临时开了一个班会，等于班主任训话，我非常"凶狠"地对全班说："宋玉莲老师是我的高中老师，心地善良、工作认真，可能有同学一时半会儿适应不了她的教学方式，你可以保留意见，但你不可以不尊重宋老师还干扰课堂秩序，年轻人欺负一个想帮助你们的老年人，我为你们感到羞耻！"

我的训话是"匪气"十足的，短时间可以震慑住一些同学，但长远来看还是要让更多人喜欢上学习英语，多和宋老师沟通交流。为此，我在班上动员一些有潜力有兴趣的同学组建了英语学习加强小组，我抽出每天晚自习后的时间督促成员听写英语单词、背诵英语课文。我们搞了英语口语演讲比赛，邀请宋老师和年级其他英语老师当评委，我也准备了几天时间上场秀了一段口语。还利用了一些课余和节假日机会，促成宋老师和同学们有更多的接触机会。

宋老师自己也在几十年的教学生涯后积极做出改变，对待学生除了真诚，还有婆婆般的爱心，哪怕谁取得英语学习一点点的进步，她都自掏腰包买好吃的送他们。班级从高一第一学期年级英语单科平均分倒数的情况到慢慢的提高，只要看到进步她都高兴得像个小孩子一样。越来越多的同学开始亲切地叫她宋婆婆。师生关系从不理解、不和谐到慢慢理解、出现更多祖孙两辈融洽快乐的相处。到了高三，很多同学的英语有了明显提高，高考中全班英语平均分是年级文科第二名，好些同学考分达到了110分、120分，还有同学获得了130多分的好成绩。

没办法，中国的基础教育，有高考这样的应试指挥棒，就得以成绩论英雄。宋老师的英语教学，真的没有什么魔法棒，就是认真、踏实。她一辈子也是这么活过来的。年轻时作为一个单身妈妈带着自己的儿子，一边努力工作一边勤俭持家，期间她当着老师还用业余时间开过小卖部。她的儿子成长得非常优秀，后来给她娶回来一位美丽、孝顺的儿媳妇。宋老师从草堂高中退休后，被阮健老师邀请到更生学校任教，她放不下英语教学的快乐和充实的工作状态，这一待又是十年。在一所全日制封闭式私立学校，当一个基础教育阶段特别是高中教育阶段的老师是很辛苦的，我深有体会，不仅要教书还要育人。

当下中国社会的家庭教育，本该作为孩子人生第一任老师的父母，经常因为工作、因为离异等林林种种的原因而缺位，学生们的为人处事、涵养礼仪等方面成长严重不足。老师们不仅要利用生动鲜活的方式传授知识给他们，而且要帮助他们改掉很多不好的习惯，让他们逐渐知书达礼、成熟懂事起来，还要负责他们在学校的健康安危。有时真的感觉太累了，身心俱疲的那种累。但也很奇怪，每每看到学生进步，举手投足之间显现出一点辛苦的回报，学会做人，学会做事，我们也感到无比的快乐。我想太多的老师都一样，就这样累并快乐着。

2011年带完高2011届学生，我跨行换了工作，宋老师也二次退休，真正开始了"最美不过夕阳红"的精彩人生。她加入了乐山老年大学，经常和老同事老朋友们一起游山玩水拍照留念。宋玉莲老师还悄悄写起了诗歌，熟练地用起了 QQ 和 QQ 空间。让我羞愧的是，四年过去了，我还没有还她的钱。一年一度教师节，又想起宋老师，又是阵阵温暖。我想，自己欠宋老师的不仅仅是八千元钱，更是她身体力行给我这个她的学生、她的同事、她忘年交的小辈朋友认真工作、热爱生活、快乐相处的人生启示。

过去的四年，宋玉莲老师时不时会在我的 QQ 空间出现，为我的足迹点赞，可我只有回乐山的时候买了水果等礼物去草堂苑看她一次。她说钱不要还了。我掏出装好钱的信封坚持放到她手上说："那怎么行，借钱还钱天经地义，还要感谢宋老师当年的慷慨相助。"宋老师笑眯眯地说："你发展得好我就很开心。"

我的学生记者生涯

2004 年 8 月末，雅典奥运会还在进行，我到山东理工大学报到。我知道每个大学都有校报，但不知道《山东理工大学报》是对开四版，而且彩色印刷，是周报。校报排版大气、讲究。头版是学校要闻，刊登大事、领导动态和其他重要信息；二版是综合信息，刊登学校各部门、各学院或者还有一些学团组织信息；三版是校园生活，主要刊登学生记录学习生活的文章和校报学生记者策划的专题、话题或者采写的文章；四版是文艺副刊，散文、随笔、诗歌、摄影作品、言论……都有，最具特色的是"稷下论坛"，校内外、国内外、天下事，老师和学生都可投稿，高者上，为山东理工大学的师生开了一扇对外的窗。

这样一张报纸，当时已是山东鲁中地区高校里唯一的一份省级优秀报纸，和山大、海洋大和石油大一样，多牛啊。我怀着敬仰和欣赏的心情在大一上学期写过一篇散文，以电子邮件投稿，等了好几周，石沉大海之后，心里骂过编辑老师不识货。冷静下来，翻看每周的校报，又觉得别人确实比我写得好，我还需要打磨。

我在《山东理工大学报》发表第一篇文章，是在大一的下学期，如果没有记错的话，有三点：一是当时大一学生里已经有熊江（女）、王资博在校报上发表了文章；二是我的文章是参加"我爱我师"征文比赛的，题目是《赵缊印象》；三是这篇文章的稿费是人民币三十元，当时是至少两天的饭钱，还可以。

之后我进"青春在线"网站，开启我的学生记者生涯，和校报的缘分也开始了。2005 年下半年大二上学期刚开学，9 月 16 日的《山东理工大学报》头版头条（学校要闻）、四版头条（文艺副刊）和二版，都是我的文章。那一期，我同时有三篇文章在校报刊登。大三的路应刚对我这名刚刚大二的学生说："你牛了，要请客。"

我大二上学期正式成为《山东理工大学报》的学生记者，同时被任命为大学生记者协会主席。孟宪强、王冲、杨以忍、于婷婷、路应刚……一批老人忙着考研考公务员找工作，记者协会只能重组，用"一群青年，用同一种理念，打造一个团队，创造一段历史，度过一些阳光的日子"作为社团建设和发展的理念。

我主持记者协会工作，大概做了四件事：重组了一个团队——新一届协会的核心团队；策划并组织了两个系列活动——"理工传媒校园行"和新闻写作培训班；搞了第一届山东理工大学校园好新闻大赛，并在记者节（11 月 8 日）当晚颁奖；促成《理工青年》报的创刊，并出任编委、副主编（主编是老师）。

在记者协会，我的前任是孟宪强，很多老师和同学以为他是一名有思想的教师，没想到他是个学生，还是生命科学院的。他做过"青春在线"网站的首席记者，在校报自然是挑大梁的。那时文艺副刊的"稷下论坛"一个月有两三周都是他的文章。瘦高个，毕业后娶了外国语学院的美丽嫂子，在淄博电视台工作。

王冲也是高个儿，身板比较厚实，会说话更会写文章。我那一届有位姑娘不仅迷恋他的文章更迷恋他的人，不记得最后有没有表白……跟他接触不太多，但是知道他后来考取了环保部门的公务员，不知道还有没有写文章。于婷婷跟我同一个学院，秀丽大方，后来考了警察，不知道现在是不是妈妈了。

路应刚和宋其佳都是"青春在线"网站出来的校报记者，一个做过站长助理一个做过首席记者，两个人字都写得不错。前者喜欢用"默路"这个名字在每年的 9 月写上一两篇字里行间略带忧伤的文章，后者喜欢整点干货写一些很硬气的校园评论。

张运波和唐媛媛都在理工视窗网站，都给人踏实的感觉。运波很实诚，还是法学院的，说话很温和，后来继续留在了淄博，过上了老婆孩子热炕头的幸福小日子。和"汤圆"一起吃过好几次饭，很人文情怀，好像是管理学院的，后来去了福德，汶川地震后福德在北川发展，她应该出了不少力。

我们那一届大学生记者协会，鲍建国消息通讯评论散文什么都能写，李伟很有亲和力，厉智敏文笔细腻，王资博高产，王荣波扎实，臧利国聪明，袁翠可爱台球打得好，赵笑丹温柔骨子里要强，曾刚办事让人放心，郭智强嫉恶如仇，韩琪姑娘很讨老师喜欢，范军波视野开阔喜欢学习。

在我的学生记者生涯，《山东理工大学报》的排版是郝稳，有些腼腆笑起来很阳光的一个女子，操作电脑软件很麻溜。我们创刊的《理工青年》，经过报社领导允许，也是在她得空的时候抓紧时间做了四版。她好像中途因为待遇问题离开了一段时间，后来报社又请她回去，大概工作质量还是她有保证。她还是年轻妈妈。

当时，莫文、李秀芹老师是《山东理工大学报》的文艺副刊编辑。李秀芹老师是高挑大美女，笑起来声音很爽朗。跟她说话不多，好像她喜欢打乒乓球。记得毕业前在大学生艺术广场碰见，她已经挺着一个大肚子，快做妈妈了。莫文老师应该跟莫言没关系，但编辑的副刊很精致，他还负责发稿费。

马东顺、崔文斐是校园生活的编辑老师。崔老师桌案常放一本词典，和学生记者沟通起来很有亲和力，不久后她当了妈妈，后来更多地指导记者协会的工作。马老师常被叫为老马，理工大毕业后做西部志愿者的文章发表在《中国青年报》后一下走红，同张雨田、施海花老师一起回校工作，喜欢激扬文字，为人利爽。

穆冠成老师是二版综合信息的编辑，同时是校报副总编。人高马大，酒量好，声音洪亮，做事麻利，有脾气有性格，交际手腕也很强。摄影、编辑、采写样样拿手，关键还很有创意，比如校报二十周年和建校五十年的特刊，用纸、编排，特别有视觉冲击力。他也是我做记者协会主席时最有力的支持者。

何庆梅老师是头版编辑，同时是校报社长、总编，很能撑住局面的女领导。她同时兼任党委宣传部副部长，都光珍书记很早就委托她起草许多文件和稿件，现在估计很少能见到何老师的采访报道或者其他文章了。她比较稳，能喝酒，平衡关系又比较在行，再过几年恐怕要用"德高望重"来形容了。

回看当年，我的学生记者生涯承蒙《山东理工大学报》的各位老师指引，在新闻写作、传统媒体运作和团队管理等方面，都获益匪浅。虽然对记者协会的发展模式以及一些其他问题有过不同意见，但我一直是心存感激，关注着校报的发展。移动互联网时代已经到来了，报纸如何与新媒体融合，在高校也是个课题。

三十年后再相会

　　2015 年是大学母校的校报——《山东理工大学报》创刊三十周年。在那十年之前，我刚刚从大一进入大二，恰好遇上校报创刊二十周年，在鸿远楼的八楼会议室举行了一个纪念座谈会，"Duang"的一下，就三十年了。

　　我是 2005 年 5 月进的"青春在线"网站，9 月的一期校报从头版的《2005 级新生向学校交上第一份满意答卷》到四版的《维以不永伤》就都有我的稿子刊登。网站的首席记者孟宪强同时也是挂靠在校报的大学生记者协会的第一届主席，他在那一期校报下厂印刷前帮编辑老师们校对，提前看到了内容，回来在网站对我笑眯眯地说："李燕可以啊。"路应刚也盯着我让请客。过了两天，孟宪强说校报老师让我去一趟。我见到了马东顺老师，之前他和张雨田、施海花老师一起刚从西部做大学生志愿者回来，以本科毕业生的身份被母校破格录用，做了大学生记者协会的指导老师。他没什么废话，坐在电脑前扭头对我腼腆笑了一下，又转回头看着电脑，说出的第一句就是："校报想让你来做大学生记者协会的第二届主席。"

　　当时我也表达过顾虑，因为我已经是"青春在线"网站的采编部副主任（2006 年上半年换届我又升任站长），时间和精力有限，不知道能否胜任协会的工作。马东顺老师说能写稿子就行，又让我到隔壁办公室见穆冠成老师。穆老师时任校报副社长、副总编辑，人高马大，肤色偏深，乍一看挺唬人的。我没敢多说话，就是听着他说"你没问题，好好干"。

我懵懵地进了电梯，出了鸿远楼。在门口两个保安还"咔"一下站起来给我敬了礼，可能是我长得太着急了，显得老成吧，他们没见过就以为是个什么来宾。就这样，我开启了一段与校报的不解之缘。

　　如果说"青春在线"网站培养了我素养和能力里的互联网属性，那么校报和大学生记者协会就加强了我的媒体属性。我从小喜欢读书，高中也是文学社的社长，大一的时候还做过文学院蒲公英文学社东校区分社的社长。遇到太无聊或者像高数这样对我是绝杀的课，就会翘课去计算机实验楼的机房上网，除了看电影看电视剧，就是逛逛榕树下、红袖添香，尝试着用键盘敲出一些诗歌、散文、小说和时评。我第一篇在校报上发表的文章，是参加"我爱我师"征文的《赵缊印象》，写我中国传统文化课的老师赵缊，他是著名历史学家赵俪生的儿子，讲课旁征博引，插科逗浑很有趣味又很有启发性。那种自己的文章每一个字每一个标点符号变成铅印刊登在报纸上的感觉，如今电子化阅读逐步取代纸媒阅读的90后00后是没法体会了。

　　在我之前，同一级的文科同学熊江、王资博是最早在校报上发表文章的，理科的第一个应该是孙玮琪。艺体的第一个应该是美术学院的于小雪，这姑娘文如其画，散文特别好，我和很多男生一样想认识她，结果都到现在十年了，我都不曾见过她一面。据说她是母校老师的女儿，我们有过一段时间通过邮件、QQ和微信交流，她甚至到我家乡成都的平安分公司工作过一段时间。我跟她最近的一次物理距离，是前脚她找莫文老师领了稿费，后脚我进门领稿费看见莫文老师表格上她的名字，追出去她已没有了踪影。她跟我最近的一次物理距离，就是我跟一大帮朋友走在第三体育场旁边的青年路上，她听见有人叫我的名字，与我擦肩而过。她不在网上聊天时自己说出来，我也许永远不知道。

　　想把于小雪这样的人才吸纳到大学生记者协会，更是难。有灵性的人往往不习惯组织的约束，但是鲍建国、李伟、韩琪、厉智敏、臧利国、赵存艳、范军波等等有才气又有活力的会员相继出现，充实和壮大了第二届大学生记者协会。因为协会是社团组织，还接受校团委的领导，所以我也找到了曾刚、王荣波、袁翠、郭智强、赵笑丹等一些踏实做事、执行能力很强的人加强团队管理和活动落地。我们在校报老师们的支持下，用"一群青年，用同一种理念，打造一个团队，创造一段历史，度过一些阳光的日子"的理念，陆续做了"理工传媒校园行"系列活动、记者节特别晚会暨第一届校园好新闻大赛颁奖仪式，开办了大学生新闻写作培训班。一个大二的学生，就是我，站在阶梯教室的讲台上，给来自全校二十多个学院的宣传口上的几百名学生记者和干部做培训，想想也是醉了。

当然，在是专心写好稿子还是侧重做好活动的问题上，不仅我们有时感觉分裂，校报内部老师们也纠结得厉害。时任校报社长、总编辑的何庆梅老师主张我们回归学生记者的本分，在新闻写作上磨练自己。这并没有错，长远来看，还对大家非常有益。但大学生记者协会当时因为社团的身份，已经搞了好几个有影响力的活动，看起来就"分心"了，马东顺老师也拿不准我们该怎么办，所以协会的工作一度出现摇摆。我在毕业前后的一段时间还对这些困扰和烦恼有一些情绪，何庆梅老师和马东顺老师或许都略知一二，现在想起来都很幼稚，无论怎样，老师们都是希望我们更好。如果当年有什么鲁莽的言行，今天都应该郑重地向既往不咎的老师们道歉。时过境迁，才知初心。

为了更好地锻炼协会成员，同时更好地发挥媒体的影响力，在穆冠成老师和时任校团委书记刘明永老师的撮合下，《理工青年》报2006年创刊了，我任创刊编委、副主编，主编是当时校团委社团部的戴洁老师。报纸是小四对开，头版、四版为彩色。我和厉智敏、王荣波几个做起了编辑工作，每周在校报这张大报排版、校对的空隙，"偷鸡摸狗"地找郝稳老师帮忙排版，必须要在更为有限的时间里把我们这份小报"挤出来"。那时才慢慢懂得，好文章是改出来的，以前投稿给校报，编辑老师改了一点都不爽，现在算是明白其中的苦心了。2011年"青春在线"网站十周年国庆聚会，我回到母校，在大学生记者协会工作过的刘沾跑来看我，特意找出了一份《理工青年》报的创刊号报纸送给我，又让我想起那段青春岁月。

倘若十年来，我被称为所谓的资深媒体人，成为移动互联网时代自媒体人的一份子，还厚着脸皮做了搜狐移动新媒体专业顾问、青岛日报报业集团掌控传媒顾问等社会职务，那都有在大学里被校报和大学生记者协会工作训练的结果。校报老师们是无心插柳，我和大家一样是终生受益。老师们也是有情有义：何庆梅、穆冠成两位老师就像家长一样自然不用多说；范卫波老师喜欢打乒乓球，也很随和，2013年还一起喝过酒；莫文老师为人敦厚，工作勤勤恳恳，感染我们很多；崔文斐老师那时刚工作不久，但写稿非常用心，做事也很认真，也非常值得我们学习；李秀芹老师非常有品位的着装和气质好像告诉我们写作出手之前一定要精雕细琢；马东顺老师平时腼腆木讷，但文章里针砭时事、嫉恶如仇，后来还去了我的母院法学院工作。2008年毕业前夕，"5.12汶川大地震"爆发，家乡受灾，在山东理工大学的四川籍学生都很关切，都想为家乡做点事情。我们发起了募捐活动，后来重庆籍的同学还有很多关心灾区的其他省份同学都参与进来。2008年5月16日晚七点，我们在母校逸夫图书馆前广场为四川地震灾区举行了烛光祈福活动。我带领大家宣读了自己撰写的祈福词——

汶川强震，地崩山摧；黎民百姓，家破人亡；
生死之间，慨当以慷？！
四川、甘肃、陕西、重庆、河南、云南，同胞罹难。
天府之国，伤亡尤甚。

今日此刻，四川老乡，热心同学，在此集会，为父老乡亲祈福，为所有灾区百姓祈福，更为泱泱大中华祈福！

2008年的中国，朝着北京奥运的熊熊圣火激扬前进，朝着更加富足强盛的明天坚定前进，在这并不平坦的道路上，我们挺过了南方的雨雪冰冻，挺过了西藏的打砸抢烧，挺过了火炬的境外被扰，挺过了阜阳的手足口病，挺过了胶济的火车相撞……而今，我们再次接受严峻考验，四川汶川7.8级地震，乃1976年唐山大地震后中国之最严重地震。伟大自豪的中华民族，上下五千年的灿烂文明，这点困苦磨难不足喟叹，我们依然在路上，永远在路上！

自然灾难，不分省份，不分民族，不分国家，不分宗教，全球一体，世界合一。近有灾区百姓自救、政府抗震、社会捐资，远有国际组织协助、各国援救、华人募捐。地震当前，情浓于血，见证大爱；逝者已去，生者自重；好好活着，努力奋斗！

我们祈愿包括四川在内的所有灾民得到及时救助支援，我们祈愿包括四川在内的所有灾区得到迅速重建治理，我们祈愿包括四川在内的所有遇难同胞静享安息！

（请大家跟我一起念诵最后的祈福词）

我们愿与生者共勉，愿与逝者同在，天佑四川，天佑灾民，天佑中华！

（祈福结束，谢谢大家）

第二天穆冠成老师打来电话慰问，说校报社会帮助我们宣传募捐。如果没有记错，那次全校包括后来的教工共募集了十万元现金连同一些物资，一起送给了灾区。因为校报的缘分，我结识了成跃文、王冲、于婷婷等师兄师姐，还跟校报的"老人"郑晓、杨鲁宁等老师有过接触，母院法学院的院长张子礼老师又来到宣传部主持工作，前不久还通过微信与之有过交流。《山东理工大学报》，这一份山东省的优秀报纸，每年高校好新闻评选获奖无数的校报，也因为有了这些老师和学生，才有了那些精彩的新闻和美好的回忆。

大学毕业后的六七年里，我在香港成报传媒集团这样传统的报业集团做过香港成报网总编，也在搜狐这样的互联网公司负责过搜狐新闻客户端的用户运营，每每遇到工作上的挑战，总是习惯性的追本溯源想一想当年在校报做大学生记者协会的干劲和感觉，然后继续向前。如今，我做互联网创业项目，做自媒体，负责公司和产品的市场公关、营销推广工作，也得益于从校报开始，到现在越来越强的媒体属性。

科技发展日新月异，媒体传播的介质和载体更是发生了很大变化。当下的中国高校，传统媒体平台也跟社会媒体一样受到影响，移动新媒体成为了新的传播平台。很高兴地看到，以校报官方微信为代表的山东理工大学高校新媒体平台崛起。因为老师们和师弟师妹们的努力，我们现在通过手机等移动设备，就能"一手掌握"母校的动态，还能看到校园里繁花盛开的春天美景，感受"双代会"的可喜成果，分享母校取得一项项教育成就和科研成果的喜悦。

或许有一天，《山东理工大学报》这份纸质的报纸会消失在时代剧变的洪流中，但是更为鲜活的电子图文、视频等形式，将一如既往地承载山东理工大学的教工和学子们一直在传说的工作学习故事，以及永存心中的母校情结。让我们轻拂校报身上的尘埃，整装上路，再来一个三十年，再来一个亲切的相会！

所有的时间，都用来浪费在美好的事情上

　　一上台，大家可能会觉得我很失败：去了两次珠峰还是这么胖（台下笑声）……我在想呢，人生有很多的愿望，有些东西可以吹一辈子，（珠峰）这个事情好像可以吹一辈子。但是我又想，三十多岁的时候，完成这个事以后，接下来干嘛呢？这是一个值得思考的问题，所以今天跟大家一块来分享。

　　今天这个时间，我大学毕业工作到现在，正好是第十年。十年整，2008年到2018年，一个非常凑巧的一个数字，这十年我干了些什么呢？

　　这里我总结了一个"三三四四五"：三年的时间在更生当老师，三个互联网的工作，四年做自媒体，四次创业，五年的时间做了两个奖学金的事。2008年我毕业的时候，如果大家还记得……最近咱们国家最高领导人去了川西，汶川地震爆发十年了。当年确实遇到很多事情，我在山东淄博，跟校长通过QQ的语音聊天，聊到要回更生工作的事，聊了两三个小时。我们谈得比较透，关于为什么对文化教育很有兴趣，希望来体验一下。回到更生做老师这三年，也是一个非常好的体验，而且也是在蓄能。实际上当老师也是蛮轻松的，虽然一岗双责，要教学还要管安全，你做班主任还要管学生的思想，但在这个过程里，你可以有大量的时间来蓄能，你可以练练毛笔字，多看看书，发发微博，搞个十万粉丝的微博出来。

　　探索一下，去参加一下乐山电视台的一些活动，做一些嘉宾，或者是写一些专栏的文章，然后可能还明白一些道理，明白一些大的趋势。那三年，我觉得是我工作一个非常重要的起步阶段。后来我经历了三

次互联网的工作，除了更生的工作之外，我也做了一些相关的互联网工作，又回到大学做了一些（互联网）相应的事情，在汽车杂志做了微博营销。当时在广州天河的珠江新城高德置地广场工作，那个地方非常漂亮，推荐大家去广州的时候，去那个地方看一看夜景，小蛮腰、水桶腰。我们有一个同班同学邹迪，现在就在广州工作，那个地方特别美，推荐大家去看一看。

我后来又去了香港成报做新媒体业务，这些东西算我比较擅长的，后来又去了搜狐，前半段都是做产品，后半段是做市场公关和传播。我应该算是互联网科技圈做自媒体最早的一批，以微信公众号为主体来辐射其他的账号和渠道。我创建的"天方燕谈"现在应该也算是头部的自媒体了。当然很有压力的事情就是自媒体的红利已经殆尽，现在我们要开始考虑下一步要怎么走。在做自媒体这个过程中就会发现，在中国做媒体天然有一个优势：可以触及到各行各业甚至互联网垂直细分的领域。你会有很多的收获。比如说我昨天刚刚跟快手合作了，我们有一个非常优秀的校友正在快手工作，做技术方面的负责人，叫李志才，在我们北京校友里面非常出名。我们动不动说快手就要上市了，他就出来发个红包；动不动说快手最近融资了，他就出来发一个大红包；我说现在过年可以用快手拍视频和短视频来拜年，快手给大家发红包，他就不发了……后来2014年5月，我离开搜狐就先去了一趟珠峰。6月份回来之后就开始创业，开始做餐饮，后来又做过"疯狂洗车"、汽车后市场这一方面，后来又做了"I律师"。第四次创业的时候，我发现必须要聚焦在内容方面。可能我的长项还是在内容创业方面。其实每个人都需要内容和资讯的。

除了做这些事情之外，其实我最引以自豪的事是做了奖学金。在大学和高中做奖学金，这个事情我跟同学张馨也聊过，她问我："现在这么早去做奖学金，人家会不会以为你脑子进水了，或者特别显'白火石'？"我觉得这个事情不是这样。因为 2013 年的时候，适逢更生的第二十个校庆，跟大家讲讲我当时的状况：我在搜狐税后工资可以拿到一万二千元左右，但是在北京工作消费水平非常高，房租、吃喝包括自己的开销去掉就几乎是"月光族"。那个时候回来，我跟校长聊天的时候，说我准备从 2013 年开始拿出两万块钱的现金在咱们更生做"火魂奖学金"。校长当时可能觉得我们在北京工作应该还可以，但是我心里面是没底的，因为我觉得可能在年底我也存不出两万块钱现金来。但这个事情有一个非常有意思的地方在于它能够成为倒逼你成就人生的动力。我跟吴平超也讲过这个话。我们来做这个奖学金，并不是因为我们混得有多好，而是因为有了这个事情以后，在整个生活和工作打拼过程里，会想着一个事儿：今年一定要将奖学金的钱挣出来，否则怎么回去见校长？有这样的一种想法，在想着这么一种尊严，人生就有动力有奔头。有些时候需要倒逼自己、给自己加砝码。

后来我们几个大学的哥们又说，要不要我们回大学搞一个奖学金？后来大学和高中的奖学金以众筹模式实现。五年，我们坚持下来了，特别是更生的"火魂"奖学金，我们坚持到今年是第六个年头了，蛮有意义的。每次回来看到这么多师弟师妹能够获得我们的鼓励，在人生道路上走得比我们当年更好，现在都有空调了，当年，我们热得不行的时候直接去洗手间接一桶冷水往身上淋，然后直接倒下继续睡……现在这样一种感觉，让你无比的欣慰：我们参与到了他们这一代人的成长。所以我的感受是，生命在于折腾，不管你在哪个城市，只要你折腾就好，就会很有收获。

我再重点讲一讲珠峰这个事情，很有意思。

大家可以看到，这是珠峰北线我们国家境内西藏日喀则珠峰大本营的石碑，这一张有五彩经幡，是在纳木错拍的。告诉大家一个我个人的小特点，越到高海拔的地方我越兴奋。这个纳木错的地方海拔可能到了五千米左右，我是小跑上去，大概有五分钟左右的时间，大概从纳木错的湖边跑到这个山上拍的这张照片。当时觉得特别好玩，而且没有什么高反。我虽然胖，居然没有高反……

真正在珠峰大本营去感受日照金山是非常棒的。我在珠峰大本营的这个晚上凌晨两点给校长写了一个明信片，校长收到之后非常高兴，很长时间都放在办公桌上。怎么写的呢，我说"校长当年你讲的，灵魂独与天地相对、宇宙之间只有你的思绪在驰骋的感觉，我在珠峰找到了"。当时这种感觉，和校长在操场上散步聊天的时候讲到的感觉非常类似。当然，在珠峰我还做了很多疯狂的事情，现在想起来，可能觉得当年太疯狂了。2017年我又得到一个机会去珠峰南线大本营。珠峰南线大本营在尼泊尔境内，我们在路上遇到了很多很有意思的人和事。比如说，我遇到一个佛罗里达州的老太太，她从美国来，六十多岁了；还遇到一个北欧的单身妈妈，她雇了一个人帮她背小孩，小孩那么小，背着上珠峰大本营，让我觉得很神奇：这外国人的生活方式跟中国人真不一样。

第三张照片，大家可以看到，到了珠峰大本营的时候的感觉是很兴奋的。我这次还做了一个实验，到达海拔四千二百米左右的位置后，我用了大概几分钟的时间小跑上海拔四千五百米的位置，然后不气喘还觉得很舒服。你身临其境，那感觉非常赞。我在这边合影的时候和回来之后皮肤还是有变化的。这是离开尼泊尔前的倒数第三天，三天以后我回到了云南昆明，我的皮肤就白回来了。这一点也让很多妹子很嫉妒，就是我去爬珠峰，我不抹防晒霜，皮肤没问题，又没有高反。和我合影的这两个兄弟是达瓦兄弟，他们攀过八座海拔八千米以上的雪峰，很厉害，世界吉尼斯纪录里有他们的名字，在全球登山界都非常有名。他们组建了夏尔巴的攀登公司，每年都有夏尔巴人给大家提供向导服务。比如王石、张朝阳，他们要攀登到峰顶去，都会雇佣他们。

攀一次珠峰去到大本营，大概的花销在五万人民币左右。如果是从大本营再上到珠峰峰顶需要花三十万到五十万人民币，但非常有意思。一辈子，如果身体条件允许，就值得去。我都怂恿校长去。

过去一年我在干了什么呢？我在这里跟大家简单汇报一下：

一、在地方校友会的基础上，于 2017 年组织了一场三百人的更生校友返校日活动和团年饭。这种事情校长都说不容易，除夕这一天校友还能聚会，大家 "舍妻抛子、舍掉父母"，抽出半天的时间回到学校参加活动，真的是不容易。

二、2014 年到达西藏珠峰北线大本营，2017 年到达尼泊尔珠峰南线大本营。

三、在高中、大学母校分别设立的奖学金规模和出资人翻倍。

四、从自媒体业务衍生了知识分享平台的维护业务，比如知乎、百度知道、悟空问答等，业务营收和团队规模加倍。

五、一周之内调配了二百万资金。现在你不要跟我说谁是亿万富翁还是千万富翁，你在短时间内能调配多少资金，我觉得这是一个最重要的一个能力。现在好多人都在用杠杆原理操作。财富积累到了一定的阶段就到了体现它价值的时候。

六、控制体重在八十公斤以下，健康这一点对我来说比较重要。

过去的一年我觉得很有意思，那么分享这些之后，那我接下来要讲一讲：我要干吗呢？三个关键词：For fun，For money，For worth！

首先，一定要有意思。人生要活得有趣味，最近有很多段子，灵魂、欲望……各种有趣的东西，这才是最重要的。我认为接下来要用百分之十的时间来健身养性，我们现在都三十多岁的中年人了，已经不行了，校长又会说我在黑他……然后用百分之十的时间与有情人做善意事，就是我这个地方截的图，这是做奖学金的团队，我们在做真正有价值有意义的事情，做一点善事，做一些善意的事情。百分之二十的时间精力我们要去做一个"燕家超市"，和京东进行合作，京东现在在全国做新零售线上线下的融合。百分之三十的时间我们准备还是用来继续深化内容创业，内容创业不仅仅局限于文字图片，还会有音频视频，更鲜活的不仅仅是 to B，还会有 to C 的内容。另外百分之三十我们要做一个知识分享应用——"白描"，这款软件可以直接省掉你很多事情，拍个照扫描一下，文字准确率非常高，我们准备今年好好做一下这个事情。这个"白描"是一个扫描工具，拍照之后扫描抓取所有的文字，非常方便，做课堂笔记也非常方便，可能我们有些学弟学妹会被我们教坏，以后回去都变懒了。（"白描"）这款产品很有意思，从 6 月初到 12 月底，我们的用户才破十万，而现在已经接近十九万用户，也就大概一个半月左右的时间，我们达到了这样一个水准。刚刚跟几个基金洽谈，可能会有一些好事将近。这些事情又符合我这三个关键词：要有趣，要体现我的价值，同时能给予我们更好的一些意义，值得去做。

最后送大家几句心里话：

一、人是这个世界上最宝贵的财富，血缘、学缘、业缘、地缘都是重要的人脉来源。这些资源能够影响你的人生，伴随你的一生，或者突然有一天就让你触类旁通，觉得能把所有的事情盘活。

二、人生积累财富的关键词是：复利。要懂得投资、理财，重视虚拟经济与实体经济。想明白今年的事情应该怎么做，今年财富应该怎么花，你的所有的事情才会得以合理呈现。我并不是一个拜金主义者，但是我觉得在这个社会，物质财富是衡量人的一个标准，所以这个方面还是值得大家去思考的。我有一个大学校友，他们两口子我都认识，跟我说了一个诀窍，年底的时候会盘点一下今年真正获利有多少，两个人每到新年 1 月份的时候把这个钱花出去，买保险、搞投资、买房子，做一些其他的业务布局，全部花完，第二年再挣，但是第一年的钱已经布局好了，所以我觉得这是一件蛮有意思的事情。

三、时间是最大的成本，无论任何事。我都毕业十年了，头发都快掉光了，今天站在这里突然发现自己做的事情还是太少。我想起校长应该是三十六岁创业。校长 1993 年创办更生学校时候三十六岁，今年我三十二岁，想想还有四年的时间，还可以再折腾一下，还可以想想怎么玩法。时间真的是最大的成本，每一步一定要想好，然后全力以赴。

四、凡事开心最重要，让亲情、友情和爱情为自己的生活倍增快乐和幸福。如果你不开心，你说你挣钱干吗？如果你不开心，你做这份工作干吗？每年的 1 月份我都用来思考接下来的一年要做什么，这个年我们应该怎么过。

五、所以还有最后一句话："没有梦想，只是咸鱼"，这是周星驰说的。为什么坚持，想一想当初和为什么到今天还要做这份工作。一个字：干。

好好地去做我们的事情，这样你的人生才会过得越来越有意思。从更生出发，然后大学毕业、工作，我感觉这十年过得非常快，感悟非常深。我希望我的回答能够让大家满意：珠峰弄完之后我要弄什么呢？我愿意接下来所有的时间，都用来浪费在美好的事情上。说浪费其实不浪费，因为美好，所以开心。

（2019 年春节除夕乐山市更生学校"更生人论坛"演讲）

一面墙，提出了未来社会的一种答案

阮平校长是一个未来学爱好者，甚至是研究者。我单独和他谈话，或者有其他学生、教工校友一起的时候，他都多次谈到，设想未来某一天，地球上人类社会的各地领袖精英突然凭空消失，外星文明操控着大大小小的屏幕跟人类对话……类似电影《流浪地球 2》里面的太空电梯，早在二十多年前他就跟我谈到了。

未来社会议题：人类会被 AI 取代吗？会有很多人失业吗？

阮平校长对未来很有想象力，对人类的未来也在不断地关注和思考。近年来 AI（人工智能）日新月异地发展，特别是 2023 年以 OpenAI 的 ChatGPT 为代表的人工智能语言聊天机器人模型的推出和快速迭代升级，引发了全球范围内的讨论。国外的微软（Copilot）、谷歌（Bard），国内的百度（文心一言）、科大讯飞（星火）等公司都相继跟进，美团联合创始人王慧文、创新工场创始人李开复也先后宣布成立团队或公司入局 AI。

这里面涉及到未来社会经典又关键的议题：人类会被 AI 取代吗？

尤其是 ChatGPT 迭代到 4.0 版本后，北美时间 2023 年 3 月 24 日又部分解除了无法联网浏览网页的限制，在文字聊天基本跑通的情况下，图片交互也能实现。那么下一步就是语音乃至视频交互，甚至人工智能可以直播或者进行即时视频通话。摆在人们面前的迫切问题，就是文字工作者如秘书、行政助理、记者等，图文工作像 PPT 制作、图表分析、设计等，会不会逐渐被 AI 代替？其语言能力越来越接近人脑水平，那视频行业里的虚拟主播会不会完胜真人主播？

离我们日常工作生活更近的议题出来了：会有很多人失业吗？网上有一个段子大概是说：面对人工智能，最焦虑的是中产阶级，上层的财富自由不需要工作，下层的扛沙包 AI 也不会。这个说法最大的认知误区就是忽略了类似波士顿人形机器人的 AI 进化，体力劳动包括高危岗位必然也会被 AI 逐渐取代，而且它们不需要休息。

人工智能的进化一定是惊人的，未来会有发展到其知识储备、训练数据累积和"智力"水平，都超越人类平均水平的一刻。人类是否还有或者还需要工作，抑或成为 AI 供养的"宠物"，答案恐怕不是唯一的。

人类和 AI 最终还能有什么不同？答案可能在独特性

再逆向思维，可以推导到同一个人类命运的层面，在另外的极点思考：人类和 AI 最终还能有什么不同？

阮平校长跟我阐述了他对此的看法。

2023 年 3 月 19 日，周末，阮平校长、阮顿副校长、王德辉（教科室）主任等，我们一行到乐山市夹江县千佛岩—东风堰景区游玩。午餐后在爬往大观顶的山上亭子小憩，校长和大家谈到了人工智能的话题。

他认为，最终来看，人类与 AI 最大的不同在于体验的不同，由此造就了其丰富性、多样性与独特性。确实，人一辈子虽只有短短几十年，究其极限也不过百年。AI 却可能永生，可能不需要休息不舍昼夜，可能无时无刻不在训练、进化。可能在丰富性和多样性上，AI 可以进化到和人类同一水平。但是，人类体验具有独特性，因为生理、心理和灵性上的细微差异，导致每个人都与众不同，都是独特的生命存在。

我很赞同阮平校长的看法。一定程度上令人担忧的是，现在的青少年四体不勤五谷不分，作为未来人类的主力群体，当下青少年相比过往历史时期缺少足够的生活体验。而人类独特性的体现，就在于人生体验的酸甜苦辣，各种实践，因时、因地、因人而异。

换句话说，是人的独特性在支撑人的灵性创造。AI没有情感，即便永生能够进行技术创新但是不能有灵性创造。巩固并加强人的独特性，就得在当下社会丰富青少年的生活体验。国家强调劳动教育和综合实践活动在中小学广泛展开，正是丰富体验的重要方式之一。

阮平校长介绍，母校更生有计划在现有校园之外的邻近范围内，寻找一处十到二十亩土地，租用起来建成全校的劳动实践基地。可以有粮食、蔬菜、水果、农具、炊事、餐厅、营地和拓展训练……等具体区域设置好，在保证安全的前提下，学校与基地之间可供师生们恰当距离的拉练体验。

更生作为拥有小学、初中和高中一贯制十二年的乐山第一所民办学校，未来几年在阮平校长的规划下能够开辟劳动实践基地，想来肯定会受到众多家长和学生的欢迎。谁不喜欢"开心农场"，不喜欢回顾人生时有一些独特而又美好的回忆呢？

更生人应该具备四个特质，既是平凡人也是特别的人

更生校园里，三十年来阮校长提出了六气（一身正气、一身豪气、一身志气、一身勇气、一身灵气、一身朝气）、六力（适应力、抗挫力、竞争力、协调力、创造力、影响力）、六人（正直人、勤奋人、文明人、

智慧人、健康人、快乐人），以及"科学民主、理性自由"的校训等办学理念与目标，还有他最希望更生学子具备的四个特质：积极体验、大胆质疑、主动学问、独立思考。它们镌刻在一号教学楼朝向旗台与广场的那一面墙上。

阮平校长提出的这四个特质，既在内涵上相对丰富，又在外延上层层递进。倘若一个更生学子，能够在学习、生活上积极地去体验，积累丰富多样的人生，进而形成自己有共性与个性的经验，自然见多识广，能够在学习和生活中去比较分析、发现问题、探索知识，就能表现出大胆质疑和主动学问的进一步特质。而独立思考又存在两层含义：一层是过程，无论学习生活还是面对未来的工作，能独立地去思考，就可能产生灵性的创造，让生命绽放光彩；另一层是结果，在积极体验、大胆质疑和主动学问的基础上，训练、磨练出独立思考的特质。

具备这样特质的更生学子，并不一定就是人类社会出类拔萃的金字塔顶端的人，如果是那就越多越好。但具备阮校长提出的四个特质的更生人，一定是具有特点、特色和特长的人。如果社会人口的大多数都有如此特质，而非千人一面、标准化、模式化或者简单复制，每个人既是平凡人又是特别的人，人类社会自然能保持住独特性。如此，地球应该不会被 AI 统治，人类应该不会有被 AI 赶超的一天。

六十六岁（2023 年）的阮平校长已经过了渐进式延迟退休和网上推测的最晚退休年龄，但他还在产生更多关于未来、关于人类、关于教育的思考。校长说未来十年，自己最大的目标就是好好活着，保持健康。再多一个十年的人生独特体验，AI 以后想要复制、最终呈现一个他容易，想要全过程训练、演进一个热爱生命、积极体验人生的他，难。

第三章

我的更生，我的校长

本章集中讲述自己在高中母校与老师、校长相处的故事，其中与高中校长的故事尤其引人入胜。让人看到一位具有亲和力、思想力与人格魅力的高中校长，及他在一个学生可塑性的关键的人生阶段产生的各方面影响。

更生教师素描谱

一百四十个字一个段落，一个段落一个人，一个段落一件事，谨以一些人和事的回忆，表达对更生的情感。不一而足，请多海涵。

老师

我高中的第一个班主任是历史老师，叫吴界辉。她先是在井研中学任教，我到更生，她也刚到更生。讲课很沉稳，严谨、严肃，是很 Man 的风格。她那时生了一个宝贝儿子，同时工作也很卖力，后来获得四川省社会办学先进个人，再后来去了另一所学校当教研组长和班主任。在她手下我做班长，历史也挺好。

我高中的第二个班主任是政治老师，叫胡建能。他先去了少数民族地区教书，然后回来自谋职业，讲课有激情，有时也喜欢"忆往昔峥嵘岁月稠"，偶尔还能在知识的海洋和试卷的问题上把大家绕晕，更能和我们几个学生喝酒吃茶。他是十年校庆的教师发言代表，也做过文科补习班主任，做到了训导处主任。

高中第一任语文老师是刘德林，曾是峨眉二中语文教研组长，退休之后来更生教我们。粉笔字楷书写得尤其好，有早起打拳的习惯。一次晚自习，他被调皮的喻涛惹生气了，怒拍讲桌："不要以为我这个老头子打不过你！"生气样子挺可爱。课下都很少说四川话。第一学期结束回家照顾骨折的老伴，高二的时候终于回来继续教我们。

我高中的第二个语文老师是个女老师，姓高，沙湾钢铁厂子弟校退休过来的。讲课坚决说乐山话，然后很多同学不太接受她。她教我们的那一学期，搞了好几次语言基础训练，多少是有些用处的。高一结束的那个暑假，补课的时候她频频和同一个地方出来的教数学的王老师摆谈去留，高二上学期开学她已经走了。

我高中的第三个语文老师是熊锡修，他也不讲普通话，讲课很有节奏感。也有同学不喜欢他，但是他对很多同学是耐心指导的。那个时候我的语文考过 120 好像有一次也考过 130，作文多次被他在课上念。熊老师有一只耳朵听力不太好，平时穿着也很朴实，毕业后一次在街上碰见，他很高兴地捏住我的臂膀。

高中第一任英语老师是孙毓松，五通桥中学特级教师。讲课特有激情，英语功底绝对的扎实，多次见识他在如厕的时候自言自语说课。他还手抄大英词典，曾因举哑铃折断过肋骨，自酿的葡萄酒很好喝。上课前早来至少五分钟，讨厌别的老师拖堂是因为他要提前把语法知识写在黑板上，下课拖堂不少于五分钟，佩服。

高中第二位英语老师是宋玉莲，大家都叫她宋婆婆。她之前是草堂高中英语高级教师，教风扎实，为人朴实，待人厚实。但总有同学不好好听课或者不好好做作业，甚至气得她掉眼泪。我做班主任的时候，她是班上的科任教师，整个班级师徒三代，学生们底子差，费了好大力气，让班级平均分有几次考到了年级第二。

高中第一任数学老师是王鸿国，沙湾钢铁厂子弟校高级教师，语速很慢，但条理清楚。很不幸，我的数学很择老师，王老师帮我补都没用，很吃力的挣扎在及格线上下。高一的暑假之后，他离开了我们。后来我工作了，在新世纪广场碰见他，和他聊起来。谈话间觉得王老师记性还不错，说话很清楚。祝福他健康长寿。

高中第二位数学老师是印琼清，第一次给我们上课可能还是有点紧张，显得青涩。也曾被我们这些不喜欢数学的文科班学生气得很伤心，很遗憾我是真的提不起对数学的兴趣。那时的她不讲普通话，说话有点快。当我回到更生教书的时候，她已经是数学教研组长，还是一名优秀班主任，站在讲台上气定神闲了。

高中第三位数学老师是王明昭，北大数学系毕业，在长征制药厂子弟校做到教务主任，讲课很注重基础，学生再捣蛋他脾气都很好。我多次模拟考试数学都不及格，高考前三天，他找来最近几年的高考试卷让我一边做一边总结规律，不会的他就讲解。高考我的数学终于及格了，他高兴得写了一首藏头诗送我。

高中的政治老师钟茂林给我留下了深刻印象，他说的"先经商立己立人，然后从政推进民主惠及民生，最后治学著书立说留点东西给后人"，我至今记得。他讲课严谨中带着些许冷幽默和睿智，让我们完全能够应付考试。一堂课他只讲二三十分钟，剩下的时间我们看书或者做题。我和他私下能聊一些社会性话题。

高中第一个地理老师叫党三志，名字比较有特色，兰州大学毕业，讲课喜欢把"都是"念成"du 是"，知识上很考究，特别是天体地理和地壳、洋流、气流运动方面，真的很技术流。他一直在教务处当差，做人未免不容易拐弯。有时候我们上课跟他认真起来，感觉还挺逗。十来年过去，不知道他老人家可好。

高中第二个地理老师是李元新，他先前在马踏高中，教过语文，后转行教地理，声音洪亮，写字比较快，说话比较实在，脾气也比较能克制。他老是跟大家讲海尔冰箱的上门维修服务以及他为此写了一封表扬信的故事，虽然听到后来有点烦，但总能感觉到有点道理。他到更生的第一批学生就是我们，第一堂课也是教我们。

高中物理老师是杜学英，她爱人是化学老师。女物理老师真心不多。尽管有些同学不喜欢她的教学方式，但是我的物理考个 80 多分还是没问题。到了高二文理分科，我们成了文科班，她仍然教我们物理，却没多少人听课，有次气得她都哭了。我这个当班长的又和几个班委去安慰她，请她回来上课。

高中化学老师是周永秀，在我的印象中，她好像永远不老永远都是二十多岁的样子。当她第一次走进教室的时候，大多数男生眼睛已经发亮了……她上课很认真，甚至认真得有些可爱，让我们男生受不了。她又纯纯的，女生也都觉得她不错。后来她结婚了，后来她有孩子了，再后来，她还是很年轻的样子……

高中生物老师是汤缓，个子比较矮，胖乎乎的，笑起来乐呵呵，发起火来也带点粗。他是一个集邮专家，还喜欢旅游，知识面很广。直到后来我有机会到他家拜访，才知道汤老师年轻的时候很瘦很英俊。我们曾一起在峨眉山下吃翘脚牛肉，喝龙池白酒，泡温泉。他也是一个性情中人，打起交道来很仗义。

更生二十年的时候，回头看，引荐我进入更生的第一个人是王俭老师。2000年，我中考800分，上了犍为一中分数线，准备去罗城中学报名读书。王俭老师说更生可以提供一千五百元奖学金，每个月还有一百二十元生活补助。记得我在他家填写去更生学校的报名资料时，他儿子王滔在玩音响，我握着笔的手不停地抖，命运改变了。

带我到更生学校的第一个人是王忠老师，他是王俭老师的弟弟，同时也是更生教务处的工作人员，负责学校广播站和教材教辅的征订、发放。那时他的妻儿还在罗城，每次放归宿假自然成了我们那趟校车的带队老师。王忠老师头脑反应很快，做事效率极高，难免脾气耿直了一些，多年来为学校做了不少事。

我在高一的时候只军训了一天，教官是后来的体育老师王宪文老师，长得又高又帅，被同事称呼"王老八"，很受女生们喜欢。他的专长好像是排球，但是篮球、田径和游泳也不错。在他的指导下，我学会了蛙泳。他在更生工作了两年左右后离开了，十年校庆他穿着皮夹克回来，很帅气。

赵宗全是我高中的第二个体育老师，上课总是装得很严肃，私下跟大家混得很熟。有一段时间他总是戴着一副墨镜开着一辆摩托车上下班，后来摩托车换成了电动车。高一的时候我选修了他的篮球兴趣课，每周三下午训练半小时。他的身体健硕，一度是我力争锻炼的目标。能喝白酒，有了娃娃顾家了。

孙凌是我高中第三个体育老师，他戴眼镜很斯文，是不像体育老师的体育老师。在他那里我很好地学了一套太极拳，但用进废退，到今天差不多要忘得全还给他了。很长时间他都是体育教研组长，直到脑溢血病倒，被安排到教务处没有剧烈运动的岗位上工作。他在更生工作了很长时间，希望他身体能好起来。

王乃东是我高中的计算机老师，个子不高，讲课用的是正宗乐山话，那个腔调在课堂却像美国口音……当然，最受欢迎的是上机课，很多同学玩游戏或者是聊 QQ，我却是听从他的安排练习五笔，虽然后来忘得一干二净，但是对键盘的熟悉感和手指灵巧程度受到了强化。王老师有一个美丽妻子和一个可爱女儿。

杨桦是我高中的音乐老师，严厉起来很恐怖，和气起来很惊艳，身材和嗓音都很好。只有一学年的音乐课我不能说学到多少东西，至少陶冶了一点点情操，知道了班上谁唱歌好听。她有时会跟我们讲学校的故事和不易，说校长为了躲债躲到了她的宿舍，她上课回去发现校长居然淡定的睡着了，佩服啊。

收学费的是范英老师，她是学校的财务，还当过旅游班的班主任，对学生很关心，又能和大家沟通，极具亲和力，很多人都叫她"范妈"。范妈经常对我嘘寒问暖，后来我回到更生工作，也总是对我善意提点，很是感激。她有一个当行政领导的老公，更有一个甜美热情的女儿。范妈现在能开车去打麻将了。

王利拉老师长期在图书馆工作，待人接物的方式或许在旁人看来奇怪了一些，但他的独立思考和研究的能力还是很强的，还拿过国家发明专利。我担任第一届图书馆学生管理组长的时候，和其他同学一起受到他口头和书面表达的训练，又浸染在馆里丰富的藏书之中，自我提升很明显。他会下围棋，精通炸金花。

袁显明老师也在图书馆工作，专注养生和命理等学问，自己的身体保健做得很好，气色、面容和健康状况比实际年龄青春了至少二十岁。好多同学高考之前，都得到他很多有益的帮助。我容易上火流鼻血，他还教会了我一套急速止血的方法，还提点我平时注意保养身体的方法。

领导

高中第一个年级主任是叶培元，曾是五通桥中学的工会主席，高级化学教师，大家也叫他"叶摩尔"。抽烟很厉害，人很瘦。从我进学校做学生到我再回去当老师，他都在。后来成为教学督导，经常来听课，对我和几个回母校教学的校友很关心。

高中第二个年级主任是张新仪，曾是草堂高中的女高级物理教师，走路的姿态非常豪迈。开行政领导会都抱着一部习题集做，对学生看起来很凶，实际关爱有加。在校长面前老说你爱文科生不关心我们理科，但她的班级和年级都考得很好，现常居成都。

行政办公室主任是王晓勤，犍为县罗城人，她父亲是我父亲和大姑妈的老师，她妹妹是我大姑妈的小学同学，她教授历史课，我后来也是历史老师。她一直协助阮平校长打理更生行政工作，被人追过债，遭人痛骂过，各种在学校能发生的千奇百怪的事她都遇到过，是一名柔中带刚的女老师，把青春都献给了更生。

招生办主任是刘地斌，好口才好文笔，最近几年又给高中生教授政治课。记得一次坐出租车，司机居然是他二十年前的学生，说起当年对他印象深刻，是有办法有能力管好和教好学生。学校的招生局面由难而易是他协助校长破局的。我考上大学，他在酒桌上说，把它整转……上了年纪的他喜欢学生叫他斌哥了。

训导主任是王维璜，牟子当地人。家里以前大地主，后来做了牟子中学的校长，退休后被请到更生做管理。2000年我读高一他在工作，2008年我教高一他还在工作，2012年我听说他仍然在工作……七十多岁的老爷子了，满头银发，精神饱满，闲不住。更生需要他来镇住堂子，他也需要更生给一种工作的感觉。

教务主任是阮健，阮平校长叫他三哥，两人都蓄着浓密的一字胡，校长脸稍圆，他的脸稍瘦，是草堂高中的语文高级教师，下乡种地当工匠，回城则当了教书匠。他喜欢写诗，出版了多部诗集，在学生中极有亲和力。每一个月，都是校长算好工资，他来给大家发钱。公职退休后，相信他有更多时间在更生了。

朱建伟主任好像排球比赛场上的自由人，早操、午饭、晚饭、重大的集队集会时，他就出现了。学校行政会，当然他要来的。声音洪亮中气足，体育出身，经常客串训导主任的角色，是创建更生的开拓者之一。我记得他做到了乐山师范学院的体育系党总支书记，把自己女儿也送到更生来读高中。

鲍习文老师曾长期担任教研室主任，他应该是在市中区普仁那边生活过，做过小学校长，说话很生动形象，也经常一针见血。每每一个年级到高三，他就负责征订招生考试报，上面的信息对高考同学很有用。他坚持在学校做了多年的《信息窗》，后来身体不好，二次退休在家了，还在帮着做，大家很感动。

祝乔森任过工会主席和后勤主任，他好像有个小二十多岁的妻子，七十多岁的高龄头发还很黝黑，讲话也清楚明白。他在行政办公室门口的花园里培土、种花，没有怎么从外面买花。后勤的工友都叫他祝大爷，后来好像出了一次车祸，恢复挺好。学校不敢让他太劳累，他却还坐办公室，编印养生知识给大家看。

晏怀清从金盾学校来更生是一个夏天，穿着迷彩背心戴着墨镜在校园里走走看看。我在游泳馆的水池里看到微笑的他，不曾想后来在训导处副主任的职位上，看到他威严咆哮的一面。他的另一面又是潇洒有魅力的，或许有些特立独行的个性。他教授初中历史很有感染力。

李晓云之前好像在市中区一所初中做过校长，她担任训导处副主任，和王维璜主任搭档，看起来娇小羸弱，讲话却是铿锵有力。那时我正在校学生会任上，"一二·九"国旗下的讲话活动时，主持人陈思宇介绍后，我走上旗台讲了冀宣丹写的稿子，她说小伙子有点气势。后来她去了初中部做主任，贡献自己晚年的光和热。

我回更生工作时所在年级的主任是余勇，当年张新仪老师重点培养的接班人。年轻时他肚子还没那么大，喜欢打篮球，王利拉老师说他和曹加彬的围棋都很厉害。身躯高大，随着肚子的增大，同事和学生们都喜欢叫他"余老板"。班级管理等工作，"老板"很包容。

李泽君和我同时来到更生，不过我是学生他是老师，担任高2003届一班的班主任并担负高中化学教学工作。他还给初三和高基班上课，后来还当过补习班的班主任，然后做了高中年级主任。他的爱人也在更生工作，他的女儿从更生考上吉林大学。好多学生都亲切地叫他老李，啤酒肚是很大了。

丁莉萍历史和政治课都能讲，后来专注于政治教学，是一名执行力很强的高中年级主任。学生要么叫她"丁孃孃"，要么叫她"丁妈"。她也负责过学校的团委工作，对工作的热情让很多男人都汗颜。不知不觉她就在更生工作了十五年，女儿都从更生考上大学毕业工作了，她还奋斗在高中教育第一线。

陈凤琼是初中年级主任，也是罗城老乡，一名教学和管理经验丰富的女老师。面对初中学生生活学习习惯较差、情绪容易冲动、事理明白程度较低的复杂情况，她带领初中的老师们为更生做出了很多成绩。她总是用自己独有的沟通方式和初中的同学们聊天，让大家慢慢懂事起来。

校长

阮平先生的母亲孙敏学出身于乐山冠英镇工商业兼地主家庭，跟当时还是牛华镇一个穷书生的阮文钦先生，真的是一个青蛙王子和白雪公主的故事。1957 年的春天，这对恩爱但又倍受亲戚争议的夫妇有了第四个孩子阮平，随后是 1959 到 1961 年的三年自然灾害，幼时的阮平都是营养不良的。

阮平先生清楚记得自己小时候差点饿死。因为吃得东西很少，儿时的他一度全身浮肿，连走路都没有力气。父亲阮文钦要求他不能躺在床上，必须爬起来转圈走动，以获得维持生命的一点点运动量，不然真的可能死。五兄妹放学回家，就帮着母亲糊火柴盒、做牛皮纸袋之类的补贴家用，那是一段艰苦岁月。

阮平先生少年时在岷江边上看到了"死了没埋的人"：很多纤夫拉船，光着身子，晒得黝黑，除了一张厚厚的人皮就是精瘦的肌肉，缆绳勒紧了脖子和肩膀之间的部位……去远房亲戚家玩，又看到了"埋了没死的人"：亲戚那边很多人为了吃三四分饱的米饭到地下几十、几百米的煤矿，出井时是一团黑。这些对他触动极大。

"死了没埋的人"和"埋了没死的人"让阮平开始明白"思想"更为重要。每逢家里来了比较有文化的客人，父亲阮文钦就让他"抬根板凳过来，听大人摆龙门阵"。父亲阮文钦先生和客人天文地理人文历史的摆谈，使在一旁的阮平增长了见识，也让他用这样聆听的方式参与思维的训练，使得后来的他成为一名思索者。

少年阮平好强，喜欢与人争辩，大约初中就带着身边的同学和朋友一起讨论学习，爬山唱歌，这种沙龙式的聚会习惯被延续至今。那时的阮平已经有了几个"结拜兄弟"，大家有共同爱好，甚至有女生也被吸引到了他们的圈子。那些年，他们在一起的美好时光，随着"文革"的到来，遗憾地中断了，但情义延续至今。

后来，根据"知识青年上山下乡"的全国要求，阮平也去到乐山一个乡村里，之后当了代课老师。因为富有个人魅力、讲话有激情、能带动大家的学习积极性，学生们都很喜欢他。高考恢复之后，1977年他考入西南师范学院政治系。他们那一代人曾被耽误，对知识有着强烈的渴求。在大学阮平收获很大，结交了朋友。

1982年阮平大学毕业，分配到乐山教育学院任教，后来和中学同学齐卫平结婚，有了女儿阮顿。一家三口的日子也是很清贫的，没有电视，没有什么家具，只有彼此相爱互相扶持的心。阮平在学院的工作顺利，担任过团委书记和政教室主任。那时他教的学生，后来很多在乐山市一线教育岗位上做领导。

在乐山教育学院，阮平结识了任平。股份制改革浪涌之后，任平下海经商，后来做地产开发，事业有成。阮平去中山大学进修了半年。到1992年，改革有了新的气象，有了创建民办学校的想法。这个想法里，包括了从幼儿园到大学的构思。然后是寻找校址，一个教书匠，白手起家。更生就是这么来的。

创建更生，亲朋好友有不少都无偿出钱出力支持。好兄弟谢一夫从攀枝花将钱捆在腰上带到乐山来支持阮平，爱人齐卫平将家里买的洗衣机搬到学校来给学生们用，自己手洗衣服。四处借钱贷款办教育，建校舍没钱包工头慷慨让赊账，宿舍给学生睡，阮平和教职工去中巴车改作的校车里打盹。初期真的艰难。

开始那几年，更生尴尬到什么程度？建校舍的包工头要债到法院告，带很多人来学校找阮平；阮平先生不记得站在法院被告席上多少次，从来都是点头认账，表示一定还钱，但当时确实无力还债。民办学校和更生的教育理念，在乐山这个三线城市，被曲解，被误读，被看成是不可能成功、生存都困难的"歪货"。

更生第一批学生只有二十三人，也一度没钱给教职工发工资，更是在法院成了各种被告。到了1997年前后，学校似乎陷入了绝境。阮平先生最令人钦佩的地方就是拥有强大的精神主体，沉着、乐观地解决问题：着手实施"启明星"助学计划；与中专、大专学校联办特色专业；设立特等奖为每期二千五百元的高额奖学金体系。

1999年，更生第一批学生参加高考，七人升入重点大学，九人升入一般本科，高考录取二十二人，升学率66.87%。从这一年开始，更生开始成为乐山教育界高考数据的组成部分，以私立学校的身份，为全市的教育和社会发展做出了应有的贡献。也是这一年，更生真正实现了"小学，初中，高中十二年教学一贯制"。

在更生二十年历程上，有过航工、建材、纺织、旅游等大中专的职教专业班，也有过高基班（高中基础加强班）、留韩班（留学韩国班）。这些班级的学生不属于普通教育序列，但是为更生的校园增添了亮丽的色彩。这些班级也都成为更生的历史记忆，为学校的发展注入了新元素，提供了新的发展尝试，真不能忽略。

到乐山市更生学校建校二十年，业绩显著，多次荣获四川省、乐山市民办教育先进集体称号。学校占地五十亩，环境优美，教育设施先进完善。学校实行小学、初中、高中一体化。现有四十五个教学班，学生二千四百余人，教职工二百余人。学校实行寄宿制管理，已形成一整套科学的寄宿制封闭管理经验。既能调动学生以生动活泼地发展，又可使学生免受不良因素干扰集中精力用心学习，去实现自己的理想。2000—2007年连续八届高考本科硬上线率居市中区境内第二，2006—2013年连续八届高考本科硬上线人数居市中区境内第二，连续八年获得市、区高中教育质量最高等级奖，并获市中区人民政府高中教育质量"优生巩固奖"、高中教育质量"突出贡献奖"。

（本文写于2013年乐山市更生学校建校二十周年之际）

高中一学期同时有四位语文老师，你敢想吗？

　　我高中是在乐山市更生学校就读，它是改革开放后四川省乐山市的第一所民办基础教育学校。语文科任老师历经了三任，但一学期我同时有过四位语文老师。

三位科任老师，课堂上语文的引路人

　　高中第一任语文老师是高级教师刘德林，他从峨眉二中语文教研组长岗位上退休后来更生任教，写得一手漂亮的楷书和行楷粉笔字。那时已经年过六旬的刘老师，身体硬朗，喜欢早起健身，我和几个能爬起来晨跑的同学常常见到他。刘老师曾经在课堂上对调皮的同学挥舞着手臂严肃地说："说不定我还能打得过几个年轻人。"他对文言文的拆解，还有阅读理解的训练，让我大受裨益。

　　第二学期开学没多久，因老伴摔伤骨折，刘老师不得不中断教学回家照顾。学校紧急聘请了沙湾钢铁厂子弟校的一位退休高级女教师高老师来代课。高老师对语法很有研究，但一些同学实在不喜欢她说话和讲课的方式，闹过不愉快。她在高二暑假补课后，就不再来了。

　　刘德林老师把老伴照顾康复后，又回来继续教我们，这让全班同学欢欣雀跃。到我们高考结束，刘老师结束了更生的工作，去做孙子高中上学的陪读。我们入学二十年聚会时，他无不骄傲地说到自己孙子已经大学毕业，在成都工作。

而我在高四补习时，遇到了高级教师熊锡修。他讲课慢条斯理有节奏，对班上捣蛋的同学是横眉冷对或者怒不可遏，但对好学勤学的人，熊老师是经常鼓励的。有一次考试，我的语文考上了130分，他是毫无保留地在全班表扬了五分钟。

　　这三任语文科任老师，都不同次数的在班上念过我写的作文。被语文老师念作文，代表着肯定与鼓励，这种从小学开始偶尔涌现的一种光荣时刻，也是我学生时代对写作保持热情的动力之一。

"火凤凰"文学社，一个堪称语文老师的校园载体

　　高一上学期，我抱着对文学的爱好，参加了更生的"火凤凰"文学社，后来成为社长，即便高三时退下来也在做顾问。

　　本世纪的第一个十年，勉强地说，校园文学还没死，很多学生还比较热衷阅读和写作，学校也比较重视。在"火凤凰"文学社，我得以接触到整个学校的资源，包括师资。初中部和高中部的语文老师，有过交流的就不少。我邀请高级语文教师王贤孝、初中部语文教师谢词等老师给文学社成员开讲座。也和作家、诗人、高级语文教师阮健老师，原峨眉一中语文教研组长、乐山市第二届政协委员、更生学校高中语文教研组长黄运泉老师开始了接触，结下长久的情谊。

　　那时的"火凤凰"，有一拨人，在食堂吃饭或者校园遇见的时候，就停下来聊聊学习生活和最近读了什么书写了什么文章。那时我们还办了一份文学社刊物《火魂》，基本是两月出一期，成为大家创作的展示与交流平台。有时刊登一篇好文章，大家可以谈论分析一两周。

　　2004年我获得乐山市首届创新作文大赛高中组一等奖后，时任市作协主席周纲、《乐山日报》副刊资深编辑康鉴、作家黄德彰等先生

来更生做客。有幸陪阮平校长等学校领导老师，和他们进行交流。从他们的谈吐中，我进一步开拓了眼界。回头看，文学社这个载体上的一切校内外老师和口头、书面的表达训练，就是一位与我形影不离的"语文老师"。

更生图书馆，像藏经阁一样的无形的"语文老师"

高一下学期，就是 2001 年春季开学后不久，学校决定开放图书馆的勤工助学岗位，根据品学情况和家庭经济条件，我被选中。在当时一号教学楼的底楼中间教务处办公室，阮平校长、王晓勤主任、邹君主任、阮健老师、图书馆王利拉老师和龙阳、张建波、万平、彭春华、何学兵、龙聪勇、周芹还有我，一起进行动员会。

至今记得阮校长用那个著名北大图书馆管理员的故事激励我们，然后说如果能在高中阶段读完一百本图书其实等于拿到毕业证。实际上，更生图书馆的王利拉老师也是一个极有特点的人。他当过兵，参加过多年的司法考试，有过技术发明专利，和余勇、曹加彬等老师切磋过围棋，实力相当。炸金花也尤其厉害，王老师能观察别人的表情、动作，分析玩牌者心理，并且利用兵不厌诈等方法，在牌桌上大杀四方。

当然，王利拉老师也极有个性，敢想敢说，行事不拘一格，很多思考有新意，但也有些想法不太切合实际。他在学校逐渐成为特立独行的人物。只要不是归宿假或者考试周，他和不久后一起来管理图书馆的袁显明老师，就组织我们勤工助学的学生，在每周六下午进行"马拉松"会议。起初要求每人发言至少五分钟，内容天文地理历史科技统统不限。后来要求十分钟，十五分钟，二十分钟，甚至能讲的可以讲半小时。有同学苦于没有发言内容，他说"会不会讲话对人一辈子太重要了，你现在扯草草凑笆笼也要凑起，这是一种锻炼"。

他还给我们安排作文，几乎要求每周写一篇文章上交给他。开会的时候他会点评，这对我们的写作也是有益的训练。加上图书馆的工作，打扫卫生、整理图书报刊、新书入库、借还记录等等，都需要逻辑条理。二十年后想起，才发现在更生图书馆的时光对我们的口头表达、书面表达和罗辑思维的提升，帮助不少。

基于在发言、作文和工作上的表现，按王利拉老师的话说，"矮子里选高子"，我被勉强选拔为勤工助学的小组长，还配发了一套图书馆的钥匙。面对馆藏的各类图书和各种报刊杂志，我可以尽情阅读，还可以借出比一般同学更多数量的图书回教室和宿舍，真是过了把阅读瘾。图书馆的两位老师和各种资源，又成了陪伴我每学期的一位重要的"语文老师"。

教工的作家爱人古子文，我的"编外"语文老师

当时，更生图书馆老馆在足球场东南角的三层小楼上，旁边住着任教于中专中职的邓卫老师，她的爱人古子文老师上下楼经常路过，偶尔也会到馆里让我们帮忙查找一些图书。这位古子文老师风度翩翩，年轻时英俊潇洒，是四川省自贡市荣县留佳镇人，1957年被划为"右派"时仅十八岁，可以算是一位民间学者，文学造诣颇深。2002年，他写作的《深入藏地：徒步西藏十万公里纪实》一书由中国社会科学出版社正式出版，被誉为西藏漂泊者文学的代表作，对藏地神往的国内外民众很多都读过此书，如今在孔夫子旧书网上被炒到了两三百元一本。

古子文老师也喜欢交谈和指导后生。他拿晚年创作的"原色世界"书系（未出版）中的部分内容给我阅读，还让我帮他校错别字。我看

到《万古镇》部分，看到其叙事风格和对当时社会发生各种事件的描写，非常感叹他对文字的驾驭能力与对社会的深刻感触。

高中、大学到工作，我与古子文老师都有交流和来往。他主张多去体验人生，丰富阅历，有了足够积淀去厚积薄发。那时的古老师可以说是隐居状态，闭门创作，交流圈子很小。他大半辈子的人生，在这种情况下得以梳理并进一步落在笔头上。这也启发了我自己的写作训练方式。

"火凤凰"文学社刊物《火魂》创刊时，刊名题字是古子文老师写的。他热心做过我们组织的限时现场作文比赛评委，强调写作的灵性和真实。2009年，我大学毕业回更生工作，古老师已经开始通过互联网博客向外界传递自己的所思所写。他有很多关于文学和思想的写作规划，多次感叹时光无多，生命紧迫。2022年1月23日，古老师因为心肺衰竭在四川省成都市去世，享年八十三岁。遗体运回青少年时学习和成长的四川省乐山市犍为县火化，由子女带骨灰盒回到荣县安葬。

其实还有第五位语文老师

我就像一个低配版的郭靖，高中遇到很多课堂内外的优秀语文老师，不断"打怪升级"，对我的表达能力特别是写作能力的训练和帮助很大。一学期，同时有四位语文老师，是想都没想过的。如果说这之外，还有人像语文老师一样帮助和指导我，那恐怕就是阮平校长。

阮校长多次跟我说，好文章是改出来的。事实证明，当你看过去写下的文章，总是发现有可以修改得更好的地方。自己改文章，也是一种内心审视和打磨提升的途径。校长认为好的写作，对文章立意结构的大面和遣词造句的细节都要有所追求。他对诗歌的韵律，对用文字表达情感和思想，都有自己的独到见解和作品。

校长当年对"火凤凰"文学社出资出力支持，赞助我们出刊《火魂》，支持我们举办作文比赛。学校有很多学生在外获得写作奖项，很多人在日后的工作生活中获益匪浅，还有一些成为了职业作家。他藏书与阅读的爱好，也影响了我。大学和工作后，每次搬家，我最头疼的就是书怎么处理。

教学总是相长的，工作后有几次我和校长一起琢磨如何修改部分学校的公文和招生宣传文案。2013年更生创办二十年，二十年校史文字内容分"足迹""园丁""英才"和"寄情"四篇，每篇开头的诗词曲和四字短歌，校长放手让我创作。最后他修改定稿，付梓印刷。其中英才篇的开头语，在这里分享，作为对我高中母校的由衷赞誉和对所有课堂内外语文老师的感谢——

"君曾见，岷江畔声声慢，大佛旁人人叹，更生崛起成示范！眼看她聚人气，眼看她育英才，眼看她硕果繁。

这五十亩沃土，君曾求学工作忙，将二十年奋斗同享。四方学子，遍寰宇；红日出，旗台上；教室里，书声朗！

回眸梦真切，记忆难丢掉，笃信人生百年好。求自由须理性，大丈夫立天地，开乾坤堪英豪。"

少年阮平过三关

"王明！"

乐山市第二中学集合在操场上的初一新生中发出哈哈大笑。

不知道是老师故意搞笑，还是没看清，他继续按着花名册点名——

"阮（r-l-uan）~ 平！"

按照乐山方言的发音，加上全年级都没有这个姓名的同学，阮平知道老师是在叫他。和备受争议还曾遭到批判的历史人物王明一样，栾 (luan) 平作为小说《林海雪原》中的反面角色，也引来同学们的哄然大笑。

略显高挑、身体变得强健的阮平，当众成了笑料，很多人的目光投射过来，他内心觉得受了委屈，但还是在强忍。要是换在小学高年级的时候，他可能要和老师当场冲撞起来，或者要尽数把委屈当场发泄出来才行。

实际上，小学高年级身体发育和体育锻炼比较充分后，阮平可以说在同龄人中显得比较身强力壮了。他好打抱不平。女生或者弱小男同学被欺负，他会出手和对方干架，甚至后来相当一部分人会请他帮出头。一时间，他的行事风格变得火辣，父亲阮文钦说他暴戾得狠，这样下去要不得。

其实，1957 年出生的阮平，两岁多一点，就遭遇了 1959—1961 年的三年自然灾害。到三岁的那年，阮平连日没有足够的进食，营养不良，全身浮肿，用手轻轻一戳，手腕上都会凹陷下去一个窝窝，久久不能恢复。有气无力的他，脑袋总是耷拉着，歪头斜脑地坐在乐山城区顺城街自家的门槛上，倚靠着门柱。

　　他清楚得记起母亲孙敏学那近乎绝望的乡音语调：我的平儿项（háng）桩（zhuāng）都倒了哦……

　　阮平每天唯一的运动，是在三餐前站起来走两圈，因父亲要求必须走两圈之后才准许吃东西。大九岁的大姐阮学玉陪同因为饥饿和患病拄着拐杖的父亲，背着阮平去乐山红十字会医院领取那个特殊年代针对饥饿浮肿的少年儿童发放的康复散。这还不是阮平全部的饥饿记忆。到了读幼儿园的时候，和哥哥阮健走在放学路上，突然在路边发现进城的菜农撒落在不起眼的角落里的一根小胡萝卜，两兄弟惊喜得如获至宝，赶紧用手搓几下，一人一半狼吞虎咽"咔""咔""咔"生吃。

　　幸运的是，随着三年自然灾害的过去和父母小心翼翼地家庭经营，少年阮平度过了饥饿带来的生死关卡。父亲阮文钦是中学教师，能文能武，除了钻研针灸，还带着家里五个子女运动，特别是教三个儿子一些实用的拳脚功夫。阮平到了小学高年级，在很多个早上自觉地跑步到市里的老人民公园锻炼身体，逐渐成为家里个头最高的孩子。

　　阮平的力量也变得比小学低年级时大很多，过去被个头大的同学打，甚至放学路上被围追堵截欺负的日子一去不复返了。那时的阮平，凡事都要争个输赢，意气用事，甚至会不留情面地顶撞老师，也不太懂留情面和忍让，成为父亲阮文钦口中的"暴戾分子"，老师眼中的"问题少年"，被多次教导改正。

　　也不知怎么的，小学毕业的时候，可能意识到马上要进入的初中代表人生的新阶段，加上家里长辈的教导和氛围熏陶，少年阮平自己决定要过意气这一关。他在内心对自己提出一个要求：初中开始，磨练自己的性格，凡事冷静忍让，绝不再全凭意气。在全年级集合的时候，老师点名时拿他取笑，他确实强忍着眼眶里的泪花，没有像小学的时候那样爆发出来。

更大的麻烦还在等着他。阮平被分在了因为一些原因和父亲不太合得来的一个老师当班主任的班级。阮文钦老师并没有任何刻意的干预，一开始阮平在班上也并不受班主任待见，但他开始学会用另一种平和的方式对待这种麻烦，并且更加坚守自己内心改头换面的决定。这无疑进一步磨炼了他的性格与脾气。

后来更换班主任，一位随军家属女老师当了阮平的班主任。阮平的学习成绩和才能得到了肯定，但是又来了一个新麻烦：一个女同学在暗地里传出了另一位部队大院男同学说阮平对女生看法怎么怎么样的言论，导致全班女生都对他有了不微妙的看法。这个麻烦对身体没有直接的伤害，而是在心理上让人难受。过了一段时间，阮平觉得事情变得更严重了，迫不得已去找了那个男生求证，结果是"莫须有"，又向女班主任反映了情况。身正不怕影子歪，加上班主任在全班公开疏导，误会解除了。本来就乐于助人，还不断释放善意，阮平在班上的同学关系进入一个友好的局面。

到了初中的最后阶段，又换班主任了。那位女老师跟随军人丈夫去了湖北，换来的班主任特点是基本不做主、不作为。这给少年阮平极多的机会来锻炼和展现自己。他带动和组织全班学习、劳动，一次学校组织到现在的新桥中学劳动，全年级包括他父亲阮文钦老师任班主任的班级都在行进过程中把队伍走散了，唯独阮平所在的班级被他组织带领得整齐划一，这还是在班主任提前骑二八大杠自行车回乡下老家帮助农忙不在现场的情况下。回城的时候也是唯一一个走到现在乐山新村广场才解散的班级，一些同学回来路过家门也遵守纪律跟着队伍到了新村广场再回家。

随着时间的推移和不断的成长发展，阮平的人格魅力变得更强。他还组织同学一起向学校申请集体游学峨眉山，在保证安全的前提下，学校同意了。还有好几个仰慕他的女生想一起去，但申请已过再临时加人也不妥当，遗憾地没能同行。阮平带领大家一起领略"天下秀"峨眉山及其积淀的历史文化底蕴，那是当时极有意义和有着美好回忆的一次"研学旅"。

阮平还组织学习小组跑到乌尤寺临江的岩石山包上，一边感受三江汇流和乐山大佛的壮美，一边学习文化知识并发起热烈的思想讨论。他眼中悬崖峭壁上明朝乐山人彭汝实所书写石刻的"中流砥柱"，也逐渐烙印在他的心胸之间。想来，他创办更生学校时修建在校门口的三色人字体柱，也有一脉相承的寓意在其中。

他也观察世间百态，捕捉到一些人生疾苦。去走亲戚看到矿井里的工人个个黑黢黢，像"埋了没死的人"；那时岷江边上因风吹日晒而浑身蜡黄爆皮的纤夫，阮平说像"死了没埋的人"。阮平的精神世界里，除了"小我"，一个包含他人、包含社会的"大我"生发了出来。

甚至在那时，少年阮平就奠定了关心他人、胸怀世界的格局，他写过一首小诗——

渺渺蓝小球，
整整四十有。
身作一份子，
当为共益筹。

可以说，经过生死、意气、格局三关，少年阮平成为了一个我们现在看到的阮平校长的雏形。那就是有着极强的忍耐力、超强的亲和力、高强的意志力和影响力的更生学校创办人和教育工作者。这些品质在他的生活、工作中，都不时流露和展现，并感染到他人。我想，不是每个人都有少年阮平的类似经历和人生体验，也不是每个人都能在学习成长阶段就能有这么多的蜕变发展和感悟历练。

人与人的悲欢或许并不完全相同、相通，但人生总有关卡要过，总有一些人、事、物能够引起共鸣。但愿阮平校长少年时代通过的三关，能够给大家带来一些思考和启发。

阮平校长的三种刀法

削水果皮，可以一刀起，刀口向内螺旋往下，中间不断，一气呵成。大概是对没时间也志不在此的下厨的弥补，不仅是苹果，还有梨、橙子，阮平校长总是擅长也喜欢给你削个水果吃。学习难处、工作挑战、生活烦恼……谈话总是在他削水果的不经意间已经展开。

在倾诉的过程中，阮平校长抬头，笑眯眯地伸手递给你一个削好皮的苹果，你感觉暖暖的，话匣子也放开了。

夏天，校长也切西瓜。他总是在二楼吃饭的房间囤几个冬瓜那般大的西瓜，学生、老师、家长……聚着聚着人多了，他就拿出一把西瓜刀，切得每份分量差不多、每份形状基本一致，分给大家解暑。有时他也会在行政办公室或者会议室，施展切西瓜刀法，那必定是中考、高考前后，服务备考或者招生宣传的师生们。在还没空调的那些年，盛夏的深夜，在转动的吊扇下面，校长还在和行政班子、学校老师们，或者再加上几个我这样的学生干部，审核招生宣传单内容，部署第二天下乡走访的人手和线路。

刀法也用来做糖拌番茄，可能一年也就一次。在阮顿老师的记忆里，故事是这样的——

　　……我匆匆穿上衣服跑下楼，远远地望着爸爸站在路灯下。我扑进爸爸怀里的时候，我听到爸爸说："亲爱的，生日快乐。"我想起了一句话：也许儿女会不知道父母的生日，但父母却一定会记得儿女的生日。我清晰地记得爸爸一手搂着我回家，一路上只觉得爸爸把我搂得好紧好紧，只感觉到爸爸手心的温度，让我想哭。回家后，爸爸找遍了家里的柜子，除了牛奶以外实在没有其他的东西了。我知道爸妈太忙了，他们无暇顾及这些生活小细节了。爸爸说他想到了一样东西，是个惊喜，当他再出现在我面前的时候，手里捧着一个好大好大的番茄。爸爸很快地把番茄削成一片一片，真的好大一碗，撒上很多糖，就看着红红的番茄汁儿慢慢沁出来。我咕噜咕噜地大口吃完了一整碗，甜甜的凉凉的味道在嘴里，浓浓的美美的爱在心里。那一碗番茄成了我最好的生日礼物，因为有爱，因为有爸爸妈妈在身边的呵护。那年以后，每次生日我都会吃到一碗糖拌的番茄，即使后来读大学了，再后来离开家了，每个生日都没有爸爸妈妈在身边了，我都会为自己做一碗番茄，甜甜的味道吃在嘴里……

除了这第一种刀法的柔情和爱，阮平校长的第二种刀法显得果断和威严。我亲眼见到一群更生小学生穿着木屐在楼道里"哒哒""哒哒"地跑来跑去，校长从自己办公的房间出来厉声呵斥："同学们，你们穿着日本人这种鞋子在学校楼道行走，日常行为规范和文明礼仪都不允许，而且发出很大的声音影响他人，你们马上回宿舍换掉，我会让你们的老师来督促检查！"

也曾亲耳听见周一朝会上，校长在台上讲道："更生学校绝不容许同学之间拉帮结派，甚至出现欺负他人的行为。"创办更生的最初几年，20世纪90年代，生源复杂，学生个性各异。有一次朱建伟主任处理几个学生夜不归宿还翻墙出去玩游戏机的违纪事件，没想到其中有学生口才了得，还和朱主任理论起来。校长随后赶到，逻辑缜密、义正言辞加上一点点循循善诱，几个学生最后服服帖帖，认错道歉。许多年后，那几个师兄感慨，校长的口才太厉害了。

是的，阮平校长工作上的面对难题和复杂问题的时候，展现出来的能力，包括口头表达能力，就是一种有力的刀法。2010年，我在更生担任高二年级一个文科班班主任时，班上一名男生违纪超过三次，谈心沟通给机会，却愈演愈烈，请家长一起沟通也屡教不改，最后犯了个更大更让人不能容忍的事。我实在是气坏了，报备了年级主任和训导主任，让他回家和父母商量换学校或者还读不读书的问题。结果他父母单独找到校长，恳请再给机会，校长同意了。家长走后得知情况我想不通，还和校长在办公室争论起来。校长到最后实在没办法了，提高分贝，非常严肃地说："你是我的教职员工，他们是家长和学生，我只能对你有硬性要求。"我当时赌气走开了，甚至有了不再执教的冲动，接下来的三天大概是和校长2000年认识后关系最脆弱的时刻。

但慢慢冷静一想，校长在学校教育教学工作中，刀口向内，让教职工们给学生再多一次机会可谓用心良苦。这个世上谁不会犯错呢？在学校犯错还可以批评教育，尽力尝试让一个学生走上正道。如果进入社会，绝大多数时候，犯错已经变成犯法，那就无可挽回了。

有了这些思考，加上很多领导与同事的关心帮助，三天后我主动去找了校长向他道歉。校长宽宏大量，我们又深谈了大概三个小时。对当事学生的情况、家庭环境、学校的立场以及教育面临的社会状况，他庖丁解牛般地进行分析并与我探讨。我再一次的明白，面对时代更替和观念变化，加上各种错综复杂的因素，我们的教育面临的挑战越来越难，更生作为民办学校要经受的考验也越来越多，我们只能在工作中更多要求自己，更加努力应对考验，去完成教育教学工作。

最后我继续工作。当事学生继续留在班上，经过这一次他懂事很多，选择了艺体方向，直到高考结束没有出现更大的犯错。去年他结婚前还和我见过面，都要成家的男子汉了，感觉成熟了不少。我对他送上了衷心的祝福。

或许当年我这个老师和班主任还是不够称职，没有让很多学生变得更好。但阮平校长在思维上呈现的第三种深刻刀法，我是多次切身领略了，而且愈发地感觉到，校长对亲朋好友和自己看中的人，期望和要求都更高一些。太多人只能看到和蔼可亲、脾气超好的校长，我能见到他对身边的亲友还有我的严厉或者严肃批评甚至训斥，可能是另一种幸运。

直到今天，我们都会在彼此繁忙的工作中，挤出时间不断碰撞。他思维的系统性、逻辑性和细致性都很强，看待学校具体工作、教育行业困境乃至社会一些现象，都非常准确而富有远见。校长在更生学校创办历程中，一边是大量超负荷的工作与事务，另一边是不尽的赞誉和褒奖，即便如此，还能保持清醒的认识和对很多事物的深刻洞察，很难得。我多么希望，他以后有更多时间抽出来向世人展示他已成体系且深邃的思维刀法。

阮平校长的四次流泪

从 2000 年中考后进入更生学校的高一年级学习到如今，我认识阮平校长已经二十年有余。

作为他的学生，能够逐渐与阮平校长形成亦师亦友的关系，并且在人生成长发展的高中、大学和初步踏入社会工作的重要阶段，得到他的很多帮助与指导，我是幸运的。

2020 年 11 月 30 日晚上，陪同年级的更生校友、英语高级教师、Yuimy 光速英语创始人段玉春回母校，她说这些年没有找到合适的机会回来跟阮平校长交流。校长说，机会是创造出来的，二十年来"我和李燕深度的交流沟通应该不下二百次"。

这引得段玉春当场投来羡慕的眼光。校长那种带有理性自觉的积极人生态度，富有亲和力的交流沟通方式，加上他不时传递的独特见地，带着很强的发散与启发思维，让我和很多更生学子都受益匪浅。

绝大多数时候大家只看到阮平校长的微笑、和蔼、侃侃而谈，心系教育、关心社会的现状与发展，但可能很少看到阮平校长流泪。二十年来，我见证过四次校长流泪。

第一次见到校长流泪，是 2010 年校长的父亲阮文钦爷爷病重期间。那是我本科毕业回到母校工作的第二年，一天傍晚在小学住宿楼三楼校长办公室和他聊天，谈到阮爷爷。回忆起阮爷爷以前博闻强记，讲话生动又深刻，病重以后生理消化器官全面衰竭，仅依靠流食维持生命体征，谁也认不出来的时候，校长忍不住声音哽咽，眼眶湿润。

几乎一生奉献给教育的阮爷爷，在 2010 年 9 月 15 日凌晨去世。

后来我帮阮大孃去乐山二中阮爷爷的住所整理物品，里面有很多他当年教书工作和生活留下的手抄本、记录本，数学、诗词、武术、针灸……内容宽泛，用强劲有力的笔触留下的手迹，一本本井井有条地摆放在那里。想到这样一个桃李满天下，勤学好练、热爱生活的老爷子，被阿尔茨海默病纠缠，最后不能记得人和事，确实让人心痛。

三年后，2013年二十年校庆前夕，在搜狐工作的我利用休假时间回到乐山，协助母校筹备校庆和整理文集。涉及到历年来在学校工作过的教职工名录时，阮平校长着重提到了校史上退休后又到更生发光发热的那一批老教工。恰逢我去峨眉山市探望原峨眉一中、二中语文教研组长、高级教师、乐山市政协委员黄运泉老师（他在退休后到更生工作了七年），那时他刚刚做完胃部分切除手术，人显得清瘦，托我带回几本刚出的书法文集给校长。阮平校长睹物思人，又想起长期在更生工作，最后因病去世的校医俞国耀先生，想起这些年事已高的教职员工，说更生所能给他们的极为有限，但是他们却凭着对教育的热爱，凭着对学生的负责，倾注了人生几乎是最后一部分能量。校长越说鼻音越浓重，泪花在眼睛里打转。

在更生二十年校史纪念文集"园丁"篇，开篇语这样写到——

> 更生学校有许多别样的地方，而最别样的景观之一，就是她在最初的十年里主要是靠退了休的老教师们支撑的，她最近的十年，也主要是靠这些老教师们手把手地"传帮带"，拉扯着一批批青年教师茁壮成长，使他们逐渐挑起重担，成为学校发展的主要栋梁。

> 可以说是夕阳灿烂的光辉把更生照亮，并为更生铸造了未来的脊梁。老教师们来到更生这片沃土

潜心辛勤耕耘，充满激情地拼搏奉献，使他们不少人的夕阳余晖成为一生最耀眼的光芒。这段历史可歌可赞，在更生的历史天空留下浓墨重彩的篇章，永久留芳。

阮平校长无限感怀老教师们对更生育人事业的不朽贡献，曾步毛泽东原韵改填了一首《采桑子·重阳——夕阳更辉煌》。词云："人生易老师不老，岁岁重阳。今又重阳，播洒花种代代香。更生廿年拼搏劲，不是晨光。胜似晨光，夕阳辉煌更化霜。"

二十年来，在更生学校勤耕奋斗过的老教师们数以百计。他们有的在更生工作一二年后因身体和家庭原因离开，已为更生留下恩惠。在更生发挥余热超过五六年的不少于五六十人，超过八年十年的也有三十人以上，更有些老教师在更生奉献了十多年，有的至今都还在更生发挥着巨大能量。

为了表达对这一特殊群体特殊贡献的至诚敬意和谢意，这次校史编写特按阮平校长要求设置"最美夕阳红"章节，以昭示这片片晚霞的无尚荣光。

"园丁"篇里，特意用"壮丽的晚霞"为题，展示了祝乔森、王玺、李兰英等五十四位老教师的简介和在更生的工作情况。值得一提的是，更生二十年校史纪念文集，有"足迹""园丁""英才""寄情"四个篇章，我用诗、词、曲和四字短歌分别作了篇首语，在"园丁"篇我写的是——

讲台眉飞色舞，书案批阅辅导。弟子三千念师恩，银丝两缕岁月熬。桃李枝头摇。

教书育人艰辛，身先示范全要。圆梦金榜题名
时，回首求学路遥遥。都说老师好。

作为更生曾经的一名学生，老教师们的情深义重，我有切身的体会。正是因为他们的丰富教学经验与忘我的工作奉献，像我这样的成百上千更生学子，才得到了更好的教育。阮平校长感动得流泪不无道理。

时间到了 2020 年，11 月 5 日的深夜十一点过，得知阮平校长的大哥阮云先生不久前因病去世，我在北京打电话给校长慰问。电话里，我回忆起阮云先生跟校长两兄长得很像，深耕乐山电力行业，在领导岗位做过多年。记得 2010 年冬天有一次校长召集一大家人包括他大哥一家在外面吃饭的时候，我应邀参加。遇到阮云先生当领导时的一些老部下和电网行业的公司领导同在一个餐厅吃饭，他们后来偷偷地把我们好几桌的餐费都结了，然后过来跟他们的老领导热情打招呼后才走。退休后，阮云先生书法又有精进，甚至写了一幅字在阮平校长六十岁生日的时候送给他。

不知不觉，电话就聊到了 11 月 6 日凌晨。校长说可能是退休前的几年各种应酬严重影响了大哥的身体，在五兄妹中，大哥身体应该说是最好的，却走得那么早……说到这里，校长有些叹气和悲伤，我感觉他在电话那头哽咽流泪了。

而阮平校长流泪最厉害的一次，还是 2013 年 11 月 8 日，二十年校庆当天。庆典结束后的下午，作为首届校友总会秘书长的我，和首届会长李颖超博士、时任校行政助理的阮顿老师，陪同校长去翡翠国际社区靠近岷江边上的露台茶馆，和更生高 1999 届余生、李奎君等首届更生（含高中）校友见面。可能是在创业二十年之际，又回想起自力更生、历经坎坷、经受挑战，一路走过来，又刚刚完成更生校庆各

项活动，阮平校长百感交集，一边说着"这二十年还真是不容易"，一边竟然就当着大家的面流下了眼泪。

当下中国的教育何其难！更生做真正的教育工作，从创办一所学校到尽力做好，太难了。借用更生二十年校史纪念文集的代序《我们走在大路上》最后部分的话语来说，当今的教育尤其学校教育承载着许多不堪承载之重，当今网络化、娱乐化、利益最大化的背景下树人立德有着旷古未有之难，当今为师传道授业面临着难于想象之艰，甚至风险巨大，自我燃烧、自我超越之痛永无止境，有时恐怕连很多教育工作者也要疑惑这教育之路如何才走得下去，疑虑自己是不是要逃离、放弃。

可能也就是一种责任，一种使命的良知，会使人又想起但丁的话"我不下地狱谁下地狱"，又会像丹柯一样高举起用自己的心做成的火炬，在这条人本主义教育的大道上，阮平校长依然带领着更生教职工们不断潜心探索，一往无前走下去。

想起校长二十年校庆后的那次流泪，可能既有创办更生二十年回首感慨自我个体的情绪释放，也有身处教育行业的复杂思绪，应该说有自己的小情绪，也有心系教育和社会的大情义。

男儿有泪不轻弹，我认识校长二十多年，也就只见识过他四次流泪。而每一次流泪的背后，都是至臻至情的故事。希望我能和更多人一起，像阮平校长一样，成为有情有义的人，做有情有义的事。

一套音响背后的甜味和通透

高音甜，中音准，低音沉，总之一句话，就是通透。

这是电影《无间道》里梁朝伟给刘德华推销音响说时的一句话，也是我人生中第一套音响给我的感觉。而能有这样的感觉，还跟阮平校长有关。

那是 2004 年的 8 月，我即将前往山东理工大学开启大一生活。换在今天，很难想象当时让我愁得要死的是学费和生活费都还没有完全落实。乐山市"栋梁工程"的奖学金和犍为县政府的助学金可以用来缴纳学费但还没有下发，而一贫如洗的家里没有能力给我生活费。

阮平校长解了我的燃眉之急。他出资购买了我在当年 6 月参加乐山市首届创新作文大赛现场决赛获得高中组一等奖（共有两名获奖者）的奖品——一套音响。我记得当时市价也就一千多元，校长硬是给了我两千元。

不仅如此，校长的夫人、协助管理学校财务的齐卫平老师也告诉我，剩下未缴的高中期间学费，学校也特批给我免除了。不知道怎样给大家形容我当时的心情……带着对母校更生的感激和对大学生活的雀跃期待，我才能够比较轻松地踏上第一次出川到山东的旅途。

事实上，后来大学四年的每一个寒暑假，我都会回到更生，和阮平校长促膝长谈乃至通宵达旦。而每次校长除了嘘寒问暖，在我即将回到淄博开始新学期的时候，总是会来到我临时寄居的更生学生宿舍，往我的手里塞上两千元钱。校长还打趣地说，这是他从学校领取的岗位工资里节省出来的"小金库"，让我千万不要告诉齐卫平老师。

也就这样，我在大学也得到阮平校长得到高中母校得到更生很多领导老师的关怀和支持。贵人相助，让我的人生变得越来越宽阔和富有意义。当2013年更生二十年校庆的时候，我主动回更生设立"火魂"奖学金，每年出资两万元用于奖励在文学、体育、美术、音乐、舞蹈和科技创新方面有突出表现的中学阶段学弟学妹。尽管我当时是毕业工作第五年，在北京还是月光族，但我觉得这给了倒逼自己攒钱做好事的一种人生动力，也是对当年校长和更生对我帮助的一种善的循环。

如果说仅仅是物质帮助，也就太看低更生和校长对我的意义。实际上，高中生涯中阮平校长对我精神的引领和指导，影响巨大。在做学生会、文学社和图书馆等学生工作的时候，有一次午餐时间，校长端着一个大瓷碗，坐在行政办公室外面的长椅上吃着米饭和红椒回锅肉，他喊住我坐到椅子上。一边用手捏一捏我的肩胛骨，一边问我在家里干不干农活。我说自己十来岁开始去水井挑水，现在也会栽秧子。他说"对的，你的肩胛骨被压得平了些，说明确实有干活路，要继续这样"。

高二下学期的时候，班主任对我这样成绩靠前的学生管得更严，而因为早恋问题，我与班主任之间甚至有了一些情绪冲突，我认为班主任看我不顺眼。一天晚上，我被班主任说哭了之后，跑去了校长的办公室。校长一边在台灯下伏案工作，一边听我倾诉。我当时说了班主任对自己的"有色眼镜"以及心里一些不成熟的愤懑。校长后来跟我谈了足足两个小时，引导我从"总有一天出人头地给你们看"这种报复式心理走出来，还给我讲了他大学同学的故事，希望我摆正心态，有积极乐观的人生态度。

回想起来，那次谈话很重要，校长及时发现并处理了我成长过程中的心理阴暗面。在过去与校长接触和来往的十八年里，从我青春少年时期到如今的而立之年，他言传身教，逐渐把胸襟、格局、视野乃至一些人生思维传给了我。像我这样得到阮平校长物质和精神上帮助与指导的更生人，太多太多。校长也乐意这样的生命给予，甚至在去年他还很自责地说起，有一对表兄妹家里困难但要强不说，直到高考结束之后学校才发现，但令人欣慰的是他们都和校长一直有联系和交流。

我至今记得他说：不怕失败就不容易失败。这种具有哲学意味的处世道理，阮平校长脑子里面装了不少。我在工作和创业过程中，也多次回味和用实践体验他的话语。2008—2011 年我在更生母校工作，担任高 2011 届文科八班班主任的时候，请时任训导处主任的王维璜老师书写的班训"辛苦高中三年你就可能幸福人生一辈子"以及"吃得苦，静得下心，耐得住寂寞"等班级文化标语，多多少少也是受到了校长的潜移默化引领。

也就是 2008 年我本科毕业回到更生工作的时候，阮平校长把我叫到小学宿舍楼三楼，他那间我再熟悉不过的宿舍改造的办公室。问我安顿的如何之后，他说那套奖品音响我还给你留着呢，说着就从他午休的单人床下面把装着音响的箱子扒拉了出来。我顿时唏嘘不已，想起当年他资助我的点点滴滴，感慨校长的心思细腻。他用毛巾揩去灰尘，把音响交到我手中，微笑着说"我也没有机会用，你拿去吧，下班时间享受下音乐生活"。

那个场景已经成为我人生难忘的重要片段之一。音响用了两年之后被雷雨季节的闪电击坏了，但阮平校长给我生活带来的一次次甜味和教给我人生的通透，至今受用。

我最后没有拿那个信封

我最后起身离开，校长说，差点忘了，还有一个东西要给你。他说着把座椅往后滑了一点，以便俯下身打开他办公桌下面的柜门，一个牛皮纸信封被拿了出来。

校长露出那经典的极具亲和力的微笑："你当年的高考工作奖还没有领呢。"我坐在他对面的藤椅上，隔着不到两米的距离，一边哈哈大笑一边瞥了一眼信封：鼓鼓的，如果是一本书，应该也有六七十页的感觉吧。

不能违心地说没有想过要拿，年级主任"余老板"（余勇老师）2012年春节和他爱人冯兵老师在一对关系很好的更生校友婚礼上，也塞过一个牛皮纸信封给我。那是更生学校高2011届年级上给老师们的补贴，因为既是班主任又是科任教师，如果没有记错的话，好像也有五六十页书的样子。当场我也推辞过，结果"老板娘"和"余老板"都说："这是你应该拿的，必须拿着。"

现在想起来可能有一丝遗憾，校长那个信封我真没拿。那是2013年的春节，当时我也说了，不是不拿，不如用这信封里的奖励，我再加点钱，把奖学金搞起来。于是当年的9月，"火魂"奖学金开启了第一届。"余老板"给我的信封也用上了，我还把自己在北京工作挣的钱加进去，凑成两万元，奖励给在校的更生初中、高中师弟师妹，那一年是我参加工作的第五年。

坦诚地讲，全国各地学校对高考乃至中考的教师，应该都有不同程度的奖励。更生学校的这种奖励制度，也在二十六年的校史上延续很久了。它是对教职工辛勤付出的肯定，对教学业绩的另一种评估。更生的老师们当然也应该接受类似的奖励。

我最后没有拿这个奖励，是自以为至少有三层理由不拿：

理由一：2008年到2011年，我才从事教育工作三年时间，成绩应该主要归功学生们、家长们和班级其他科任老师，我可能只是碰巧对症下药，发挥了一点作用。尽管年级组向学校提交的高考总结报告里说，我把高2011届八班从年级最差的文科班，带成了最好的文科班。班级学生刘林曾经问过我："你是不是故意让好的学生都去读理科，甚至有人申请去别的文科班你也同意，你就是想搞一个最差的班，然后争取搞好，显摆自己？"我记得自己苦笑了一下，说还真不是，谁不愿意自己班上优生如云，爱学习守纪律呢？如果不，可能那人是个傻子。但是最后全班学生变得比较好了，高考整体也确实在年级上表现还不错，主要还是大家慢慢懂事了，知道最后拼一把，为自己的未来负责。

理由二：更生是我的高中母校，又是我曾经工作奋斗的地方，学习和工作叠加，我对她的感情，可能比其他人还深厚一些。更何况，我读大学的时候，只要寒暑假回到乐山，至少有一半的时间待在更生，跟着校长见人聊天，看他如何处理各种事务，学习他的思维，甚至想有机会就模仿甚至超越他的更生创业经历。而且每次新学期我要去大学报到了，校长都会偷偷塞钱给我，支持我改善大学生活。当时我就暗自想过，一定要找机会报答校长和更生的这种恩情。回更生工作的那三年，某种意义上，是一种报答方式，都是应该做的工作。奖励对于我来说，是意外惊喜，可以拿也可以不拿。

理由三：不把奖励揣腰包，拿出来做一个奖学金，更有价值和意义。2011年7月后，我离开更生开始在广州、香港、北京各地闯荡，慢慢地收入也有所增加，奖励拿不拿不会对我的生活产生绝对的影响，但用在奖学金上，反而使这个钱多了一份价值，多了一层意义。我继续用奖学金表达对校长和更生的感恩，同时，将我当班主任的全班学生和任教过的学生、合作过的老师，最后高考凝聚出来的成绩与对应的那一份奖励，放进了"火魂"奖学金里，也可以理解为，"火魂"奖学金的发起，也有他们的一份付出和功劳。

2013年9月25日，乐山市更生学校第一届"火魂"奖学金获奖名单评选揭晓。到2019年，已经评选了七届，除了我每年出资，还有万仕敏、武江芬、吴平超、陈一鸣、张馨等校友相继加入，共同发起和出资。除了文学和科创，对体育、美术、音乐、舞蹈方面有突出表现的初、高中在校生也进行奖励，这里面也有三个用意——

首先，阮平校长已经坚持每年拿出巨额资金设立学期奖学金，"火魂"奖学金目前还比较小额，应该找准自身定位，与"文钦、敏学奖学金"一起，同更生学期奖学金形成互补，加上乌尤寺爱心助学金、中国移动通信助学金、国家助学金等一起，这就构成了更生学校比较完善的奖助体系。

其次，更生学校的教育历来坚持引导学生全面发展，应试成绩特别是高考分数很重要，但不应该是全部。"火魂"奖学金奖励文学、艺体（体育、美术、音乐、舞蹈）、科创，就是想助力学校对学生全面发展的引导，希望逐渐为更生的校园生活和学生成长发展，注入一股有特色专长、多面开花的风气。

另外，我个人很喜欢文学、体育，在更生带过的唯一一届学生尤其是担任班主任的高2011届八班也有很多艺体生，他们甚至是我凑够第一届"火魂"奖学金资金的重要基础之一。毕竟年级和学校给我的奖励里，相当一部分是以他们的艺体成绩为评估因素的。

我记得在高二上学期的时候，年级上根据学生成长规划和高中实际规律，已经开始组织统计艺体方向学生的名单。在期末考试的最后一个晚自习，因为第二天只考最后一科，我大概花了横跨两节课约一小时讲了艺体生的好处和挑战。我说了借助艺体这条路可以让部分人更容易地走过高考独木桥，说了艺体生未来的生活工作更多的丰富性和可能性。我也说了艺体学习其实时间、精力和金钱的投入都会更多，说了成为艺术家、体育家、明星和娱乐圈红人的坎坷与艰难，还说了艺体生可能会面对的社会潜规则和黑暗。然后我把选择权和决定权交给学生们，他们还要回家和家长最终商量。

后来，吴嘉川、李建伟、王雅琳、朱米文、肖佳、罗雨薇、李梦迪、周逸帆、赵代蔷、彭家兴、徐雪崧等八班的学生，选择走艺体生这条路，有学体育的，有学美术的，还有学编导相关的。他们都不同程度需要到校外包括到成都培训、学习和考试。

也就是说除了学校这边的费用，他们还要额外缴纳其他艺体学习的费用，甚至在成都还要自己掏钱租房子，加上日常生活开销，费用比一般的同学高出三五倍可能还更多。这对家境优渥的学生来讲，可能还好一些，对一般或者稍差一些的家庭，光是培养一个艺体生的费用，就是巨大压力。

校内的艺体培训收费还好，而据我所知，社会上很多培训机构都想方设法的挣艺体生的钱，甚至为了拉到更多艺体生源，不管能不能真正帮助他们考上理想的大学和专业，这些机构为了挣钱，都会渗透到学校里，找到学校有关负责人、年级和班主任、艺体科任教师，以相当可观的人头介绍费等名目，诱惑学校老师把学生介绍或者推荐过去培训学习。这些年，应该说，全国各地的中学，都不同程度地被渗透了。

因此，很多时候从动员学生学艺体开始，很多事情就不再单纯是为了学生未来更好，而不同程度的被金钱扭曲了。我当年因为刚带第一届学生，加上年轻也不懂这些，也没人来渗透我。再加上自以为是的想，自己的学生学艺体，找什么机构花多少钱，应该尊重他们及其家长的选择。从一开始，我就一股脑地把他们"推出去"，建议他们找上一届的学长学姐问门路，找自己信得过的艺体教师推荐，找自己家里的亲朋好友。

等他们开始学习艺体，我能指导他们的就越来越少，因为很多艺体专业的知识我也不太懂。学校还在年级上成立了一个集中艺体生的新班级，便于形成氛围和加强管理，当然也有一些脱离平行班级和在文化课上缺少学习氛围的争论，但这也是出于善意的探索和尝试。

我个人当时是觉得师生情谊一场，有机会能再指导一下就指导一下。每当重要模拟、调研考试，或者艺体生从成都或者校外其他地方回来了，我都"自作多情"地召集他们到办公室或者学校会议室，吧啦吧啦讲一二十分钟或者半小时左右，无非是注意人身财产安全、争取更好的艺体成绩、不要落下文化课之类的。我还按照班级工作规划，像对待其他学生一样，找他们做一对一谈心沟通。还要求他们一起参与到"和校长谈一次话"系列小组活动中去……

现在想来，用乐山话讲可能我还真有点白火石，像个虚伪的唐僧一样，这些事不仅可能让这些同学厌烦，而且会招来个别人的抵触乃至记恨。换位思考，学生时代，大家都追求个性和自由，他们艺体生文化课以外还要多花时间和精力去学习艺体知识，谁愿意被管被束缚被唠叨呢？

高考结束后，主要是学生们自己的努力付出有了相应的回报，大多数艺体生都有了一份自己应有的成绩和录取通知书。其中，吴嘉川高考文化课直接上了二本线，王雅琳、李建伟高考艺体双上本科线。学校和年级上对我个人的工作进行奖励，奖励的一部分就来自艺体方面。我实在是觉得没有做到什么特别有效的工作，最后把这部分奖励连同我个人的出资，凑成"火魂"奖学金第一届的奖励资金，发给这些学生在更生的初中、高中师弟师妹。那时，竟然有了一丝心安理得。

时光荏苒，转眼八年过去了，这些艺体学生和其他八班及全年级的学生都在社会上工作了，投身各行各业，很多人都成了家有了孩子当上了父母的角色。因为工作繁忙生活节奏很快的原因，我没能持续追踪这一批学生的人生轨迹和目前状况。但我深信文学、艺体、科创，还有很多主科外的人类成长因子，会让一代又一代的人具有更丰富立体的情感和生活，更高水平的审美与品味，更大力度的创造和创新，更回归人性的自觉和灵魂。

和财神爷一起：偶有独与天地对，常在心领神会时

走出帐篷，海拔五千二百米的夜风刮在脸上有些生疼，我把冲锋衣的拉链扯到头，也把帽子戴上了。这才注意到远处天边有着一条银丝带若隐若现，抬头一看，从珠穆朗玛峰顶到我头顶，星河闪耀。子夜一点半的珠峰大本营人们都休息了，只剩呼呼的风声，我看着两边的山脉竟然产生了通感，感觉山在摇动，有那么一刻差点以为自己在深邃的海底，而山就是珊瑚树……不过完全没有窒息和压迫感，反而是夜景的纯净美丽让人心旷神怡：我就那样站在珠峰大本营鹅卵石堆砌的中间广场上，暗夜星光；我就那样站在世界大多数人都还没到达的珠峰高度和位置，心情澎湃；我就那样站在永生难忘的十几分钟生命时间里，感受天地。

回到圣山旅馆的帐篷，想了想刚才浑身的鸡皮疙瘩和那一丝灵魂的颤抖，我在准备寄给阮平校长的明信片上写下一句话——

"在世界之巅独与天地对的感觉很美妙！"

十年前后的独与天地对：你就是自己的整个宇宙

为了纪念到达珠峰的日期，我把落款特意写成了前一天："2014.6.7"。天亮后的 2014 年 6 月 8 日，圣山旅馆的老板，一个藏族小伙子帮我将近五十份明信片上都写了藏语的"扎西德勒"，连同给阮平校长的，从世界上最高的珠峰大本营邮局寄出。那一天，也是

2014 年全国高考的最后一天，当我夜宿珠峰大本营之后下山的时候，更生学校高三的学弟学妹们想必还在阮平校长和老师们的陪伴下，进行着最后的战役。

如果时间再倒带十年，2004 年的 6 月 8 日傍晚，和张雄军躺在更生学校足球场的草坪上，我看着火红的晚霞映射天空，高考结束后的心情无比的畅快放松。当时的我哪里知道十年后自己会登上珠峰呢，我又哪里知道接下来的那年暑假会跟阮平校长有多达几十次的聊天甚至通宵达旦的交谈呢！

人生就是这么奇妙。2004 年的暑假，十八岁的我和四十七岁的阮平校长那学生与师长的对话中，竟然慢慢有了一些亦师亦友的思维点化和认知共鸣。虽然前面两三年也有过，但对话从未像 2004 年暑假那样集中和频繁，我们谈天说地，漫谈政治历史，评析经济文化，品味人生哲学……几乎无所不包，无所不谈。交谈中，校长的思维惊人的发散，谈高考结果对中国广大民众的影响，到痛陈应试教育弊端时的慷慨激昂，然后回忆起他创办更生的初心，再继续回忆他儿时的成长经历和思维成熟的种种烙印……中间还穿插着不时的人员和电话进来打断，最后竟然还能回到我们高考的主题上。

后来我曾生动地形容校长的交谈思维是"旋转弹簧"：不仅能弹出去还能收回来，在三百六十度无死角触及各种话题后也照样能收回来。这样的对话，如果你学会享受其中，经历得多了，会极快地拓展自己的思维能力和知识面。为了能跟得上校长的谈话节奏和下一次谈话更能说得上几句自己的体会与思考，每次谈话回去，在我脑海都做至少一遍回放，并恶补各种知识。有时，参与谈话的还有其他同学，场面就会更热闹，校长的亲和力还有不时的基于知识和思维的小幽默，会让氛围更好。

也就在 2004 年的那个暑假，一个盛夏之夜，我和万平、王艳霞、吴平超、王凤瑶等同学一起，在小学部宿舍三楼校长的办公室兼卧室，即便开着吊扇深夜十一点的乐山还是热。跟他的交谈暂告一段落，我提议大家下楼透透气，夜游更生校园，校长欣然同意。我们一起走过阶梯教室走向足球场，那时我刚学会自行车，还去把古子文老师借给我的车找出来骑着绕了校园一圈，然后放在足球场边茂密的小叶榕树下，赶上前去和校长漫步。也很神奇，学校大门保安值班室旁每晚因为守夜需要从食堂围墙处牵出来的栓养的狼狗见了校长一声都不吼吠。深夜的暑假，更生校园四周静悄悄，有的就是微微的凉风和校长低沉浑厚而有磁性的嗓音。大家都觉得这种夜游的感觉很好，阮平校长赞同地说到，寂静的夜晚，当一个人独与天地相对，或许能找到灵魂出窍的感觉，整个宇宙就是你自己，你就是自己的整个宇宙。

这种感觉，十年后我在珠峰大本营找到了。我又把这种"独与天地对"的感觉通过一张薄薄的明信片传递回四川乐山更生校园里的阮平校长。据说他收到明信片，看到我写的话，非常高兴，把明信片摆放在了房间桌面的中央。他的女儿阮顿老师还有点"吃醋"地说："你以前怎么没有跟我说过这种感觉呐？"

机缘巧合：让我在更生开始接触知识汪洋和吸收更多精神营养

我和阮顿老师是非常要好的朋友，最近几年在事业上还成了默契的合作伙伴，在生活上也已经有些情同姐弟。尽管如此，得知她的"醋意"，除了忍俊不禁还有些感慨：校长多年来无私地给予，很多时候尽心地引领，使得像我一样的很多更生学子在精神上成长太多，人生少走了很多弯路。

我也不止一次的跟别人说，更生的求学时光，是我精神成长最快的重要时期，也是我人生重要的一个转折点。机缘巧合，我在更生特别是阮平校长身上获得的精神财富，太多。还记得2001年的春天刚开学第二周，班主任吴界辉老师通知彭春华、龙阳、万平和我，说学校图书馆设立勤工助学岗位，名额有限，优先考虑品学上还不错但家境困难的同学，我们都入选了。等到周六中午全校放归宿假后，在一教楼底楼当时的教务处办公室开会，同年级一班的张建波、三班的何学兵还有高二年级的周艳也入选来了，阮平校长、行政办王晓勤老师、教务处主任邹君老师、阮健老师、图书馆管理员王利拉老师都在，校长在讲话中用毛主席当年也曾在北大图书馆工作过的事例勉励大家，并且强调勤工助学岗位补贴都是次要的，最主要的是我们比其他同学更有机会接触到浩瀚的知识汪洋。

当时就听得我们几个眼睛发亮。此后的两年，我作为首批更生图书馆勤工助学组长，体验了初步的图书检索分类、借还管理和清洁整理工作，还可能比一般同学多出了一两倍的阅读量。后来我在更生做高中班主任的时候，曾对学生讲，谁能够在高中三年读完一百本书并接受相应的检验，哪怕提前一年，只要属实，我就替其向学校申请获得提前毕业的资格认定。

高中那时看书真过瘾，感觉整个更生图书馆的上万册书都是你的。看得杂，小说、历史、哲学、经济……都看，看了不下一百本，知识面也逐渐宽阔起来。图书馆王利拉老师也是个奇人，成功申请过技术专利，那几年热衷参加司法考试，对围棋和扎金花非常精通，他每周六下午组织我们开会，读书心得分享、文章写作评析、主题演讲训练……这些内容都有，而且他的思维也有独特的地方，看待和解决问题的角度有很多与众不同之处。到了2002年袁显明老师也加入图书馆工作。综合楼投入使用后，图书馆又从足球场东南角的后勤维修房和职工宿舍的三楼搬过去，空间更大，藏书量、杂志订阅量增加。我们和人类几千年文明经常待在一起，获得了很多精神财富。因为高考复习的关系，我在更生图书馆工作到 2002 年国庆就退了，到 2004 年在山东理工大学申请勤工助学岗位时，因为高中有过图书馆工作经验，更重要的是尝到了图书馆工作可以有机会更多阅读和获取知识的"甜头"，我又在东校区图书馆的样本书库工作了近两个学期。

今天心领神会的幸福人生，要感谢这位财神爷

人生的成长，除了读万卷书、行万里路，阮平校长还跟我说过另外"两万"：听万人言，做万件事。做事实践得来的经验和感悟，相信很多人已经有切身体会。而听取别人的分享和建言，有时会有一语惊醒梦中人的效果。校长本人的讲话，经常就有这样的效果。时间再拉回到 2000 年，我错过了高一新生军训，被王俭老师推荐到更生获取了奖学金和助学金，提前几天到校等待开学。到了 8 月 30 日晚上，全年级师生返校，在第二天恢复性军训和新学期开学动员会上，我第一次见到了阮平校长。在他走进阶梯教室之前，身边参加了军训听过他讲话的同学都很兴奋，都说校长演讲很棒。正当我将信将疑的时候，大家响起了热烈的掌声，一个穿着灰色麻纱西裤，腰间皮带别了一大串钥匙，衬衣的袖子撸起来的中年男子走进来，除了乌黑的头发，他嘴唇上浓浓的一字胡非常突出，和眼镜配在一起显得很有气场也很儒雅。当晚校长讲了很多关于高中生涯的全新世界和挑战外，还说了一句话让我记忆犹新。他说——

"我是幸福的，因为我和你们在一起就永远感到年轻。我们都是幸福的，因为科技的日益发达，我们大家一起活到一百八十岁都不是梦！"

他还具体分析论证了长命百岁的理由，我和其他同学觉得也不是

不可能。校长那对未来的憧憬、对科技的期许、对生命的热爱，让在场的我们感同身受，给了我们在日后生活中积极向上的动力源泉。所以 2017 年 1 月 27 日，春节除夕那天，更生校友返校日的上午，还是在阶梯教室，当阮平校长对满满在座的返回母校的更生人讲到——

"我们都赶上了一个可以把自己的头脑通过互联网和全人类的头脑连接为一体，从而可以拥有和充分利用全人类的精神文化财富的时代；我们赶上了一个科技高度发达，物资极大丰富，人类可开发利用的资源能源能量将取之不尽用之不竭的时代；我们，尤其是你们赶上一个如不发生意外，你们的生命将可能持续延伸，甚至无限延伸的时代。"

过去十七年跟校长交往特别是交谈时的回忆，又涌上心头，似曾相识的感觉让我对他的讲话心领神会：2017 年阮平校长的思考和表达，实际上是对自己 2000 年的认识和讲话的一种升华与进一步印证。

我又何尝不是幸福的呢？尤其是有了和校长十七年来亦师亦友的情谊，我从中汲取了无比丰富的精神营养，很大程度上优化了我现在三十出头的人生。我应该也肯定要感谢校长，他给我赋能了一种人生感觉：偶有独与天地对，常在心领神会时。

2017 年 2 月 1 日是农历正月初五，中国传统习俗里"破五"迎接财神的日子。我邀请了部分在乐山城区的近便的更生校友，一起和阮平校长在岷江边上畅谈了一天。我发了一条图文朋友圈，图片是刚刚拍下的大家一起畅谈的情景，文字是：大年初五，接财神，我们正在接精神上的财神爷。

如果从精神层面看待，如今六十岁的阮平校长绝对是一位财神爷。他有着孜孜不倦的思考和面对亲朋好友以及更生人时几乎毫无保留的认知表达与精神引领。他是精神上的财神爷，富在精神上，尽管他也对我们说自己富在人生有这么多更生人相伴还赶上一个幸福时代。但我们首先应该感谢校长，感谢他送给我们精神上不可估量的财富。

智慧的闪光，思想的声音

回想当年，到淄博求学两年有余，转眼大三，一直在风起云涌五光十色的大学前台，但无论生活怎样忙碌，心情怎样复杂，在更生，在校长那里，总能找到充分的诉求。

这就是直到现在我每个寒暑假都回去的一个重要原因。在更生的四年，于我人生的意义怎么说都不为过。我想，这与更生的理念和这理念的提出者——校长有极大关系。从高一下学期进入更生图书馆工作开始，我就有了各种各样接触校长的机会，直到现在。

2003年11月8日更生举行了十周年校庆，我以高四学生的身份参加了庆典活动。记得随后《火魂》创刊，古子文老师题写的刊名，以"更生之火，文学之魂"为号。第一期主打就是校庆纪念，记得上面有我一句话（"星星之火可成燎原烈火，我辈之灵魂在烈火中永生。"），一首词（《钗头凤》），一篇散文（《晨光熹微》）。那时候，更生人，这个概念已经深入脑海。那是我在更生念书的最后一年。

现在，每每想起更生的点滴，总是感慨万千。更生为我的成长、成熟贡献太多，自己为更生的建设、发展出力太少，或者说到现在还不具备出力的更多条件。我和校长进行了无数次的谈话、谈心，他睿智的思维和站在"类"的高度看待事物的伟大，总是让我在潜移默化中成长、成熟。这其中有太多校长智慧的闪光、思想的声音，无奈校长事务缠身，几乎没有时间加以整理。

两年以来，我总是试图以一种"书记"的角色，将校长思想用对话的语言记录下来。2006年暑假回到更生，受鲍习文老师嘱托，将自己的体会与所有更生人分享。返回淄博，一直挂念在心。

现在，我想从校长提出的更生理念入手，与大家分享。

至今，校长在办学育人的实践中提出了更生理念，它由"双十精神""六气""六力""六人""教用五心，学用五劲"和更生校园建设的四个目标、人才培养的四个目标组成。具体如下——

"双十精神"：

十大"自"字精神：自尊、自信、自省、自觉、自持、自律、自立、自强、自新、自创；

十大"实"字精神：求实、踏实、夯实、扎实、落实、切实、忠实、务实、诚实、充实。

"六气"：一身正气、一身豪气、一身志气、一身勇气、一身灵气、一身朝气。

"六力"：适应力、抗挫力、竞争力、协调力、创造力、影响力。

"六人"：正直人、勤奋人、文明人、智慧人、健康人、快乐人。

"教用五心，学用五劲"：教师有爱心、童心、耐心、责任心和事业心；学生有钻劲、韧劲、巧劲、拼搏劲和创新劲。

更生校园建设的四个目标：营造文明校园、阳光校园、绿色校园、和谐校园。

更生人才培养的四个目标：培养有积极人生态度的人、有优秀品格的人、有卓越思想的人、有杰出影响力的人。

为什么有那么多的更生人在纷繁复杂的社会生活中身心俱佳，表现不俗？想必与以上更生理念有关。我将结合校长的话语，用自己的体会和感悟来谈谈。

具有"双十精神"的更生人
是由"六气"和"六力"造就的"六人"

十大"自"字精神中，自尊是尊重自己，不屈节；自信是相信自己，不怯弱；自省是审视自己，不骄浮；自觉是认识自己，不茫然；自持是控制自己，不放纵；自律是约束自己，不堕落；自立是依靠自己，不依赖；自强是壮大自己，不懈怠；自新是改善自己，不冥顽；自创是超越自己，不落后。

我的家庭境况不好，自尊、自立、自强是从小养成的，但在更生的四年对此理解更深了。随着社会交往面的扩大和接触的人越来越多，不屈节、不依赖就显得愈加重要。更生的四年中，宿舍、班级、学生会、文学社和图书馆我都组织、管理过，自强大概源于"穷人的孩子早当家"，也是我在更生孜孜以求的一种精神。随着学习、工作的渐入佳境，我是比较自信了。一开始，我是很怯弱的，见老师、校长说话小声，不敢在公共场合大胆表达自己的观点。校长一直教我们要学会表达自己，"不表达，别人怎么了解你甚至理解你支持你呢？"所以我抓住课堂向老师提问、课下和同学交流的机会，不断地去学习怎样表达自己。起初可能自己思考得不全面、不成熟，但表达多了，慢慢地，就锻炼了自己的思维，表达也好了，也自信了。

而自省、自觉、自持、自律、自新和自创是更生和校长赐予我的宝贵礼物。在更生的很长时间，我身兼数职，作为一名学生，在班级、学校活动中进行着大量组织、管理工作。其中一段时间，浮躁、自大，还跟随不好的风气，满足于现状，很有放纵乃至堕落的味道。我想，一个人的社会位置越高，自省、自持、自律就越重要，它关系人的品格，非同小可。而同时，面对成绩，自觉、自新、自创又很重要。谈话的时候，校长常讲"审视自我，完善自我，超越自我"，值得深思。

十大"实"字精神，来源于校长2003年暑假对准高三的2000届同学训话。当时，我作为一名即将跨入高三、参加高考的学生聆听了校长对"实"字精神的第一次阐述。2006年暑假回到更生，我和校长忆及此事。对"实"字精神又加以整理、扩充，形成十大"实"字精神。

　　校长对十大"实"字精神作了丰富的阐述。求实，讲精神和态度，要求尊重客观实际，追求真实，追求真理；务实，讲工作作风、领导作风，要求讲求实际，立足实干、深入实际，狠抓具体细节，追求实效实绩；切实，讲目标计划，要求目标计划要切合实际，不要空喊高调，不要空话假话应时话应付话连篇；落实，讲措施行动，要求措施具体、行动落实，力求工作目标、计划、规章制度的有力贯彻执行；踏实，讲学习研究，要求求知探索一步一个脚印踏实走稳，谦虚致学、严谨求证，摒弃虚伪和骄傲；扎实，讲工作做事，要求对工作的一件件、一层层、一环环、一步步都必须扎扎实实地去做，不允许随意马虎和弄虚作假；夯实，讲基础工程，要求不论学习、工作都要抓住基础部分，打牢基础是关键，踏实学习、扎实工作都首先要求夯实基础；忠实，讲责任、信念，要求忠实于自己的责任、忠实于职守、忠实于自己的人格理想、道德信念；诚实，讲做人立身，要求做人真诚，待人信用，立身处事不虚伪欺诈，诚信行天下，实在立身名；充实，讲人生自我，要求不断吸纳各种有益养分，充实自我，过充实的生活，拥有丰富多彩的、充实愉悦的人生。

　　应该注意的是，十大"实"字精神是相互关联的。求实的精神和态度决定一切，然后要踏实学习，这是基础；基础夯实了，才能很好的扎实工作，工作中要务实作风，落实计划，切实目标，忠实责任；生活中要诚实做人；如此，人生自然充实。"实"的对立面是"虚"、"空"。当年的浮夸风，现在的好大喜功，形象工程，面子主义，都是不"实"的具体表现。更生人可贵的一点就是"实"。怎样把校长提出的十大"实"字精神转化为人生准则、行文规范，是每一个更生人要认真思考和实践的大问题。

也许有很多校友都还清楚地记得更生校门口的黄、白、黑三色人体柱。校长说过，做人要做顶天立地的人，许许多多的更生人过去、现在、将来都在为此而努力。而校长提出的做"正直人、勤奋人、文明人、智慧人、健康人、快乐人"正是"做顶天立地的人"的具体化。顶天立地的人应该正直，笃行公正；顶天立地的人应该勤奋，勇于为社会和家庭承担责任，勤奋工作；顶天立地的人应该文明，一言一行、时时处处文明，无愧于人这个"高级动物"的属性；顶天立地的人应该智慧，为人做事深思熟虑，为社会和人类的发展贡献力量；顶天立地的人应该健康，不仅是生理，还有心理，不然怎能"顶天立地"？顶天立地的人应该快乐，心胸坦荡，学习快乐、工作快乐、生活快乐，人生快乐。

这种顶天立地的人又是由"六气"和"六力"造成的，或者说这样顶天立地的人应该具备六种气质和六种能力。正气是顶天立地的人应该具备的基本气质、道德气质，豪气自然是顶天立地的人应该具备的言行气质，志气是顶天立地的人应该具备的理想气质，勇气是顶天立地的人应该具备的心理气质，灵气是顶天立地的人应该具备的思维气质，朝气是顶天立地的人应该具备的精神气质。

每个人都要面对生存、发展的问题，校长在人才培养思想上，着重提出顶天立地的人，更生人，应该具备的六种能力，旨在让大家有意识地锻炼自己，真正掌握这六种生存、发展的能力。人一生中要面临一个又一个新的环境，现在社会的生活节奏又非常快，适应能力很重要，特别是在心理环境和周围环境发生剧烈变化时，一定要尽量快速地去适应；至于挫折，更是在我们的生活中无处不在，考差了，失恋了，事业失败……在这个竞争激烈的时代，抗挫能力很重要，坦然面对挫折，要从中吸取教训，走出挫折的阴影；当然，激烈的竞争告诉我们要抓住每一个稍纵即逝的机遇，勇于竞争、善于竞争，竞争的能力对个人生存、发展很重要，对人类社会的发展、进步也很重要，我们需要能够良性循环的竞争；在纷繁复杂的社会生活中，协调能力也很重要，协调好自身各方面事务和人际关系是健康、快乐生活的关键，协调好工作任务、组织管理等方面内容是更好地工作的前提；而无论是学习、工作还是平时生活，都需要创造的能力，创造性地学习、工作和生活，学习、工作会越来越有效率，生活会越来越有质量；关于影响力，我想，"个人英雄时代"已经过去，随着社会分工的越来越细和事物的复杂化，"团队精神"至关重要，一个人的影响力更多的体现在表达自己的观点、与大家分享思想上，我们要用各种方法去影响别人，从而更好的生存和发展，使更好的理念惠及他人和社会——校长和更生的组织、管理者们正是在用更生理念去影响我们的同学和其他人，这种影响没有坏处，非常好。

本小节的标题是我对理想状态中的更生人的一种描述，在现实情况中，可能"双十精神"在部分更生人身上体现得还不突出，身上的"六气"、"六力"还不够充沛和显著，还不"六人"，是正在成为"顶天立地的人"的路上。坦诚地讲，十三年来，从更生走出去的人近三千，是我理想状态中的更生人的，为数不多，我也不是。"在路上"，是绝大部分更生人的写照。当年孔子"弟子三千，贤人七十二"，校长已经达到了，细数起来，真是绰绰有余。我们有的校友已经在社会、工作中崭露头角，有的校友已经在学术、研究中小有建树，有的校友已经在文化生活中显示影响……林林总总，与校长提出的更生理念和更生所有师生具体内化理念、践言践行有莫大关系。写上这些话，希望与大家共勉，继续上路，去做一个顶天立地的人。

独特的教风和学风成就了更生教育的奇迹

如果仅从应试教育来看，更生的学子们到目前为止，与市内国家级重点中学相比，往往进校成绩差，毕业成绩好。更生自1999年参加高考，个体和整体成绩都比较好，逐年呈上升趋势。如果再从素质教育来看，更生的学子们到了大学后总体比较活跃，参与了大量活动。

这和更生独特的教风和学风是非不开的。校长提出"教用五心，学用五劲"，正是独特教风和学风的具体阐述。

"教用五心"是要求教师有爱心、童心、耐心、责任心和事业心。更生老师们的教风确实非常独特，校长常说我们的老师是一笔宝贵的资源，大家要充分地利用。老师们吃住在更生，许多老师"全天候"在办公室，等着指导学生、帮助学生；实在等不住了，就去教室，巴不得学生个个都来请教问题，请求帮助。这样的老师责任心、事业心是有的，爱心更是丝毫不少。年复一年，日复一日，像孙毓松、罗崇堤、张新仪、叶培元这样的老教师无怨无悔，战斗在第一线，耐心绝不缺少。与一届又一届年轻富有活力的学生在一起，校长常说自己是年青的；我想拥有一颗童心的更生老师更是如此，青春永驻。不能不说这样的教风是独特的，在整个乐山市、四川省都很难找到另外一所同样的学校。老师们为了教学，为了学生，无怨地付出了大量的时间和精力，这在全国也很少见。

而校长要求学生有钻劲、韧劲、巧劲、拼搏劲和创新劲的"学用五劲"思想也引领着所有的更生学子在求学的道路上昂然前进。封闭式的学习环境中，更生的学子们是刻苦的，在学习上有钻研的劲头，遇到难题有韧劲，吓不倒；我们还有巧劲，注意积累学习经验，摸索学习方法，善于学习；也靠着拼搏劲和创新劲，成绩拿上去了，能力也提高了，受高中学习限制，创新上不是非常突出，但一到大学，像李颖超、吕勇军、杨婷这样的更生人，扎实的基础就凸现了创新的优势。

这样的教风、学风怎样在更生教育历程里继续发扬光大是我们必须解决的问题。像孙毓松、罗崇堤、张新仪、叶培元这样优秀的教师身上所具有的"教用五心"，李颖超、吕勇军、杨婷这样优秀的学生身上所具有的"学用五劲"，如何薪火相传，让更生独特的教风、学风成为更生人的一种习惯，一种传统，是我们当前和以后很长一段时间要思考和实践的。根据更生的实际情况，现在老年优秀教师占相当比例，中年骨干教师较少，进校不足三年的青年教师队伍庞大。老教师毕竟受年龄、精力影响，将会逐渐淡出更生教育舞台；中年教师虽然年富力强、有经验，但个人选择会左右其在更生的教育时间；青年教师精力、时间充足，经验相对缺乏，对更生的教风、学风体会较少，处于成长期。应该说，更生的师资队伍年龄结构是不很合理的，抛开性别结构，单看如何将"教用五心，学用五劲"的教育思想贯彻下去，形成更生教育的优秀传统，我们就应该特别注意培训青年教师，提高整体素质；重点发挥中年教师的各方面优势；珍惜、利用老教师的示范作用，号召中青年教师积极学习。各学科应该有教学、研究带头人，各年级应该有组织、管理带头人，全校应该有拔尖教师，形成一个有效、合理的教师梯队，利于广大青年教师成长、发挥。当然，我一直觉得上岗培训、在职培训、晋升培训等提高教师素质的活动还是应该成为更生教育建设的一个重点，多花点时间不要紧，注重实效，老师有收获就好。

在学生中，我们的学风传承还不够好。山东理工大学在大文大理的学分制条件下，成立的一年级工作部，针对学生的学习、成长，开展了"学业生涯导航工程""基础文明建设工程""优秀学生示范工程"和"校园文化建设工程"四个大的系列工程活动，年年搞，届届做，形成了传统，取得了良好的效果。仅仅向更生学子阐述"学用五劲"

的涵义是不行的，应该通过具体、生动的活动，形象地将之灌输到他们的思想中。

更生教育的奇迹不是一天两天创造的，在全校范围内形成优秀、独特的教风、学风也需要长期建设。

更生四个校园建设的目标正是中国校园所普遍缺少的

校园是教、学的外部环境，校园建设对学校发展、学生成才起着重要作用。2005 年，校长提出要将更生建设成为"文明校园、阳光校园、绿色校园、和谐校园"，是切实可行的。

文明的校园，应该是教师文明，职工文明，学生文明；应该是说话文明，做事文明。而文明的源头，则来自于思想的健康。一个学校，主要的任务还是教授知识、传承文明，因此教师和职工在校园里是关键角色。

对于更生这样一个封闭式全日制学校来讲，文明的传承在学生那里，多是从师长身上学来的。老师就是"传道授业解惑"的，文明的"道"需要他们以身作则，言传身教。学长对学弟学妹也有示范作用，一些高年级的学生老是以为自己经历丰富些，对更生熟悉些，表现得有些蛮横。我们更生的训导老师对这部分同学还是引导教育的不少，效果比一般学校要好。但时至今日，似乎全中国的校园都不同程度的存在不文明的现象。"金无足赤，人无完人"，何况是正在学习、成长的学生，对于校园的不文明我们可以理解，一如时尚潮流只是一时而已。但学生在离开校园、步入社会之前，养成文明，是必需的，有用的。

阳光的校园在于一股气，一种精神状态。不仅学生阳光，教职工也应该阳光。校长无论何时何地何种情状，都是一脸笑容，充满阳光，让人精神振奋。在这个物欲横流、人心浮躁的社会，精神的健康对生活的意义不可小觑。阳光的校园还体现一种青春的活力，这样的校园应该到处洋溢着青春的气息，用于教学则努力向上，用于活动则蓬勃向上。

绿色的校园应该有两个层次。第一个层次，是校园的自然环境，绿色是"健康、环保、舒适"的代名词。更生的绿化建设一直不错，好的校园自然环境能陶冶情操，增加教、学的氛围；应该倡导全校上下少用塑料袋，注意卫生保持，注意节能、节约。第二个层次，是校园的人文环境，主要在心灵上，更生人应该是绿色的，健康的。抛弃抑郁、消除忧虑、化解烦恼，从心灵上建设绿色、健康的理念，每个更生人"绿色"了，整个更生就"绿色"了。

和谐的校园更多的应该体现在管理运行、人际交往上。记得一次谈话，校长说高中生活首先是学会做人。在日常生活中，我们常常因为一些小事情、小情节而使人际交往显得困难和生硬。为人处世，"以和为贵"是很好的，与人方便就是给自己方便。一个校园的管理运行，达到"无为而治"的大境界，是管理者梦寐以求的。但现在中国的校园建设连和谐的境界都没有达到，管理者与老师间因为不公而不和谐，管理者与管理者、老师与老师之间因为利益而不和谐，老师与学生之间因为偏心而不和谐……更生不求经济效益最大化，但求社会效益最大化，有建设和谐校园的基础。在这五十亩的土地上没有名利场，更没有摇钱树，校园和谐、教学相长才是根本。所以，校园的良性运行，交往的健康进行，和谐是标准。

总的看来，更生四个校园建设的目标是切实可行的，将中国校园普遍的缺陷和弱点指了出来，是对症建设。

顶天立地的人是更生人才培养的终极目标

顶天立地的人，是更生人追求做人的最高理想，也是更生人才培养的终极目标。

但是，一个"顶天立地"所代表的意义多而复杂，也不具体。2006年暑假，校长在谈话时说："我看着你们（更生学子）出去、成长的轨迹，才思考清楚'顶天立地'的更生人，也就是更生人才培养的具体目标。"校长随后第一次清晰地谈到四个目标，后来再次对话时，确定了更生人才培养的四个目标，即培养有积极人生态度的人、有优秀品格的人、有卓越思想的人、有杰出影响力的人。

其实，这四个目标和校长先前提出的诸多更生理念内在联系密切。因为，这四个目标是更生理念对更生人熏陶、引导的一个结果形式，也是校长和所有更生人在十三年来的学习、教书、工作、生活等方面用实践证明的目标或者结果。

校长常说，人之为人，首要的问题就是怎样做人。而做人，对人生的态度是基础。人生态度积极，做人哪怕遇到万千困难，都能挺过去。校长当年办学何其困难，四方要债，校长依然态度积极，维持正常的教、学秩序，总以乐观的心态做事，感染和鼓舞了所有更生的老师和同学。对人生的态度积极，做人做事，身心都是愉悦的，生命才会永驻青春。也就这样的人，才有可能成为顶天立地的人。

培养有优秀品格的人，一直是更生孜孜以求的目标。在和校长的多次对话中，听到校长强调"不是品德，也不是品质，是人品、人格"。做人是应该有点"格"的。"格"就是词典中所说的"品质和风度"。一直以来，校长提出的"双十精神"、"六气"、"六力"和"六人"理念，很大程度上都是在培养大家的一种优秀品格。正直人、勤奋人、文明人、智慧人、健康人、快乐人，就是有优秀品格的人，顶天立地的人。

其他，概莫能外。

人作为动物的一种，思想是人与其他动物的本质性区别。人能思想，有思想就已经很好了。有思想，人就是常新的。但人这个个体又是与千千万万的人和物一起存在的，所以彼此需要分享、交流。思考应该是人永远的魅力所在。如果思想是卓越的，那么敢说这个人也是卓越的。我们在日常生活中不能以貌取人，是谓"人不可貌相"。在学生成长的过程中，校长一直要求培养大家卓越的思想，因为有思想才有其独立性，才能顶天立地。

我想，"有杰出的影响力"不具有普遍性，即它不要求人人成为尧、舜，但它体现一种更生人才培养的导向性。我们可以看到，在有积极的人生态度、优秀的品格、卓越的思想后，有杰出的影响力是水到渠成的，其背后是更生人才培养的四个目标的逻辑关系。杰出的影响力更在昭示一种校长的"类"理念：我们除了完善自身，还应该惠及他人，都是人类，你有好的东西就应该拿来分享，推动"人类"这个整体的提高。这样的人应该是顶天立地的。

我记起在更生听钟茂林老师讲课，他说到，一生只做三件事，就心满意足。哪三件事？那就是先做一个商人，搞经济，积累财富，推动慈善，惠及民众；再做一个政客，搞政治，改革政府，推进民主；最后做一个文人，搞创作，著书立说，梳理思想，开启民智。他这个思想很卓越，没有一个积极的人生态度是提不出来的，没有一个优秀品格也是不能立志的，和我们交流，说出来了，分享得很好，我至今记得，就体现了一种杰出的影响力。

综观主要由校长提出的上述更生理念，也可以看到，校长就是一个具备更生所有理念的人，一个顶天立地的人。

更生若在古代，"成分"应该是"私学"。孔子当年"弟子三千，贤人七十二"，我相信更生不止这个"规模"。坦诚地讲，提出"双

十精神""六气""六力""六人"，独特教风、学风，校园建设和
人才培养的具体目标的校长，影响了我的一生，我的生命轨迹因为更
生而改变。

创业相较方知难，初心不改更生是

我没有想到自己有一天会比阮平校长更忙。创业三年半，平均每天工作十八个小时左右，没有周末节假日，有三天奔波四个城市的时候，有两天写五篇深度内容的时候，也有一天参加五场活动的时候……这在高中、大学抑或工作的前六年，我是不敢想象的。

我和校长谈了通宵的原因，也是创业打了鸡血的真相

阮平校长夜以继日的工作状态，我是亲眼见证过的。他可以和我深夜聊到两三点，然后在八九点的时候又已经外出开会或者开始处理其他事情。最极限的一次，是2004年乐山市中考期间，更生学校作为市中区考点之一，阮平校长和我居然谈了个通宵！清晨六点，我们听到更生围墙外面养鸡场的鸡鸣声穿过第一食堂和小学部宿舍楼的另一边，传到电杠灯光下我们的耳朵里。

大概因为天南地北广阔的话题让人兴奋，我也没有补瞌睡，维持完考生们的早餐秩序后，我又作为组长带着同样高考后留校的一批同学去校园锄草了。校长也一样，九点之前，已经开始陪同市区领导进行巡考工作。

阮平校长不止一次解释过这种状态，别人都说是打了鸡血，他认为是做的事情谈的话题很有意义让人激昂和兴奋，自然就可以少睡甚至偶尔有一两天不睡。到今天，我理解这种状态了。创业就是这种状态。

校长 1993 年创办更生，到今天，也是一种创业。他个人较好的身体素质、超强的协调能力和非常人的意志是基础，而认识到教育对个人对家庭对国家和人类世界，有着重要而积极的意义，这才有了源源不断的动力和激昂坚韧的创业态度。

为什么坚持？想一想当初

创业路上，阮平校长有没有焦头烂额百般无奈的时刻？有。我所知道的，至少就有三个时期。

第一个时期，大约在 1996 年春季到 1998 年春季，更生学校连续五个学期出现生源负增长，在校学生最少时不足一百六十人。当时整个中国社会对民办教育理解不充分，更生的教学效果还没完全体现，加上校园基础建设、硬件投入负债超倍增加，学校面临随时崩溃的危险。校长说他当时都已在多方想办法为学校另谋出路。

第二个时期，大概在 2014 年到 2015 年，整个中国教育链条上的一些不健康因素、智能手机的普及与社会上带来的歪风邪气使对更生学生教育管理难度加大、让教与学的环节细节问题凸显……让阮平校长几次聊天时都无奈地讲，有时真的感到教育难以为继。

第三个时期，可以说是 2017 年的上半年前后，大政方针对民办教育发展定位的不明朗，地区教育生态有所失衡进而导致师资异动，加上学校长期以来的资金压力与对硬件设施、师资人力等的投入需求的矛盾，阮平校长跟我长谈时也说，压力山大，举步维艰。

作为更生的学生校友，也作为更生的教工校友，更作为与阮平校长认识十八年与我们亦师亦友的关系层面，我多次不自主地思考并且当面问过校长三个问题：

一、有没有考虑引入资本帮助学校纾解资金问题，以更快发展？

二、有没有考虑完全以应试教育为指挥棒，出更好的考试成绩以吸引各方面关注与支持？

三、有没有考虑已经证明过自己行、自己可以就放手交给别人去做，可能反而更好？

在过去和校长的很多次谈话中，他都坦诚而全面地回答过我。综合起来，阮平校长大致的想法如下——

首先，更生历史上主动或被动接触过几次本地和外地的资本方，有些还是上市公司，最终因为种种原因未能成行。最主要的原因，是资本进来后，都可能因为投入与产出，即回报问题，同校长创办更生的初衷及其教育、管理理念发生冲突，反而会对学校的运行和发展产生不好影响。只要更生能够负重前行，不至于破产，还能继续发展，就没有必要病急乱投医去引进资本来形成干扰。同时，阮平校长多年的挚友、事业伙伴任平等，长期以来也一直在物力、财力上帮助支持学校，而他们的帮助是无偿的，是基于对教育的情怀和朋友的情谊。

其次，当初创办更生，阮平校长就是想要用"崇尚民主科学、追求理性自由"的基本理念，培养学生的高度智慧和独创能力，塑造人格尊严和理性自觉，推动社会进步和人类文明。校长想要造就的是新世纪国际型、开拓型、创业型的优秀人才，而不是单纯追求高分的考试机器。为了学生个人及其家庭的未来，积极组织师生准备和参与国家的升学考试，是职责所在。但同时，阮平校长想要输送给社会的，是具备健全人格的，懂得"学做人比学知识更重要，好品德比好成绩更重要，心理成长比知识增长更重要"的更生人。

再次，一想到如今有二千六百多名师生在更生这片土地工作和学习，更生多年坚持不懈的努力有了品牌效应，阮平校长不是说放手就能放手的。他是一个具有高度责任感和人生追求精神的人，只要还在校长这个岗位上，很多人必须要去面对，很多事情必须要去处理。当然，阮平校长也在妥善培养学校教职工队伍和行政管理梯队，其中很多人都能独当一面。特别是在 2017 年端午节校长意外摔伤住院治疗期间，整个行政团队配合默契，处理了中考、高考和期末等重大工作和一些紧急事情，证明更生多年来搭建的工作队伍经得起考验。

开启人生下半场的他，鼓励更生人走出去

说到校长这次摔伤，想想也是后怕。全身十来处骨折，脊椎骨有一节爆裂性骨折，脚踝有粉碎性骨折。不幸中的万幸，就是没有伤及大脑和内脏，没有神经受损。我不禁想到，这万一有个什么闪失，我奋斗这么多年的想要和校长一起喝咖啡的梦想还怎么去实现呢？

校长受伤后四十天，我在日本东京参加活动。其中一天随行到了富士山，在山上的邮局，我给他寄了一张明信片，上面写到：

祝校长早日康复，开启更加精彩的人生下半场！

那天，看着富士山上缭绕的云雾和远处东京的繁华，想到这些年来我竟然从中国四川乐山犍为县偏远的乡村的一个山旮旯里，走到了北京，走向了美国、日本、印度……整个世界包括珠峰有了我更多的足迹。有那么一刻，觉得还真是不可思议，恍如梦中。

但我知道，这一切，是在更生出现转折的。因为阮平校长多次鼓励我走出去，看世界、见世面、长眼界。类似的话，他经常跟同学们说。2004 年，我揣着录取通知书去山东理工大学报到，才是第一次离开乐山，第一次出川，第一次坐火车……

从那时起，从更生起，我的命运被改写。

多么希望袁老师还坐在更生的图书馆里

2023 年 1 月 11 日，时任高中母校副校长的阮顿老师告诉我，袁显明老师在乐山市人民医院重症监护室去世。除了对袁老师无限的惋惜与追思，我脑海里第一时间只闪现了四句话：做事认真，待人周到，钻研养生，惠及他人。

图书馆的那位长者，仿佛一直坐在那里

算起来，我与袁显明老师认识、交往已有二十余年。

2001 年春季开学，我与高一同年级的龙阳、万平、张建波、彭春华、何学兵和高二的周芹、龙聪勇成为更生学校图书馆首届勤工助学小组成员，教导处负责图书馆工作的王利拉老师负责日常指导我们。袁老师是 2002 春季开学后到图书馆工作的，那时他已六十二岁，已经从成都宏明无线电器材厂（历史上颇有名气的 82 信箱、715 厂）退休二年，在成都帮着大女儿袁琳家里带了幼年的外孙女一段时间，作为阮平校长的大姐夫，发挥余热回到乐山，来学校图书馆协助工作。

当时，袁显明老师根本不像六十二岁的老头子，精神矍铄，气色俱佳，顶多也就是五十岁的样子。后来才知道，袁老师注重养生保健，研究很有心得。

我们在图书馆的勤工助学，绝不仅仅是打扫卫生、整理书刊，而是借此机会大幅度增加阅读量，只要不放归宿假，每周六下午我们还

跟着王利拉、袁显明两位老师开会。王老师规定每人必须发言，且有一定时长要求，意在锻炼我们的口头表达能力。我们发言后两位老师也会相继讲话，袁老师更年长些，一般等王老师讲完他才说几句。有时分享养生知识供我们高中学习生活借鉴，有时回顾下自己工作时的为人处世经历对我们旁敲侧击，还有时说一说我们图书馆工作中好的表现和不足之处希望我们提高自我……

袁老师真的就是一位长者，对我们循循善诱，工作中很信任我们，放手让大家做事，如果发现有问题，都是等馆里没人或者叫到一边再善意指出。没事的时候，他就找个位置坐下来看看书刊杂志，摘抄、整理有关养生保健的知识。

我们首届勤工助学小组，后来有龙阳、万平、张建波三人考上军校。高三备考和后来体检，袁显明老师都热情的向他们传授如何提高视力、保护视力和其他体能的经验与知识。我有鼻炎，袁老师发现后主动教我冷水吸洗鼻腔的方法，效果明显还能一定程度预防感冒，至今仍在使用。

他也有研究易经和命理，曾经给很多人起名或改名，大家因此受惠。我在山东读大学的时候，有一次放假回到高中母校，袁老师拉着我去他宿舍，阮大嬢在窗台清洗物品，他拿出一张纸，上面是对我姓名的拆解和推演。袁老师说了很多，有一句印象深刻，他说"你也不容易，家里靠不住，讨生活走得远，好在一直有贵人相助，只要心中不忘别人的恩情，人生路上会越来越好"。我想这应该是一种积极的心理暗示，自己会一辈子记得。

2003年，图书馆从足球场侧小楼的三层搬到综合楼四层，宽敞许多。王利拉、袁显明两位老师都有了自己专门的办公桌。袁老师选了进门靠左手临近玻璃窗的位置，通透明亮，窗外是牟子一大片农田与房舍，视野开阔。说是办公桌，其实也就是由学生弃用的课桌拼成的。他每天就坐在那里办公和钻研养生知识。

少小困苦，磨练了袁老师一生的意志与乐观

我高三时听过袁老师的高考保健讲座，也请他在自己管理的班级高三的时候做过一场讲座。台下的几十个学生看着一个七十多岁、容光焕发的老头子在上面生动形象的讲解改善睡眠、加强精力、护眼护脑等的知识与窍门，觉得新奇，时不时还一起笑起来。

我回到更生学校工作的那三年，每每有空去图书馆逛逛，都能看到袁老师坐在那里。多少年如一日，这已经成为他过去二十年的晚年生活方式。袁老师几乎就没有迟到或早退，阮大嬢在食堂给他打好饭菜放在宿舍等他回去吃。

他和阮大嬢也总是结伴而行，出双入对，从谈恋爱到结婚到成为老伴一直如此。阮大嬢讲，袁老师小时候很不易，生父早亡，十六岁才小学毕业。在乐山城区靠给很多人家挑水挣学费，每一挑两桶水换一分钱。酷暑寒冬都去河里挑水，他腿部落下静脉曲张的病根。

小学时有位老师对袁老师关爱帮助很多，阮平校长都记得，袁老师一辈子感恩，逢年过节都去看望这个老师直至老师辞世。后来，他参军，退伍复员工作落实在国营宏明无线电器材厂，还做过工程总调度师。结婚后，阮大嬢也才因此能够以夫妻关系到成都进厂工作。

因为认识了袁老师，也跟他的家人成为了朋友。只要听说我回到乐山，到阮平校长家里坐谈，他和阮大嬢每每都会刻意散步过来，坐在旁边听一听，跟我聊上几句。

他的长女袁琳、次子袁旭，还有外孙女康潇文、外侄孙姚涵文，我也都熟悉了起来。有一年在更生校园，袁老师带着康潇文介绍给我

认识，希望我能更多的与她交流。后来我才发现，他外孙女和孙女学习成绩都很优异，袁老师从小陪伴和爱护她们很多，也指导很多。像康潇文在美国高校拿到全额奖学金，后来又转学到澳洲，在绘画、文字等方面都很有造诣，是一个很有灵气的女孩子。

2021年对袁老师很不友好。大概是因为他注重保健，锻炼有些过于用力，多次脚尖踮起的缘故，导致因静脉曲张形成的血栓倒流到肺，产生肺栓塞，半夜吐血乃至喷血。先后三次抢救或急救，他都挺了过来。

2022年春节，我和王德辉老师向阮健老师拜师学习白宰鸡的那天，就在阮平校长家里，袁老师与阮大孃还有阮小孃等都来聚会。阮小孃说，小时候家里困难，只有（袁）大哥来了或者过年才有鸡肉吃。我见袁老师还是老了一些，尤其头发白了，要知道他年轻时英俊有气质，是个大帅哥。但八十一岁的袁老师气色仍然很好，记忆力不错，声音洪亮清晰，这对一位高龄老人来讲已经超越大多数同龄人。

2022年的春节，也是我和袁老师最后一次说话交流。他讲到，身体发生状况后，已经加强注意与小心，但总体还是要保持乐观。还跟我强调，不看我写的纪念文章，都不知道古子文老师已经离世了。可见袁老师一直默默关注我的动向，当时心里感到特别暖和。

这个冬天，有多少子女在与死神抢父母？

2022年对袁老师更不友好。12月7日疫情应对措施突然放开，不是专家说的一线城市感染后再是二三线城市。而是乐山这样的四川二级城市，很快产生批量感染，特别是学校的学生和教职工。袁老师在一批批师生阳过后，不幸感染。12月30日，已经连续几天去医院输液感觉有所好转的袁老师，半夜醒来坐在床边呼吸困难被阮大孃发现，后来到市人民医院做肺部 CT，发现已经发展成白肺。

尽管医院药品特别是新冠特效药紧缺，但是医护人员都全力救治袁老师，他的亲人也都在世界各地找药。龙阳也利用休假时间到上海帮忙买药坐飞机送回四川来。亲朋好友和学生，都希望袁老师能挺过这一关。

1月2日，我和王德辉老师在阮顿老师的陪同下，还去医院骨外科病房（全院能用的病床都紧急征用给肺部感染的病人使用）看望了他。尽管已经上了呼吸机，吸上了纯氧，已经不便和我说话，但看到袁老师积极配合治疗，我能感受他那很强的求生意识。临走时，我对他说，你要好好休息，过几天再来看你。他点了一下头。

遗憾的是，加上肺栓塞、高血压等基础病，他最后不得不在1月3日插管住到重症监护室。也就短短十来天的时间，病毒、真菌与血栓交织，病情急转直下，最终在1月11日八时四十八分，袁老师与世长辞，享年八十二岁。

到人民医院住院时，袁老师对女儿袁琳说了一句，我这次怕是撑不过去了。没想到，一语成谶。这个冬天，有多少子女在与死神抢父母？去医院，去殡仪馆，不知道。准备的不足，尤其突然之间，公共医疗资源和家庭、个人的防护准备不足，完全暴露在了病毒面前。以袁老师的乐观精神状态和身体保养积极意识，如果不是这次病毒感染并发基础病，接下来几年应该还可以享受很多天伦之乐。

11日的傍晚，我陪同阮平校长等，带着以更生学校图书馆历届勤工助学校友集体名义订做的一捧白菊，去袁显明老师上河府家中悼念。看到岷江里从早上就有的雾气，还有一些郁结在那里久久仍未散去，我的心情是复杂的。有对这个冬天病毒带来的种种的深恶痛绝，也有对袁老师的无限惋惜与怀念。

多么希望袁老师还坐在更生的图书馆里。

给李元新和孙凌老师的慰问信

尊敬的李元新老师：

2020 年教师节来临之际，我们乐山市更生学校高 2003 届二班全体同学，向您致以节日的问候和崇高的敬意！

难忘您初来更生，第一堂试讲课就是在我们班进行的。您微胖的身影，有点娃娃脸的样子，和偶尔略显局促的用手拨弄额头上头发的情形，化为生动而经典的形象，从此以后陪伴我们直到高考结束。

地理学科，横跨文理，包罗自然、人文万象，对人们认知和探索世界，极为有益。您深耕几十年，桃李满天下，不仅在课堂教学和冲刺高考上悉心指导我们，还不时在传道授业解惑之余，给我们讲海尔冰箱的售后服务很好等亲身经历，教给我们一些做人做事的道理。这使得我们的人生至今受益匪浅。

师恩如海，师恩难忘。在这里，请允许我们再说一声：李老师，您辛苦了！

从您的老同事和更生母校得知，您还在病后康复阶段。2020 年 8 月 1 日，我们班举行的"八一见君"高中入学二十年聚会活动，也未敢过多打扰。借教师节的机会，委托班级同学代表，随同更生母校代表一起，前来探望并慰问您，送上大家一点心意与祝福，希望李老师早日康复、万事如意！

祝教师节快乐！

您的学生：

王科、李建伟、张一、张月曦、万平、李燕、喻涛、
左正林、张易、王超、王艳霞、赵威、李萌、范超、
马敏、何学兵、何源、刘益、彭继强、周若文、周奕町、
吴嘉、付威、左熙、于若繁、刘粟梅、唐思琪、李建强、
邱娟、伍军、何苗、龙阳、徐怡、许婷婷、冯旭娇、
刘继军、向小林、李志勇、王建强、胡博、幸姝颖、
张建波、江楠、潘飞、曾西萍、曾坚、唐蕾蕾、卢雨、
刘疏影、李红英、侯阳 等

2020 年 9 月 9 日

尊敬的孙凌老师：

　　教师节来临之际，我们乐山市更生学校高 2003 届二班全体同学，向您致以节日问候和崇高敬意！

　　难忘早操、集队集会、运动会和体育课，都有您挥汗如雨的身影。我们班李燕等同学，还在暑假期间跟着你代表学校去茅桥、青平等地做招生宣传和新生录取通知书送递等工作。

　　体育学科，强身健体，为人一辈子打下生理健康的基础，还带给人们积极向上、努力拼搏的运动精神，极为重要。体育课是高中为数不多、难得轻松的课，我们最不舍的就是体育课被其他课"霸占"或临时取消。高一高二时，我们虽然是文科班，但同学们都身怀技能，并在您的指导帮助下，在学校运动会取得很多成绩甚至总体排名数一数二。学跑步、游泳、太极……都使得我们的人生至今受益匪浅。

师恩如海，师恩难忘。在这里，请允许我们再说一声：孙老师，您辛苦了！

从更生母校得知，您还在病后康复休养阶段。2020 年 8 月 1 日，我们班举行的"八一见君"高中入学二十年聚会活动，也未敢过多打扰。借教师节的机会，委托班级同学代表，随同更生母校代表一起，前来探望并慰问您，送上大家一点心意与祝福，希望孙老师早日康复、万事如意！

祝教师节快乐！

您的学生：

王科、李建伟、张一、张月曦、万平、李燕、喻涛、
左正林、张易、王超、王艳霞、赵威、李萌、范超、
马敏、何学兵、何源、刘益、彭继强、周若文、周奕町、
吴嘉、付威、左熙、于若繁、刘粟梅、唐思琪、李建强、
邱娟、伍军、何苗、龙阳、徐怡、许婷婷、冯旭娇、
刘继军、向小林、李志勇、王建强、胡博、幸姝颖、
张建波、江楠、潘飞、曾西萍、曾坚、唐蕾蕾、卢雨、
刘疏影、李红英、侯阳 等

2020 年 9 月 9 日

第四章

宝贵的浅尝：走过你来时的路

本章从学生转换到老师的视角，分享大学毕业后作为一名高中教师，走过当年老师们的来时路，自己当老师的心得体会与经历。其中有每年写给自己已身在高中、大学的学生们的一封信，饱含人生体验心得和美好祝福。

在一群"老更生"的带领下，造一个"大更生"

乐山市更生学校高 2011 届新生国防教育指挥小组、各位教官、各位老师：

受六位参加此次国防教育工作的新进教师委托，我谨在此致辞。

国防教育是入校第一课，是高中第一课，更是人生的重要一课。它能让我们增进对国家安危的体会，加强对身体意志的磨练，促进对组织纪律的理解。能够与大家共度这一课，我们深感荣幸，也倍感压力。

五百多名 2011 届的同学，是一个个鲜活的生命，有着小学、初中一路走来的生命轨迹，在这次国防教育中，我们与大家同吃同住，一同体验军事训练，一同面对内务整理。你们或许已经感受到我们的严厉、我们的友善，我们对你们应有的尊重，我们对你们真诚的关心；你们也或许取得了一些成绩、获得了一些成长，然而，高中生活，漫长而坎坷。希望你们：

保持国防教育训练中的优秀组织纪律观念和良好生活内务习惯，为高中的学习生活创造最好的条件；

戒骄戒躁，沉下心来，平和、乐观、积极、认真的学习和成长。

我们与你们一样，成为更生人不久，尽管也有三位更生校友位列其中，但也是一群"新更生"。在以后的学习、工作、生活中，愿我们彼此理解、同心合力，在校长、王维璜主任等一群"老更生"的带领下，造一个"大更生"！谢谢！

（2008 年在更生高 2011 届新生国防教育总结大会上的致辞）

淡淡的阳光，淡淡的梦

亲爱的们：

还记得冬至前一晚送走前来品尝肥肠药膳的朋友，转身重又在满屋子香味里闻到一丝药味，就想起了姐姐文静。

多日以来，担心大家的学习忙着期末复习，忘了跟文静联系。于是一个电话打过去，肺结核还没有明显控制，又得了玫瑰糠疹。我们聊了六十六分钟，本来在六十四分钟的时候要挂掉，因为八乘八还是很吉利的，第六十六分钟的时候我坚持地挂了。放好电话，心里还在祈望文静的本命年能很快过去，来年多一点吉祥多一点顺利。

文静 2007 年从山东理工大学美术学院本科毕业考入海南武警边防总队，一个设计专业的美丽女子弃笔从戎，很难让人理解。没想到，半年的云南集训她挺过来了，海南的水土不服她挺过来了，阑尾炎的手术她挺过来了，肺结核的重病她也挺过来了，糠疹又来了。尽管还是玫瑰的，可是美丽的名字丝毫不能减弱病的严重，反而让人对这个漂亮的词眼有些毛骨悚然。我试图想象文静在烟台传染专科医院的病床日复一日的情形，但是她爽朗的笑声让你体会到其乐观的生命力量。

再有十天，2008 年结束。2008 年的中国，南方大雪、西藏骚乱、（火炬）域外被扰、阜阳疫情、胶济撞车、汶川地震、三聚氰胺、金融冲击……奥运之年，时逢改革开放三十年，如此典型的一年，于每个生命个体又有如何的内容？

2008 年的我，将美好的大学时光装进脑海里，把养植的二十二盆花送给领导老师学弟学妹（他们身份都是我的朋友），坐青岛到成都的火车回到更生。我在《园丁路上》写道："沿途看到灾区到处都是帐篷，火车在青川停留的三个小时让我更为真实地体会到了疮痍之痛……深知每一个孩子都是一个鲜活的生命个体，误了孩子的教育，就误了他一生。"也在回来之前给校长阮平先生的信里坦陈"知道自己兴趣所在——关注社会动态，探究社会规律，影响社会进程，推动社会发展，而人类社会核心在人，百年树人就在教育，何以为教，文化为本"。所以，如你们看到的，我在更生工作到现在，站在讲台上，宠辱皆忘、天高云淡；走出教室，备课、教研、对外宣传、团委、训导处；工作之余，练字、养花、集邮、看书、写作、做饭、看电影……生命的富足和愉悦也就这么淡淡地体现。

你们的 2008 年呢，中考结束、升入高中、来到更生，经历了一次不大也不小的毕业分别，开始更多的思考，开始真正的成熟……你们经过人生第一次正式的军训，来到乐山市更生学校高 2011 届八班。在八班，彼此认识、磨合、熟悉并结下一些我现在就可以断言日后想来弥足珍贵的友谊；在八班，国庆歌咏拿第二，女篮比赛争第一，运动会勇夺魁；在八班，提升个人素养，学习高中知识，夯打着自己的高中学习基础。四个月，你们实现了一名初中生到高中生的转变，在这个过程中会有也有着不适应、很烦躁、还敏感的时候，很高兴地看到你们尽自己最大的努力去尊重、理解每一个同学和老师，使八班至今没有不可化解的矛盾存在。作为你们的班主任，我同时担负其他工作，头绪多一些，有时候很难顾及每一位同学，除了有时候个别同学偶尔的不成熟行为不懂事表现，你们很让我放心和欣慰。

但是，你们也让我有着些许担心，担心你们不好好听课，不独立作业，不认真学习。很多人在我面前这样评价高 2011 届八班——什么都行，就是学习不行。其实，你们聪明、活跃，你们有热情、重感情，问题是态度。阮平先生提出更生学校四个培养学生的终极目标：积极的态度、优秀的品格、卓越的能力、杰出的影响。我姐姐文静的态度不仅端正而且乐观，就是积极。也因为如此，我始终相信她任何困难都能挺过来。在更生四个培养学生的终极目标里，态度被放在了第一位，在这个生存竞争激烈、倡导终身学习的时代，具体到学习的态度，很关键。你们看到这封信的时候，离期末考试只有十天了，端正态度，不要让我这"一个历史老师、半个英语老师、业余政治老师"担心了。

这一学期，横跨两个年头，既是结束也是开始，高中三年，打基础的高一很重要，知识的准、深、广需要全力以赴，相信你们在2009年会更成熟，更有收获，更有资格说一句"我们都是有故事的人"。

我，谨以一个乐山市更生学校高2011届八班成员和你们朋友的身份，祝亲爱的们——

新年快乐！

阳光打在你的脸上，温暖留在我和你们的心里

亲爱的们：

这是 2009 年的最后一天，也是我工作后的第二个年关，祝愿阳光打在我和你们的身上。

阳光打在你的脸上，温暖留在我和你们的心里。这是冬天的平常一天。北方的树叶已经落尽，南方的树叶还留在枝上，人们在大街上懒洋洋地走着，抑或匆匆地跑着，每个人都怀揣自己的希望，每个人都握紧自己的心事。我开始怀念那些青春的过往，那些青春的时光。

我也开始怀念小鲍。

小鲍除了黝黑的皮肤很像北方人，很像山东人，几乎就是一个典型的南方人。一米六五的个儿，细细而憨厚的声音，总是眯着眼睛笑……他曾在《烟雨飘零归何处》里写道："江南，是一个令我遐想的地域。常常是在梦境中，春风拂动绿柳丝绦的时令，我坐在乌篷船头，摇动着双桨，船儿滑行在潺潺流水上；夹岸林立的阁楼、幽深的小巷、雨水洗刷得清亮的青石板，从一座座弯弯拱桥的桥洞穿过，河边浣纱的少女冲着我微笑……一切都是那般地惬意和谐。"

就是这么一个人，从山东莒县的小山村里走出来，上了大学，拿了奖学金，写了很多好文章，成了山东理工大学名噪一时的学生记者。他没有拘囿于自己的家庭背景，没有拘囿于自己的身材相貌，没有拘囿于自己的数学专业，硬是坚持走出了自己的革命之路。

现在的小鲍，是《淄博日报》的地产专刊记者，也是非著名的房产营销策划师，更是一名有着高中教师资格证的数学老师，还是一名

普通的山东汉子。他每天只睡四个小时，在大学我们为了制作一个专题，他可能三天都没好好睡。他的生活是充实的，他的日子是阳光的，他的生命是有价值的。

那天，他问起我和我的学生，也就是你们。我说，我的学生扎实地走过了一年，从年级最后一名变成了年级第一名；我说，我的学生丰富地走过了一年，运动会、演讲比赛、宿舍篮球对抗赛都有他们全情投入的身影；我说，我的学生温暖地走过了一年，关心别人帮助别人以及被人关心被人帮助……我说，我也很扎实，很丰富，很温暖，因为你们，我的学生。

他说，回来吧，咱们办一个学校，你来做校长。

这种极具诱惑力的"召唤"在这不到两年的时间多次出现在我的面前，我都一一婉拒了，最"冠冕堂皇"的理由，是我面对你们，我的学生，有很多不舍。

尽管你们已经像成年人一样撒谎、推诿，我还是看到闪烁的眼神；尽管你们已经像其他人一样冲动、恋爱，我还是看到迷茫的表情；尽管你们已经像很多人一样懒惰、自私，我还是看到温暖的力量……

手机和网络如此发达的信息社会，面对高考，高中教育真的难。这种难，尤为体现在我的心上。我讲原则，我也做事认真，我希望我的学生青春无悔，永远向前，做一个有积极态度的人、一个有优秀品格的人、一个有卓越能力的人、一个有杰出影响的人。

而且，阳光打在你的脸上，温暖留在我和你们的心里。我看见，有一种力量，正从你们的指尖悄悄袭来；我看见，有一种关怀，正从你们的眼中轻轻放出。在这个辞旧迎新的时刻，我们无言以对，惟有祝福：让无力者有力，让悲观者坚强，让往前行的人继续前行，让幸福的人儿更幸福；而我，还在不停地为你们加油。

如果哪一天，你想起我的话，想起小鲍，就去百度百科输入"鲍建国"

三个字……你会加油的，我的学生，你会像小鲍那样也是孙中山那样，"一往无前愈挫愈勇再接再厉"。

　　我，谨以一名乐山市更生学校高 2011 届八班成员和你们朋友的身份，祝亲爱的们——

　　新年快乐！

你见或者不见我，我就在那里

亲爱的们：

此刻，我吃着你们送我的东西，喝着你们送我的酒，想着刚才的篝火晚会。

火焰跳得再高，也挡不住我望去的眼睛，我分明看到了三位体育老师的健美操，看到了他们的舞姿，看到了他们侧身弯腰多余的肉……只能摸着自己的肚子看看自己的身形慨叹自己不再年轻，追忆那些逝去的青春年华。

2010年，我的本命年就要过去了，新的年轮开始刻画；你们的高三就要结束了，新的生活开始呈现。这是一个必然事件，但也会有偶然在这之中。这偶然就是何去何从，怎样开始，怎样进行，又怎样结束。

这是一个严肃而严重的选择，无论选择是什么，都将是一种偶然。我可以每天浑浑噩噩地开始新的一年，也可以继续紧凑充实地度过每一天；你们可以没有追求没有理想地开始新生活，也可以踌躇满志积极乐观地投入新生活。选择了，就成了必然中的偶然。

于小雪最近也有一个偶然。是继续留在成都努力打拼，还是回到淄博安逸生活？这是一个严肃而严重的选择。事实上，于小雪短短二十四岁的人生已经进行过很多很多"选择"，这些"选择"有些是真的选择，有些不是真的选择，而是"被选择"。比如，她"被选择"出生在了一个望族，父亲为当地大学一个学院的教授，母亲是大学的教务处干部，舅舅是保险集团一所分公司的总经理；在父母面前她"被选择"为不做流浪画家不做自由写作者不做幼儿园老师，在家族会议上她"被选择"为做成都的客乡人、做保险公司的职员。随着时间的推移，阅历的增加，于小雪越来越纠结，越来越烦恼，甚至自己都分不清哪个是"选择"，哪个是"被选择"。

她是一个那么灵性的女子，曾经写出"那些铁匠铺里温暖的炉火、长满植物的石头房子、沿街兜售的山兰、偶尔晴天时翻晒出来的油纸伞布，那些曲曲折折的思绪，是曾经旧暗的。无数的墨绿起伏绯红萦绕，绵延成曲折的昔年，从前的木质房子，昏暗的楼梯，一切年老的东西，都透着已经逝去光华的气息……"那样的美丽句子；她是一个那么可爱的女孩，曾经做出"电话回访，有个老太太耳背，我说了整整八遍'请问您的身份证号码是多少呢'，她就一直在说'啊，你说啥'，结果到第九遍我无奈地说'那您说一下您的出生年月日好吗'，然后她说'啊，我出生年月日啊，你等等啊，我去看看身份证……'，当时我快气死了，我同事们却快笑死了……"那般有趣的事情；她是一个那么著名的女人，曾经有过"对我来说，校报的价值就是于小雪的文字"这样的百度帖子。

这样一个于小雪算是我的朋友，从淄博的山东理工大学我们就认识了，很多期校报，都有我和她的文章一起刊登。她说在三千六百亩的校园里曾遇见我，想打招呼，我和一群人走过，谈笑风生，她就默默地站在远处……最接近见面的一次算是她到校报社领稿费，她出门，我进门，她低着头，我抬着头，只看到身影，没看到脸庞。或许，她仅仅看到的是，我那一双臭脚。

是的，六七年都过去了，如今我们都工作了，都奔三了，都老了，却还不曾见面。过去，因为体制和思想的原因，我们几乎不能选择，自主地选择；现在，因为开放发展和信息时代的推动，我们能有一些选择，尽管还有很多是被选择。于小雪是幸福的，她能选择回到淄博继续有一份安稳的工作；我是幸福的，我能选择奔赴远方继续深造自己的思想提升自己的修为；你们也是幸福的，你们能选择努力奋斗五个月搞定高考开始大学美好的新生活。只不过，将来的某一天，于小雪见与不见我，还没有选择；只不过，将来的某一天，你们见与不见我，还没有选择。

有时候，相见不如怀念，然而——

"你见，或者不见我 / 我就在那里 / 不悲不喜 / 你念，或者不念我 / 情就在那里 / 不来不去……"

我们彼此的情谊也就如此，我们相处的日子已经开始倒数，我所庆幸的是，我有一个八班，面朝大海，春暖花开。

我，谨以一名乐山市更生学校高 2011 届八班成员和你们朋友的身份，祝亲爱的们 ——

新年快乐！

我的学生我的班

三年前，你们与我相遇在更生，你们是我第一届高中学生也可能是最后一届高中学生。我一直相信这是一种缘分，芸芸众生，六十多亿人类，单单就是我们几十个人相遇相识甚至相知。要对得起这种缘分，我就须尽力而为。我不求你们是最好的学生，但求你们是我最好的学生。

还记得文理分科的时候，我们是全年级最差的文科班，成绩靠前的同学几乎一个也没有，成绩靠后的同学很多很多，更多更大的问题是每个同学自身素养不高、生活自控能力不强、学习习惯不好。我给大家制定了三步走的战略：第一步，用两个学期左右的时间，养成良好习惯，以文综为突破口，用文综立班，形成八班特色；第二步，在高二下学期，继续提升素养，将文综优势延展到语数英三大主科上，奠定八班地位；第三步，到高三的时候，每个同学给自己准确定位，进一步全面提升自我，在高考中寻求自己的位置。实际上，前两步，我们都提前实现了。

高二的时候，全班同学给我过生日，大红的蜡烛滚滚的热泪，留住了我想要远走高飞的心；高三的时候，大家又给我过生日，每个人都拿着一支蜡烛，口里唱着"祝你生日快乐"。二十五岁了，没怎么过生日，但这两次生日记忆犹新。6月8日高考结束的那晚，我要给全班五十四位同学策划一次"生日"，庆祝高考的胜利结束，庆祝我们的新生。

高二的时候，班上同学分成十七个组，和我们高中的校长阮平先生谈话，每次谈话一个小时左右，每个人都有提问的机会，内容涉及学习、情感、人生等等……这在全国也绝无仅有。我们班每个同学都和高中校长谈了一次话,这对他们的成长、成熟有重要意义。

我们班最多时有五十五人,后来一直固定在五十三人,高中三年,共有五十五人次担任班委(最后一个学期有个岗位中途换人)。各种班委岗位有九个,每学期从同学们中选出九位来为大家服务,第二学期无记名投票选出五位留任,四位换人。班委们逐渐实现了学生自己管理自己,自己策划活动,自己管理班费。他们不仅要忙自己的学习,还要忙班级的管理。我相信,他们锻炼了自己的能力,提升了自己的素养,不是空有架子的学生官。

今年我的班上有十一个艺体学生,七个专业课上了本科分数线,其中有个同学算加分一起高出本科线 32 分,还有个同学文化课考过班级第一。进入高三,他们外出艺体培训都很努力,后来又去了文化加强班,但每个月我都找他们谈谈心,提出一些建议和指导。他们在加强班、高三艺体生中,每次考试成绩集体靠前。

很多成功考生的经验之一就是考前停课休息,我当年只有一天半的假期;如今我在高中母校当班主任,我的学生可以轮流回去休息两天半,学校放假两天半,合计一共五天,四个晚上他们在家睡觉睡到自然醒。班上获得国家助学金的同学捐出了一部分钱,总额一千八百元,我发给每个同学二十元,剩下的聚餐用。

当年考前,校长请我和几个同学吃饭,很亲切、倍受鼓舞。作为班主任,我将学生按生日排序,每个月请当月生日的几个同学吃个饭,高三这一年下来,请五十四个同学吃饭花了不到四千元钱,家常菜、豆花饭,但和学生一起聊聊天、说说笑,我仿佛回到当年。十年之后,二十年之后,若干年以后……我会怀念。

我为每一个学生立传,为每一个学生存照,为每一个学生成就一段口述历史。我有一个班,我教两个班,我的一百多个学生,每一个学生都是一个独立的生命个体，在高中这个人生可塑性最关键的时期，我有幸成为了他们的老师，他们也成为了我的第一届也可能是最后一届高中学生，我在腾讯微博上写写他们，以此纪念。

高三这一年我们怎么熬过来的？学习时间必须保证，迟到早退坚决处理，到最后违纪的同学越来越少。此外，我带着我们班搞趣味运动会、办宿舍文化节、看一场场电影"熬"过来的！还记得宿舍才艺大比拼的时候，那些令人耳目一新、捧腹大笑的情景剧和对白，每次考试的晚上大家开心地玩杀人游戏……

三年来，我的学生我的班在学校集体看了三十一部电影，平均一年十部。这个数量对于一个自由的成年人来讲肯定太少，但是对于身处高考一线的五十多位同学而言，已经足够。我始终相信，电影丰富人生，电影启迪人生，电影造就人生。经典老电影、刚出炉的新电影都看。我们应该是全国看电影最多的高考班。

我的学生我的班是高一女子篮球赛的冠军，是高一、高二校运动会的蝉联冠军，是高三应届班平均总分一直第一的班，是参加全市创新作文比赛获奖人数最多的班，是全校四十五个班中唯一"出书"（内部册子）的班，也是全校十八年来唯一巧妙"集体出逃"去爬山、看油菜花、欢乐春游的高考班……这就是更生高 2011 届八班！

三年过去了，我的学生我的班变得处变不惊，变得成熟理性，变得老辣。在追忆逝去的美好、欢乐、纯真童年的今天，我不知道同学们的这种变化好还是不好。但面对这种竞争日益激烈、物欲四处横流、社会不公时有发生的当今社会，我只希望他们学到一些能让自己生存下去的更好、更实用的东西。

八班，又见八班

2011 年高考，八班五十三人参考，一本 533 分，上线零人（文理分科目标零人，高考目标一人）；二本 473 分，硬上线十二人，艺体双上线三人（硬上线和艺体上线重复一人），共计十四人（文理分科目标六人，高考目标八人）；三本 441 分，硬上线二十人，艺体双上线二人，民族生加分上线二人，共计二十四人（文理分科目标十三人，高考目标二十一人）。

这个成绩在乐山市算不得什么，在四川省更算不得什么，在全国几乎可以忽略不计。但是我始终认为每一个人都是一个独立的鲜活的生命个体，都有自己的独特性。要承认，文理分科时的成绩，八班在平行班里，是最差的。最后的这个高考结果，有遗憾，但也尚可接受。很多同学考出了理想成绩，考上了理想的大学。

高考一别，已有三月。人大多是恋旧的动物。这些日子，我时常会想起过往的种种和大家的面孔，有点怀念过去的日子，就这个机会，我来总结和梳理一下这三年来的情况。

高考结果个案分析

肇怡应该是第一个退出高考的。这个女孩子有很强的人际沟通能力，做事执行力也蛮强，有时不免将情绪流露于一言一行之中。我曾收到她几百字的 QQ 留言，其中有对当时感情纠结的回顾，也有字里行间的遗憾。应该说当时她成绩不算全班最差的，只是心情坏到了极点，离开也是一件好事。

汪衡算起来是第二个选择离开的。那时的他自由散漫，骨子里还带着叛逆，当然没有很好的遵守游戏规则，犯了很多错：第一次我大概让他班委也没的做了，好好地冷静一下；第二次我当着他父母的面，和他约定了考试的承诺；很遗憾，后来因为他确实没有尽力，有了第三次，我还没有放弃，和训导处老王主任商量再给他一个机会，转去了三班。没有想到，他不太喜欢那个班的氛围，还和班主任顶撞起来。最终他走了。后来我曾在路上碰见他，高考结束那晚的狂欢盛宴他也来了。拥抱我的时候，他说，如果知道高中是这样结束的话，他当时打死也不会走。

于奥是第三个离开的，而且还是偷偷地。事先没有告诉我，直到开学后见他没来，打电话过去他妈妈才说他转学考试考上了外国语学校。我和他算是犍为老乡，很想关照他，他有进步的时候我都会公开或者私下表扬他。但是他平时可能太自信甚至有些自恋了，而且很多精力都花去幻想如何与女孩子接触，以致课堂上都经常走神，有时还暗自在那里发笑。班上的同学对他好感不多，同宿舍的同学后来也跟他不太对付。他决定离开。但是他妈妈后来多次在网上告诉我他在新学校发展得不好，希望回到更生回到八班，来为他办理毕业会考成绩证明时还给我带了很多水果。还好，高考他总算是考上了美术专科。

汪婷临到高三一调时决定不参加高考，我为她遗憾。她之前在六班是我的历史课代表，女孩子心很好。但在学习上用了力气但没有用多少心思，用她的话说，就是对学习真的不感兴趣。坦诚地讲，这样的应试教育这样的高考，换我也不感兴趣。但是游戏规则是这样的，不积极参与就只能被 OUT。我鼓励她批评她甚至"骂"她，用各种方式想刺激她振奋起来，但是她的成绩几乎没有起色，最重要的是呆在学校里的她每一刻都很难受。她临走前还请武兵、文刚和我去家里吃了一顿鱼火锅，我喝了她家里准备的白酒。午后的阳光打在头上的时候她送我们离开，我坐在车上带着一点醉意看她在路边向我们挥手，不禁有些感叹。

茅霜妍没有放弃高考，但是放弃了大学。当我得知这个消息的时候，第一反应就是"可惜了"。她人很乖巧善良，和同学相处挺愉快，一开始很不错还拿过奖学金，越到最后越不行，大概是心理压力积压太多和挫败感的惯性影响。但是，英语很好的她，甚至在榜样计划活动里表现突出的她，咬牙坚持读完大学，去当个英语老师也是很不错的。她的高考分数不算很差，只是觉得没有达到自己的期望值，而且也不想复读，所以她 7 月就找了一份工作，提前步入了社会。

阳冬考得较低，在意料之中。一直以来，他在考试成绩上靠后，但人有骨气，以前常跟男生单挑。他的历史学得还不错，大概很有兴趣。然而他的思维特点可能不适合啃书本，高三的时候他父亲遭遇车祸去世也对他有一些影响。我们捐款、写信对他进行安慰，他心里应该也很感动。高考前有一次去我带几个获奖励的学生去看电影，他还请我们喝了饮料。

祝麦武专业课成绩上了本科，但是高考文化课成绩偏低了。我看到分数，一开始想到的是他妈妈：她很辛苦，无论从物质上还是精神上都在一直支持祝麦武。这家伙对他妈妈和对我这个班主任很多时候都是报喜不报忧的。他很爱踢足球，也有几个死党，甚至文笔都很不错。课堂上他对于知识的学习太不给力了，但是最后考上大学读了他想读的专业，让大家都很高兴。

钱正薇高考成绩虽然略低，但与平时相比发挥得还不错，但是之前体检眼睛这一关受挫让她有点泄气，被打消了参加艺体考试的念头。这女孩子耿直，说话没什么心眼，就是喜欢吃着零食看各种小说。到最后，她越来越多地理解到父母对自己的付出和生活的不易，很懂事了，人也变得更有礼貌。

庞国旺应该可以考得更高一些，但是专业课考试没上本科可能打击到他了，听说还去买了几瓶小酒把自己灌醉呼呼大睡，最后是回到峨边参加的高考。他对整个世界和生活的态度与看法太独特，加上平时说话带刺儿，有些同学不太喜欢他。我有时也受不了，但我把他招进校团委工作，也曾在高一文理分科的时候给他机会做卫生委员，希望他干点事情出来让大家慢慢接受他，不过后来大家票选的时候推举不是他。高三时在学习上感觉他有放弃的味道。要拍毕业照的时候他留着插耳的头发，我让他赶紧出去剪一下，说了半天，拍照的时间越来越逼近了，后来还让跟他玩得较好的同学去劝他，这个家伙死犟就是不去。高考结束那晚的狂欢他还是来了，喝了不少。

黎醒星高考发挥得不理想。她的政治学得很好，但是生活里投入感情的时间和精力太多。因为她的家庭和她本人的复杂情况，我一直想帮她。她也有几次表现的很努力，但是没有坚持下来。直到高考结束后我请她吃烧烤，我还在说，有些地方很欣赏她，比如她打篮球很厉害，羽毛球也不错，人也很好玩。虽然高考成绩只能让她去一个不太理想的学校，但我相信她的人际交往能力会让她迅速hold住场面。

许风选了理科后来又找我想留在八班读文科。这家伙其实很聪明，督促他学习就要好一些，但是外界的因素毕竟是次要的，自我内在的动力才是主要的。也许他高二高三花了太多脑细胞去思考如何玩和如何谈恋爱，所以高考不理想。我曾经对他的表现很生气，想过很多办法来触动他，但是对他来说，学习诚可贵，爱情价更高。我还记得最后一次处理他感情的事情，他写出来的心里话有一句，大概的意思是有个女朋友提醒吃饭鼓励他学习有什么不好。爱情当然好，我也能理解，但是人每天只有二十四小时，谈恋爱多了搞学习就少了，厚此薄彼嘛。我还是很欣赏他对感情的执着，所以在高考结束的狂欢盛宴上我安排他和喜欢的人坐在了一起。

陈芳是个学美术的料，但是专业课成绩的失利让大家都很意外。这个女孩子是很重感情的，她高三常在外学美术，有一次我请她喝茶，说到情感问题，她眼睛都湿润了。她永远都是热情充足，细心不够。经常请教老师问题，但是不长记性。高三有半年她去了一中培训，尽管最后成绩不够好，但是我觉得对她高考前的状态而言还算不错的。

白瑚在整个高中三年都在遭遇病痛和亲人离去的困扰，但她还是很有意志和斗志的，不过毕竟是女孩子，毅力还是差了一些，而且容易情绪化。这是导致她数学和英语一直学不好的原因，曾经有段时间她的历史可以考到八十多分，遗憾的是到了高考发挥不理想。

她有着很好的文笔，也有很多朋友，希望她继续保持对生活的热情。

盛看来到八班很长一段时间都很懒散，好像找不到学习的动力，但也有考试较好的时候。到了高三，每见一次面，我都觉得她更有精神更有礼貌了。我记得她说过家里找人在帮她补习数学和英语，最后能考出比平时稍高的成绩是很好的。曾经因为她不尊重科任老师我狠狠地把她批评哭了，但是后来好几次我看她在课上偷偷看小说甚至玩手机或者睡觉我都没有说她，只是站在教室外面任由她的同桌向她示意我看到了这些。有时，我心里非常清楚，她在改变，只是需要时间，我能理解她听不懂课坐在下面的难受和无聊。

鲁燕适应环境的能力还是差了一些，宿舍有人打鼾长期影响她的睡眠，英语老师和以前老师的教法不一样也让她不太接受，临考前一个对她有着重要影响的人受伤进医院使她前后成绩波动很大。事实上有一次调考她很不错的。到最后我也允许她回家睡觉备考，但是没有稳住，数学也拖住了这个班委工作还可以的女生，高考没有达到预期。我很喜欢生活中的她，总是能吸引别人的注意。随着人生的历练，她会更加持重吧。

武莱芳一直担任我的历史课代表，她的学习基础很差。前面两年我基本上每学期都要鼓励性地找她谈三五次话，到了高三一调之后，我开始激将她，记得当时要求她突破自我，她为此也伤神伤心不已。有一年中秋，我在办公室外面的走廊上送她一个小礼物，并且告诉她我是老师同时也是师兄，长兄如父。但是很遗憾我这个师父没能让她最后取得一个更好的成绩。只是在高考结束的狂欢盛宴上，我把喜欢她的男生安排和她坐在了一起，他们现在也在一起了。

邹怀静认定一件事会坚持去做，但是方式方法上不太灵活。有段时间她也因为千里之外的情愫通过网络传过来而烦恼。她有段时间成绩上升很明显，但到了高三语数外甚至影响了她的文综。整个人的状态到高考也没能调整到最好，最后的成绩让我有点惋惜。她考虑过复读，但是我觉得她的状态不适合复读，不如到大学继续拼搏。

牛森从本校初中上来，重兄弟情谊，和我关系一直很好。但我对他发过三次火，分别是对他的学习状态、生活状态和情感状态不满意。我没有留情面，激将他之后，他似乎冷静一些，但下来这家伙还是在做他想做的。他在文章里写不想读书，想回家乡创业，也给我写过一篇情意绵绵的印象记录。高考的成绩让我觉得遗憾，数学有点低了。

章清清高考情况比高三很多次考试都要好。在最后两个学期，我也对这个女孩子"凶"了起来。但是数学和英语不花心思不花功夫是很难补起来的，她之前堆了很多老账，中午没有午睡的习惯并用这个时间很努力地补，最后总算看到效果。她的妈妈希望女儿留在身边，不要走太远，我想她好好过日子也好。

朱伟最后考得比平时要好，我依然觉得还没到最好状态。他有斗志，但是没有一直坚持脚踏实地地去实现自己的愿望。他甚至很能交往到一些跨年级的朋友，说到一些跨度很大的事情，也就有些八卦。对这个家伙，我夸过也骂过，表扬了也批评了，人倒是慢慢懂事了，但是数学英语太弱，字写得差一些也影响了文综成绩。他蛮重感情，但需要更好地控制自己的感情，我想说，他去大学里或者社会上历练更好。

文刚一进八班就被我咆哮到哭，慢慢他的习惯和表现都越来越好，坚强地从家里的变故中挺了过来，成绩有长进。但是粗心和大意一直伴随他到高考结束，分数他应该和我一样不满意。后来我听说他不读书了，吓了一跳，最后打电话确认他还是要上大学的。他篮球打得不错，说话蛮风趣，讨女孩子喜欢，字要继续练，以后会有出息的。

张琴高考发挥还行。这个女孩子蛮独特，有时打扮上显得很成熟，有自己的个性和态度。我曾有几次和她坐下来在办公室长谈，甚至高考结束后我也在请她吃牛排的时候谈到过往的种种。文理分科时她主动来找我说要到八班来，蛮欣赏她对生活的接受和适应，文章写得也不错。但是有时太注重自我和不在关键的事情和关键的时候下力气，最后要有提升就有困难。

刘洪是个为人处事还可以的大男孩，高考败在了语数外主科上，英语尤其老大难。高三时的状态一直也没有调整好，他可能心里有喜欢的人，不知道压抑到高考结束有没有表白。他当了校团委和班上的干部，表达和沟通能力很强。有一次写纪律班委工作总结，他说切身体会到管一个班不容易，还说到为好不讨好的话，我当时心里想，总算有人明白了这点。

孙飞艺体专业课成绩考到了全班第一，尽管他乘势而上努力冲刺高考，但文化课成绩还是拖了点他的后腿。他不得不面对的事实是，高三一大半时间在外面培训和考试，即便有文化课的辅导和练习，还是会出问题。高中后面的时间，他在努力做一个影评人，看了很多电影写了很多影评文章。继续加油，以后肯定出成绩。不过遇大事不要太紧张，学会调控情绪，更加包容地去看待这个世界和别人，把自己调整到最佳状态，就更好了。

徐茗学习也很有动力和激情，就是管不住自己的注意力，很多时候会分散到讲话上。一个体育很好的女孩子，总是容易在细节上出错，考试做题就是这个状况。高考的成绩暂时还不能让她更好地实现梦想，不过在大学她应该能发展得更好。我还在请她和几个同一个月生日的同学吃饭时承诺五年之后给她投资，感觉压力都转移到我这里来了……

张霜高考不太理想，要知道她是考过高分拿过很高的奖学金的。平日里她是一个挺逗的姑娘，父母长期不在身边，直到高考前我才见到她父亲一面。应该说进入高三，她的状态一直没有调整到最好，然后压力肯定越来越大，上课走神的时候增多。希望她多总结这些，以后更好。

吴鹄到了最后一个学期，选择回到家里复习备考。在他走前当着他父母的面，我客观地分析了他去留的利弊，回去一学期都不能听到各科老师和学校安排的复习训练课，集体学习拼搏的氛围也没有，自己在家的时间会显得很零散，但是生活条件会比学校好，更自由更轻松。高考成绩不代表他的水平，他可是考过全班一二名的人，我想病痛和情绪扰乱了他的心神。

马玥玥和我的约定最终差一点点实现，她没有考到目标，但她最后的确在努力拼搏。大概是从高二下学期开始，她每天晚上放学的时候带着一天的学习计划和完成情况交给我检查，我没有这样要求，别人也没有这样要求，她自己要求。她有进步，我也表扬过，但是以前的漏洞或许多了一些，没有来得及在高考前全部解决，心也还不够宁静。高考成绩不好也不坏，到了大学继续发挥自己的语文优势吧。

张颜颜高考爆发了一次，文综发挥不错，让她如愿以偿地考上了艺体本科大学。她在高中的后面一段时间，或许也被感情的事情困扰，也曾在和我谈心的时候哭鼻子，但是她有斗志。我们做好《一直在努力，从未被挫败》的册子发给大家，她发短信告诉我一口气用一下午看了一遍，颇多感慨。我想，从那个时候开始她就更明白事理了。

汪璇最后考得比平时低了一些，语数外发挥稳定，但文综还是不理想，枉我临考前拉他后晚自习去培训啊……他平时在我面前言语不多，但是心里想得挺多。高考结束那晚狂欢盛宴上，他表现得像一个老江湖，隐藏得很深啊。后来他父亲邀请我去他家做客，可惜当时我已不在乐山。

江晴慢慢地变得懂事，她是一个聪明的女生，如果再努力一些，高考分数就会超越自己现在的分数。她做班委能把很多事情做得挺好。有一天我跟她说做一个心形的全家福，把每个人的标准照都贴上去，挂出来，会让大家感觉挺好，她很快就做出来了。曾经她和同宿舍的同学有点小摩擦，后来她做宿舍长，做得很不错。

裘慧考的分数，我不意外。因为高考前，我就在谈话的时候对她说，"早看出来你上课不专心的"，而且给够机会和氛围，她是很能讲话的。这家伙很重感情，心思细腻，有自己的打算。她两次带家里的老腊肉给我吃，味道很不错。希望她的人生也像腊肉一样，越吃越香。

杨燕高考的情况让我很意外。她的数学和文综发挥失常。这么一个生活独立的女孩子，喜欢打乒乓球，情绪却没能自我调控好。那么勤奋，没有得到一个好的结果，一定是过程和方法出了问题。分数下来，让我觉得最遗憾的就是她，但她不想复读，那就去大学拼搏吧。

柏玉有成熟的气质，也有很高的分数期望，但是高三整整一年我确实很难看到她的好状态。她的文综不稳定，尤其是历史、地理两科，英语也靠后。但是她够努力，看起来还是能够处理好学习、生活、感情等各种问题的。成绩她是不满意的，我需要提醒她的是，与进校的时候相比，也是有提升的。

刘筑考的成绩对他自己来说很不错了。整个高中三年，他的血性和不理性影响了自己。他犯过很多严重的错误，算起来被学校开除个十来遍都没有问题，我一而再地给他机会。进入高二下学期，他好像懂事了很多。高三那年，我请他们几个生日邻近的一起吃饭，他说去了文化课加强班才知道八班的好，不知真假，权当讨好的话吧。

方华的基础较差，语数外比较弱，最后文综拿了起来，高考成绩也不错。他妈妈和我都是从罗城古镇出来的，所以我和他算是半个同乡。他在我面前能够说很多实话，也努力在校团委和班委的工作上锻炼了很长时间。临近高考的时候，我发现这家伙的嘴巴变得比较滑头了。

陶艺伟的高考，没有获得最好的成绩，但是他能在各种纠结里面走出来，也还可以。比起相当一部分人，他有时不是那么的踏实，花太多时间去处理人际关系了。高三的时候让他当英语课代表，提升了一下他的考试分数。但是，很遗憾，仅差几分就能考上本科。如果能痛定思痛，来年应该会好很多。

黎巧有高考那样的分数，我为她感到高兴。记得她来八班，我第一次吼她，她没有哭，没有沉重，反而还笑了起来……当然后来多数这种时候她都在哭，我理解她家里情况的复杂也尊重她本人好的言行。但是临到高考她还是忍不住在课堂上睡着了，真能睡啊，我那次直接让她站到教室门口听课，后来一边哭一边跟我说"来不及了的嘛"……我最后"刺激"了她一回，然后安排她一个单独座位。最后，语文、英语和文综发挥不错，数学没有低得那么厉害，这就很好。

文梅的数学和地理这两门偏理科的考试分数一直比较低，如果语文英语和政治历史发挥好，当然她历史好像也没怎么好过，她就能上去。但是整个高三，她一直苦苦挣扎于分数的波动，甚至有时我都觉得她有些患得患失了。有时她让人感觉小温暖，送我吃过一些水果。应该是她高考前送我吃小土豆，才让我有了让徐茗回家给全班同学准备一些小土豆吃的想法，轻轻一捏皮，土豆球就滑进嘴里了……她应该对成绩不太满意，希望她重新来过，考个好的本科。

王茹茹的高考结果对她来说算不错了。要知道，最后几个月她带着家长来向我申请回家学习。我没有多留她，因为三年来她的精神上无名的压力太多，而且这个女孩子喜欢多想，有些情绪化，体质也不太好。看着她快崩溃的样子，我想起之前至少有三次她昏倒昏厥的场景，还是希望她回家少些压力。我希望她在大学里、社会上，能很好地融入，然后去快乐地生活。

侯夏凤进校成绩不好，她一直在努力。虽然最后的成绩不是特别理想，但是我觉得她尽力了。她是一个与命运抗争的女孩子，心很好，很有礼貌。2010年的教师节，之前她拿了奖学金，所以买了水果还写了一张纸条放在我办公桌面上，让我很感动。她会开摩托车，喝酒也很厉害，以后会更好的。

齐航进校的时候脾气和习惯都有点不好，但他那股不服输的精神劲头让他名列前茅。到了高三，不知道是为情所困还是什么其他原因，慢慢地他应付考试有点吃力了。连数学这科也不稳定，英语成绩上来的时候也不多，高考的结果让他心有不甘。他下象棋很厉害，上讲台讲话也很逗，头老是一偏一偏的，离开乐山前我去苏稽和他还有几个同学吃了一顿跷脚牛肉，后来打了一个电话给他，让他好好复读，继续练字。

袁洋洋进校的成绩是交了议价的，文理分科的第一期她的历史考了95分，比全市第一名只低2分。之后在学习上她很努力，挤到了班级的前面，但是她的英语太弱了，还中途退出了英语加强小组。高考的时候语文也没有发挥好，只有文综比较高，但总分低了一些。她是知书达礼的，和好朋友在一起的时候也很疯。

臧知琼高考发挥得不理想，让人觉得可惜。她的数学弱，文综也没有发挥好。我在六班教历史认识的她。这个女孩子一开始都不打扮自己，后来慢慢变得很阳光，笑起来很豪爽，看事情很乐观，意志也蛮坚定，班上有人喜欢她很久。高考结束的狂欢盛宴上，她还主动照顾喝醉的男生，后来我和牛森跟她还吃了一顿饭。

覃奕奕整个高中都对成绩很纠结，为了成绩哭过几次鼻子，甚至有一段时间我感觉她都要放弃了，但是最后她高考状态很好，数学考得特别好。她也爱讲话，下课是这样，上课也是这样，还喜欢走神去幻想一些事情。她说她是被我在九班讲课的风趣骗到了八班，结果受了两年半的魔鬼式训练……她妈妈讲其实是托学校的亲戚关系来到我的班，不管怎样，她的结果挺好。

舒加山进校的时候在年级上成绩都是靠前的，但是第一学期就差了很远。文理分科以后，他总能在关键时刻发挥稳定，但还是少了一些冲劲和霸气。有一次他和我在办公室犟起来，第二天他来敲我的宿舍门道歉，我们又谈了很多。高三他准备圆他的播音主持梦，我甚至找浙传毕业的校友帮忙。专业课他刚刚过本科线，结果文化课他也刚刚过，缺了那么多的课，还是挺过来了。

林盛淑最后还是没有完成英语任务，我和宋老师都希望她考高分，整个高中应该说她用了七八分的力气就达到了别人用十分力气也达不到的成绩，喜欢八卦新闻，还是牛森的知心姐姐。她说自己是班上高中三年唯一没有被我单独吼过的，我也无从考证……但是高考结果没达预期，数学和文综没有起来，惊险地去了还算理想的大学。

宗猛孺最后的高考情况，应该是她高三一年的最好成绩。春节前后，她有点心散，爱讲话爱打闹和班上个别男生经常争得面红耳赤，我故意夸大地说了她一通，慢慢地她调整了过来，笑到了最后。我离开乐山前，她掐住时间请我还有几个同学去她老家夹江做客，山水田园，很清新。

解史最后考上来了，民族地区考生还有加分，比较理想。他是一个慢热型的实力选手，高考前我真担心他最后一考都还没有热起来。这小子文笔很好，有自己的一些思考，爱踢足球，周末经常宅在宿舍看书玩手机，当班委办事情还是能办好的。

李婷婷到了高三比较持重，榜样计划活动时她的地理讲得很好。高考文综全班女生最高，总分也不错。她几次到我面前说学习说着说着就哭了。高二下学期的时候，她也经历了一段感情，不论结果怎样，我想这个过程对于她以后分析事情处理事情都有好处。刚刚过去的教师节，她发来一条短信，说一日为师终生为父的话，把我雷到了，受不起啊，不过挺感动……

尔东园临到高考英语早读张嘴不出声，被我叫到办公室来。我刚说了几句，他眼泪就掉下来……掉得好，掉出了比较好的高考成绩，再一次成为八班的黑马。他在校团委做过工作，干事不错。他妈妈很关心他，花了很多钱请人补习数学，功夫不负有心人。

王志伟最后高考文综全校最高，发挥正常。刚来八班的时候有些吊儿郎当，晚自习借女同学的耳机来听歌被我"暂时保管"了。不知从什么时候起，他上课很认真，效率很高，还被称为"文综小天使"。我们去苏稽看树种，他还骑车出来带路，为人处事挺不错。

丛雷高考的结果，是两年的时间，完成从无所谓到有所为成功转变的收获。那时候他抽烟玩手机很毛躁，可能被全班的集体氛围慢慢感染了，后来还当了班长，再后来还成了我的高中学生高中校友大学师弟大学校友……这辈分有点乱。

整个高中我对张花莽唯一一次发火，就是高三都快结束了她对我说历史作业不想做了，不想学习了。那晚我没有客气，咆哮到把练习册都踹到办公室外面的花坛里去了。然后我去了教室，留她一个人在那里哭鼻子。后来我又回去跟她谈到深夜十一点过，她说保证以后好好学习，我说要看你的实际行动。这姑娘挺争气，高考为自己的高中画上了一个圆满的句号，要知道，她高一的时候是班上的倒数几名啊。

武兵的高考成绩既在意料之外，也在情理之中。意料之外是都没有上到理想区间，情理之中是高三我几乎没有看到他的最佳状态，老是过失性丢分。其实，他背负的压力很多，做班长也左右为难，可能有的同学觉得他正得有点死板，我要说的是一把手不是谁都能干的，自己试试就知道了。我看到他很多优点，在全班面前我也曾隆重地表扬过他一次，毫不掩饰地说，我很欣赏他，相信他以后会更好。

严谨高考发挥挺好，为他松一口气。之前我不知对着他唠叨多少次，他不偏科，努一把力，就是种子选手。凡事他想得很好，执行起来总打折扣。有时也挺粗心，一次把英语机读卡的80多分填成了别人的考号……好在他有斗志，能调整自我。成绩出来被录取了他还不太满意，我只希望他把字练好，明年更好。

曹感用一个较高分结束了高中生涯。狂欢盛宴结束后，他搂着我的肩膀说想打我。高一那么瘦弱单薄，高三他自己说成熟了。他是块读书做学问的料，就是人际沟通上欠缺一些。最后的结果差那么一些就可以创造又一个高度，有些遗憾。但是他学习能力很强，一直在进步，大学就更要加油了。

这三年我们的相处

不知哪个同学形容过我：好起来像天使，凶起来像魔鬼。好事不出门，坏事传千里。我这个恶名传遍了整个年级甚至全校。我的班级管理和教学方式不仅在同学们当中也在教师同事那里备受争议。我发了很多火，刘荣弘说那是战争咆哮，其中大部分是装出来的，目的是让大家知道问题的严重性，也有真生气的时候，怒其不争呐。

都说我爱发火，其实我是高一发火最多，高二减少了，高三就更少了。高考结束后，没人看到我发火了吧？是的，这是因为我的学生越来越多地完善了自己，我没有理由更多地发火，并且打心眼里为他们高兴。

我想对我的学生说，工作是工作，生活是生活，工作上我确实很严厉，但生活里我是很随和的，偶尔还能被激发出一点风趣来。三年相处下来，希望你们不是只记得我的凶恶，希望你们还记得我在你们取得成绩获得成长时，对个人对全班的自豪和骄傲。

当了三年的高中班主任，一路走过来，连我自己都意识到废话越来越多，都有点讨厌自己的模样。没办法的是，教育就是这样，一部分人觉悟了，还有一部分人没觉悟，所以，同样的话你就要讲啊讲啊讲，讲到最后自己都烦了，还必须讲，就是期望有更多的人最好是全部的人都明白、都去做。但是人就这样，今天懂了，明天就忘，一个错误可能重复地出现。所以，我就继续唐僧，继续废话。

我也在班级乃至被邀请到其他班级，和同学们"谈情说爱"，直接而又坦然地面对恋爱甚至性话题。我告诉了你们很多老师很多家长都不敢讲羞于讲的两性内容和感情观念。我常说理解你们并尊重你们，我想这算是一种较好的行动诠释。

八班，每一个人我都公开或者私下表扬过，每一个人我也都公开或者私下批评过，甚至我还"打"过人，尽管我跟家长说起，他们都说"李老师，你打得好，他（她）要是不听话，你就帮我们多打几下"……我要感谢这些实在的家长，很多时候我和家长们相处还是很愉快的。也收到过很多家长节假日送给我的礼物，我坦白，我收下了，因为我的校长对我说，孔子当年也收下了，我不知道这在当下这个社会是否助长了歪风邪气，但是现在的礼数就这样，我现在离开了教师队伍或许也纯洁了教师队伍。

不过，收了某位家长的礼，他的儿子或者女儿在我这里就被管得更凶，经常被我说被我批评。这算不算"因礼徇私"呢？我还要对挨过打的同学说声"对不起"，不管你们犯了怎样的错，想来都不至于该我动手，学校解决不了还有那些有关部门嘛。但是，说老实话，我情愿自己动手打你们，也不愿意看到别的人或者有关部门来"惩罚"你们。你们在我这里可以是有缺点的、经常犯错的，但是在外人面前，一定要强大。所以，有哪个同学想以后找我"报仇血恨"什么的，我只能好酒好肉地等着了，到时候咱们再好好叙叙旧。

这里，我还想提一下周军。他在离开大家回到马边高考的临走前，往我办公桌抽屉里放了一封信。信很长，真的很长，四页还是五页密密麻麻的字，落款是凌晨的三点过。他说了很多回忆的话和感谢的话，也说了很多困惑和无奈。我相信，他在担任班长的期间，很多人就觉得他越来越像我行事的风格，不理解他，背地里嘲讽他骂他。我知道这些，他也知道这些，我和他都选择了沉默，因为时间是最好的证明。当高考结束，当高中不再，当往事已矣，当岁月荏苒，我们再回过头来，发现过去的一切爱恨情仇，都已经烟消云散，只剩下我们对过去的反思和怀念，那时，我们才知道是非对错。

我和我的学生相处三年，或许真的在精神和肉体上都折磨了他们三年。直到高考，八班都是坚持跑步锻炼的；直到高考，八班都是被我咆哮的。我有时可能被认为很冷血很假，其实我是一个性情中人。我记得 2011 年 2 月 14 日，我和八班的同学们谈心，我把自己从小到大经历的一些事情讲给他们听，其中很多辛酸事，想起来，自己也哽咽不止。我想那天晚上是我三年里在他们面前表现得最赤裸裸的时候，因为我和他们交了心，交了底。我曾收到不少同学大大方方或者轻悄悄送给我的各种礼物，很多是吃的，我长胖是不是有这个原因呢……我曾在想要离开的时候收到同学们真心而感人的生日祝福，我也曾在昏倒在厕所的时候收到很多同学的挂念和关切。

我非师范专业毕业，也非历史专业出身，更没有教师资格证，我是社会学本科，回到高中母校当了一名高中历史老师和班主任，简单地说，我就是一个冒牌货，一个打酱油的。我深知自己在教育教学工作里的各种缺陷和问题，但是我有了八班，有了一份对几十个学生和他们背后几十个家庭的责任，我就尽力去做，我动用了我能动用的所有资源来帮助他们成长并争取高考的成功，甚至我在高考文综考试前，还猜中了一道大题几道小题，不管结果怎样，我只能说我尽力了。

我还记得高考之前有一次为周末是否留校做真题实时练习而征求全班意见，大家用过半数一点点的票数决定了不留校。这件事有一个意义是延伸出我对你们阐释了民主和自由。宇宙之中，没有绝对自由，只有相对自由，切记。民主真的有个集中，还真的有个制度。在八班投票是经常的事，但是我们没有事事都投票。连下节课上还是不上，我们都要投票，那这个"民主"的成本和实质都是有问题的。我们的生命不能更多地浪费在一些假民主的投票上。我说民主是所有的人去做大多数人觉得可以做的事。那节课，我没有讲历史课，尽讲这些玩意儿了，你们还是听得很认真，我很高兴，希望你们慢慢懂得。

我对各位以后生活的建议

今年的高考，已成定局；未来的生活，一切都可以从头开始，由大家创造。我这里有三个希望，希望即将开启大学新生活的同学们充实和快乐，请记住——大学是人生中最美好的时光；希望即将从头再来炼狱一年的同学们坚持和收获，请记住——在八班两三年的魔鬼式训练物超所值；希望已经在社会上摸爬滚打的同学们积极和勤奋，请记住——我交给你们的除了书本上的知识还有为人处事的道理。

以后的生活，对于大家来说都不可能是一帆风顺，包括我也是。这个社会的诱惑越来越多，我认为对功名利禄凡人不能免俗，是要争和取的。但我想谈谈酒色财气。酒，助兴，酒文化在全世界都盛行，八班的同学们不能贪杯，不能醉酒误事乃至闹事；色，人性，男女都是好色之徒，色代表美好，大胆地去追求美好的东西没有错，但八班的同学们不能太好色，色字头上一把刀，要有分寸；财，必需，钱不万能但没钱万万不能，财富的积累代表你人生的价值和社会的贡献，但八班的同学们不能成为守财奴，用钱造福自我和他人才是最好；气，幻相，气质和气场很重要，但八班的同学们不能意气用事，坚定自我，不为外界所扰，才能成器。

尽管我已开始新的工作，但我心中一直挂念和关注的，还是你们这帮我在高中的第一批也是最后一批学生，我们一同起早贪黑地度过了一段酸甜苦辣咸的难忘岁月，它将铭刻在我们每一个人内心深处，伴随我们一生。至于你信不信不知道，反正我自己是信了……我们的缘分不会因为高考结束而就结束，毕业十年、毕业二十年、毕业三十年、毕业四十年、毕业五十年，那时我已经不在人世了吧……反正，我希望八班的老师和同学，彼此经常联系，经常聚会，经常互助，共同奋斗，共同前进，我们有着三年最宝贵的共同人生经历和精神凝聚，我们一起搭建了一个不可估量的平台。我记得高翔老师在最后的狂欢盛宴上说"羡慕你们"……我记得属于八班老师和同学共同精神财富的那三本小册子和三年的往事,我记得你们的每一张脸……

我以后最想看到的是,八班,又见八班,不久的将来,相逢的人还会再相逢。

(本文写于 2011 年 9 月 27 日,出于对当年学生隐私的尊重,内容有修改并全部为化名)

我教高中生喝酒打牌的"职场必杀技"

会喝酒么？不会。

会打牌么？不会。

会拍马屁么？不会。

有文凭是吧？有知识是吧？有工作能力是吧？不会喝酒打牌拍马屁，你在职场照样 OUT。

那么学校教育的意义何在呢？我以为知识传承、能力培养和文凭的获得倒是其次。在这个物欲横流、现实功利的当下社会，先学会做人，再学会做事，才是生存的第一要义。

我曾经是一名高中文科班主任，2009 年我的学生高二时我教了他们喝酒打牌这两项"职场必杀技"。

一想到喝酒，还是高中生，大家肯定认为是未成年人喝酒。

我主要教班上男生喝酒，女生教不教无所谓，因为女生自带三分酒。班上五十五个学生，二十四名男生（文科班这样的男女比例算是很平衡了），有十八名满了十八岁，是成年人。商务部颁发的《酒类流通管理办法》有明确的规定：酒类经营者不得向未成年人销售酒类商品，并应当在经营场所显著位置予以明示，违反规定的，由商务主管部门或会同有关部门予以警告，责令改正；情节严重的，处二千元以下罚款。然而，商务部门有多少人能专门针对此事开展监督和执法检查呢？说这是一纸空文并不为过。而且，那些没有成年的男生和女生，哪个在家里逢年过节不沾点酒水？中国的社会现实风气就是这样，家长都会认为不能喝酒，以后肯定朋友不好结交，工作不能展开，日子没法混。

学生请我吃饭或者我请学生吃饭的时候，我常说，文科生要学会喝酒，还要会喝酒。然后，我端起酒杯说："我敬大家，你们随意，我干杯。"一般我会在饭桌上跟他们讲我念大学的时候，在学生工作处、校团委、校报社的老师带着我们学生去吃饭的时候学到的酒文化：喝酒讲究主陪主宾、副陪副宾、三陪三宾，主陪酒过三巡才由副陪三陪敬酒，怎么倒酒，酒杯什么时候比别人的酒杯高什么时候比别人的低，敬酒时你自己怎么喝，别人敬你你又怎么喝，怎么喝才不伤身喝得久不醉酒……

　　2009年学校开完总结大会，把全校教职工拉到小天鹅自助火锅店，我先喝了两瓶红葡萄酒，然后喝了一杯（大概二两多一点）高庙白酒，然后年级主任带着我去各桌敬酒，一轮下来我又喝了两杯鞭酒，然后我们一群年轻男同事"内讧"，我和一个英语老师喝了一杯枇杷泡酒，又和一个英语女老师的男朋友再喝了一杯枇杷泡酒，最后我和非常熟的学校保安一人喝了一瓶啤酒，打车回到宿舍，我居然没有吐，但快要醉过去了。这样的"英勇壮烈"一年里总要在我身上发生几次。我的学生说明年高考结束，要在散伙饭的时候把我灌醉，我说："谁付钱谁照顾你们呢？"

　　他们说："老师，我们已经长大了，明年，就是我们付钱我们照顾你了。"

　　我还教我的高中学生打牌。尽管我不会打麻将，连斗地主也不会，但我会打乐山"桥牌"——贰柒拾。我就教学生打贰柒拾这种牌。这种流行于乐山地区的纸牌，作为乐山的"乡粹"，由于其特有的本土特色被列入乐山市首批市级非物质文化遗产名录的。作为一种地域性极强的娱乐工具，从创立到现在，还没有一套见诸书面的完整、规范和严谨的规则。仅凭民间流行，口口相传，所以特别有意思，虽然贰柒拾只有壹到拾十个数字，只分红色和黑色牌两种，但千变万化的玩法特别吸引人。我在班上搞"贰柒拾争霸赛",只比牌技,不玩钱,结果进入决赛的前五名里只有一个女生,而最大的冷门是四个男生打牌打不赢唯一的这个女生,女生章也成了贰柒拾冠军。

你说我在赌博吗?不是,当年邓小平也打桥牌呢,娱乐而已。而且乐山的媒体也搞全市的"贰柒拾争霸赛",已经连续举行两届,比赛在电视台播出呢。还有一个叫邓碧清的资深传媒工作者撰写了一本《魅力贰柒拾》。

你是不是觉得我作为一名高中老师道德操守坚持不够,作为一名平头百姓生活趣味很俗?不过我要问,是我俗,还是社会俗?你在职场混,就很难免俗。

其实,谁也不低俗。只是面对职场或者将来的职场,我们要谋生,要好好地谋生,你可以不抽烟,但学一学喝酒打牌的"职场必杀技",是必要和必须的。

当然,光有这些"职场必杀技"还不足够,要想和《杜拉拉升职记》里的杜拉拉一样升职,还是需要知识和能力的。但在职场之中,仅仅只有知识和能力,不会喝酒打牌也是不行的。这是中国的现实,也是古今中外如鱼得水的职场成功人士的经验外现。

为了更好地在职场打拼,为了更好地谋生,为了更好的幸福生活,应该好好练练"职场必杀技"。如果有可能,我愿意开设"职场必杀技"这门课,招生的对象年龄不限,性别不限,幼儿园的小朋友也可由父母陪同前来学习。至于学费,我们面议。

你们读大学快一年了

百分之九十以上的人读大学读成了"残废"！残了才情，废了斗志，与之前紧张、有压力、有高考目标的高中生活比，大学课程的宽松、空闲的增多、生活的散漫，让很多考进北大、清华的学生都成了"残废"！我为中国大学的严进宽出感到悲哀，也为中国的教育体制感到悲哀，更为读大学读废了的人感到悲哀！

每一个大学生都至少拿出自己高中时三分之一的精神劲头，大学的生活就一定过得和现在不一样。不能绝对地说就比现在好，但是小学要考好初中，初中要考好高中，高中要考好大学，压抑了十多年，等考进了大学，撒丫子狂欢起来，散漫了堕落了不如从前了，真是非常容易出现的情况。请千万不要这样！

每个人都有自己的追求和梦想，大学生也是这样。关键是我们想了一千，说了一百，做了十，成了一。不落实在行动上，一天到晚怨天尤人，看什么事都烦，看什么人都不顺眼，蹉跎青春美好时光，就可能一事无成。敢说就敢做，敢做就敢当。有鲜明的个性不怕，就怕你没个性。说得到做不到，人生的悲哀！

中国的基础教育太严太死板，高等教育太松太死板，大环境一时半会改变不了，但至少能改变自己。不要觉得缺少高考那种紧张充实的生活节奏和高中集体生活的氛围推动，自己到了大学没有以前的感觉和氛围就不行了。要自己靠自己，要自救！睡很多懒觉，迷恋游戏，长期旷课，求包养做鸭子……不好！

我至今唯一的正式的那批学生大多快在大学度过一年的生活了。

我不太清楚你们全部的生活状态和精神面貌。我也不知道你们是否对高中三年满意、对高考满意、对我满意。这都不重要。我只希望你们记得我当时在书本之外还教给他们的为人处事的道理，有些话当时说得很"毒辣"，这个社会很残酷，你会懂的。

我有一种隐隐的担心，担心三四年之后，你们回首自己的大学生活，如果又恰好想起我在高中时对你们说过的一些话，中听或者难听的那些话，然后自己追悔不已、黯然神伤或者不禁落泪……这绝不是我所愿意见到的。如果你还"恨"我，就自己有点骨气用实际行动告诉我："大学时光我没有虚度，我过得很好"。

有人，甚至你们之中也有人，会觉得我这些话很矫情，或者来一句"关你屁事"。是的，已经不关我的事，都是你们自己的事。但是人非草木，毕竟有情，我们共同度过了两三年的高中时光，那时没有利害冲突，再骂你也是为你好，事情过了该表扬的依然会表扬，我还是会时不时关注你们。到这 2012 年，你们读大学快一年了，要好好的，加油。

你们读大学快两年了

　　我至今唯一的正式的那批学生快在大学度过两年的生活了。转眼到 2013 年，在过去的快两年时间里，我和其中一些学生有着断断续续的联系，仍然不太清楚他们全部的生活状态和精神面貌。回想 2008 年夏天到 2011 年夏天的那些时光，再看看镜子里满脸络腮胡子头发却日渐稀疏的我，仍然是感叹时光的匆匆和岁月的不饶人。

　　快两年了，我的学生里读专科的就要成为应届毕业生，读本科的也要成为学校里的老油条了。对大学生活的感受，也从一开始的新鲜变成了例行公事。你们必定体会到了大学的人情冷暖没有高中那么真实亲切，因为大学是半个社会，但也不至于到社会有时淡漠麻木的状态。或许你去团总支学生科申请助学金，或许你去教务处办手续，或许你去学生公寓管理处接受违规用电的处罚……都有遇到或冷或淡的人情，往以后看，你正在无限接近真实，面对这些你要有一颗坚强的心脏和一副淡定的表情。

　　这接近两年的时间里，你们或许也经历一些爱恨情仇，甚至也有过生离死别。或许你爱上了某一个人到头来却发现彼此不太合适，或许你讨厌某一个人最后却发现好朋友莫过如此，或许你失去了某一个至亲的人发现原来爱在心底……友情是生活必不可少的调味剂，爱情就像青春特供的奢侈品，亲情却永远是你人生的避风塘。我希望你们大胆去追求和体验人类的这三大情感，不错过不放过，哪怕痛过哭过，也要在有时间有精力能折腾的时候去用力爱用心爱，也正是如此，我认为大学才能成为人生中最美好的时光。

两年快过去了，你们可能还没有完全忘记高中的三年光景，可能还记得那时有过的想法说过的话做过的事，可能还记得那时讨厌的老师欣赏的同学喜欢的人，可能还记得那时自己特别牛逼特别开心的时候还有特别糗的时候……生活总归在具体的时间具体的地点具体的情节下要有态度，回头一看，你发现那时你的态度挺幼稚挺偏执或者挺不成熟。那这大学没有白过，人生境界又精进了不少，这正是有了更好更不错的态度。

　　面对未来，即将大三甚至毕业的你，要是还没有想明白自己想要怎样应该怎样，也在情理之中。你大概会说，要么考研，要么考公务员，要么出国留学，要么考证求职，还能怎样。耸肩。是的，中国是一个讲求"入世"的国度，也是一个注重资历和年龄的国度，世人常以"少年老成"来称赞年轻人。以我这样的"80后"为例，如今大致年龄在二十四至三十三岁之间，正是步入职场、结婚生子、成家立业的阶段，将要完成结婚、生子、买车、买房等人生中的几件大事，在物价高企、房价飞涨的今天，这些年轻人即便出身小康之家，也会感觉十分吃力。中国青年的"早熟"和时代有关。人口流动性变大，城乡隔阂被打破，工作不再分配，职场竞争激烈……改革开放后的社会转型和变革，深刻影响了社会生活的方方面面。因应时势，许多"80后""90后"不得不放弃诸多浪漫想法，终日为"朝九晚五"程式化的工作奔忙，为生活中的"柴米油盐"所累。

　　一项调查显示，中国内地上班族在过去一年内所承受的压力，位列全球第一。习以为常的加班，生活成本逐年上涨，生活环境不断恶化，加之同龄人之间的互相攀比，焦虑和浮躁情绪似乎弥漫在人与人之间每一个角落。职场中的年轻人抱怨在增加，踏实努力的人在减少。为了支付房贷、偿还信用卡，他们需要更高的工资、更高的职位……媒体报道，2013年的应届毕业生总数达到六百九十九万，加上过往几年还没有就业的毕业生，累积肯定超过一千万。一想到这些，你们是不是感觉可怕？我一路走过来，深深知道其中的曲折，也愿意在这里呐喊一声：不要过早地丢掉了你身上的浪漫情怀，只剩下安于现状的自嘲！在这行将结束的两年大学生活里，其实你愈发觉得个人素养和综合能力非常重要，哪怕把妹子或者追帅哥，除了先天生理条件，也需要各种才华。我不希望你们读死书、死读书、读书死。我记得曾经在高一的时候对全班同学讲过，如果你在高中读完一百本书，我任意抽查，你都记得其中的大致内容或者某个片段，无论时间多少，我都可以向校长申请提前让你毕业并且参加高考。看过是数量，记得是质量，腹有诗书气自华最重要。社会急功近利的浮躁风气，让你马上就可以见识到形形色色的人等，但能够独步这个江湖的还是靠自己，不断提高自己的素养和能力非常重要。这也是你读大学的首要目的。

当然，青春的人就要做青春的事过青春的生活。我很怀念在淄博的那些年，早上五点起床去葡萄藤走廊下大声朗读英语，在体育场上狂跑二十圈到小卖部开两瓶汽水"咕嘟""咕嘟"喝，回宿舍洗冷水澡、和兄弟们联机打游戏，喜欢哪个妹子就勇敢把她约出来，哪门课太无聊就找个恰当的理由请假干点有意义的事哪怕是写一篇穿越小说……每一个人都是一个独立的生命个体，不可复制，不能重来。你们读大学快两年了，要好好的，加油。

你们读大学快三年了

　　你们，我至今唯一的正式的那批学生，快在大学度过三年的时光了。到 2014 年，过去的快三年时间里，我和你们其中一些人有着断断续续的联系，但也不太清楚你们全部的生活状态和精神面貌。2008 年夏天到 2011 年夏天的三年，我们多数时间是在一起度过。过去的三年，现在的你们，还好吗？

　　快三年了，你们读专科的就要毕业了，读本科的就要实习或者准备研究生、公务员或者出国留学的各种考试了。三年可以发生很多事，酸甜苦辣、爱恨情仇、生离死别……此刻若是回首高中三年，你们的心境或许跟我一样，感觉恍如隔世。三年又三年，你们已经完全成年，都进入了为自己负责的法定年龄，或许已经明白更多事理，或许已经成熟更多，也或许还是没有长大……谁说长大就一定是好事呢？永远活在最初的美好和纯真里，总比现在看到大学和社会比高中初中小学时代残酷很多、现实很多、无力和无奈感多很多，要好吧？

　　没有办法，时间总是在流逝，人生总是要前行，生命总是要经历。你们读大学快三年了，越来越强烈的发现专业课程和知识，其实和实习啊工作啊，关系不大吧？我认识一个潮汕姑娘，学戏剧文学的毕业做了经管杂志的编辑，现在又是淘宝网的产品运营。我大学的师哥刘杰是轻工与农业工程学院的，毕业去了一本旅游杂志做采编，后来做了门户网站的教育编辑，再后来跨行进了汽车圈……还有我，一个社会学专业的，以前教你们高中历史，后来去了汽车杂志做广告客户服务，还负责生态农业的运营，然后又去了传统媒体平台做新媒体业务，

202

再到了移动媒体平台负责用户运营，现在成了市场公关……人生充满着各种可能性，做好准备很重要，但功夫在课外。你们要学会运用跨界思维，以后要学会整合跨界资源。为了工作，为了活得更好，抓住大学最后的一段时间，多看看几本有用的书，多听听几个有货的人讲，多想想几点切身的实际问题，有意义的。

大学到了这个份上，不仅仅是上课学习了。你们还要谈恋爱，还要参加一些社团活动，还要兼职挣点外快，还要玩游戏，还要洗衣服，至少衣服要自己捡到洗衣机里去……尽量试着多线性地处理事情吧。很多人同时遇到几件事要处理的时候，就抓狂了，这显得很不能适应在现代社会生活。分清主次轻重缓急，然后按照不同的优先级去处理面临的事情，人生会显得有条理有思路和有效率。单线性的大脑运行模式，可能越来越没有市场了，特别是要毕业的时刻，你们感受一下。

你们一定要懂得人脉资源和朋友圈的重要。不要读大学快三年了，还不屑地说"没有他们，我会活得更好"。首先，没有父母的感情和经济支持，在大学就会活得不太好。中国是一个典型的东方国家，每一个人就像一个点，落在人际关系组成的一个纵横坐标系上，在你精神和财务双自由之前，是逃不出去的。当然，自由了，也不一定能逃出去，那时候还有很多社会责任和终极使命感。每当你深入这个社会多一点点，就能体会到人脉资源很重要很重要。这不是让你特别功利地去和别人交朋友，去献媚或者攀附或者假情假意只为最后利用对方，不是这样的。做人，还是要有点情怀。你们应该在还没有完全进入社会、保留着更多真诚的时候，去结识更多真诚的朋友，让自己的朋友圈扩大和丰富起来。这会让你们的眼界和格局，都变得更大更好。

请继续相信爱情。尽管你们在快三年的时间里，经历了各自的情感，有欢乐有痛苦有喜悦有泪水，但是爱情依然值得你去相信。千万不要因为爱至成伤，就变得怀疑爱情乃至怀疑一切。爱情让你逐渐成熟起来，知道这其中包含的更深刻更有意味的人生情绪、哲理和责任。但在爱别人之前，要学会爱自己。连自己都不爱的人，我很难相信 TA 有真心和能力去爱别人。所以，要学会爱惜自己，懂得保护自己，免于精神和肉体的伤害。如果真的"中奖"受伤了，也请记住家是你永远可以疗伤的温暖港湾，不能向朋友诉说，请回家和爸妈吃顿饭散散步聊聊天，然后睡一觉，整个人会好很多。

你们即将踏入社会，应该知道自己的命运自己主宰，自己的人生自己书写，自己的精彩自己创造。你们还应该知道这个社会不再像以前的学校以前的家以前的人和事那么简单。即便大学像半个社会，也有人情世故，但也只是半个。社会更加复杂，有各种关系交错，也有各种潜规则在那里，还有当你面对强大的社会力量和趋势的种种无力感……但社会总的来说还是公平的还是有机会的还是值得去拼搏的。别人都可以活下去还可以活得很好，你们也可以！关键是你们准备好了吗？

积极、认真和尽力准备投身到社会之中的时候，你们也要尽情享受最后的大学时光。去年，你们的高中母校也是我的高中母校，二十年校庆，因为"火魂"奖学金的颁奖仪式和编写校史，我回到更生的校园，那种氛围那种气息，真是美好。我希望有一天可以重返校园，再做一名老师，或者学生更好。这也是我获得搜狐的集团讲师认证，继续装作"李老师"上课做培训的原因之一。而因为青春，大学可能更美好。真的，还是那句话，大学是人生最美好的时光，一定不要让自己后悔，一定要去认真书写，一定要去充实度过，一定要去尽情享受！

再次祝福你们！你们读大学快三年了，要好好的，加油。

你们毕业快四年了

好快，你们很多人都工作了，都结婚或者将要结婚了。

我感慨，也无非想写一些话，在这相对的时空聊聊天，就像当年的一次班会抑或晚自习的下课讲话，再或者，是历史课上的一次闲扯。一辈子多数时间需要履行职业角色，每个人都会有自己的职业生涯。因为社会运行的规则就是让你通过劳动来获取生存的资源，维持自己还有家人甚至更多人的生命。你需要找到职业动力。仅仅是挣钱养家糊口，还是顺便再做点更有意义的事？这应该不是问题。因为百分之九十九的亿万富翁都会告诉你，当初哪知道现在能这么牛逼！或许一切都从混沌开始。在中国四川的一个小乡村面朝黄土背朝天的种地，在非洲刚果金的一个部落里养鸡卖菜，在世界各地带着游客介绍风土人情，在北京的地铁里想着今天领导给出的季度 KPI 而倍感压力……

你不知道未来和未来的自己会怎样，骨子里，每一滴血液里，每一根汗毛都在嘶喊：活下去，更好地活下去！生存成了最大的职业动力，这才是真相。而我要进一步跟你讨论生命，你就会觉得人生这场游戏的确充满了变数。你知道吗？生命随时会戛然而止。2014 年的 12 月和 2015 年的 1 月，接连两个月，我每个月送走一个黑发人，一个还有三个月三十岁，一个才二十七岁，他们都没有结婚，他们都是北京这个大都市冉冉升起的青年才俊。我认识他们，彼此交往，是好朋友，其中一个还是认识九年的兄弟，突然就没了。

"太难"主宰生命的长度，一辆车，一个花盆，一个细胞的癌变……都会决定生死。要明白这一点并不难，但要做到有限的生命里增加生命的宽度、厚度与高度，却是十分不容易。有一种人，又过于极端，唯恐生命每一秒被浪费，让自己过得太充实，生活节奏绷得太紧，"咔嚓"，有一天就会断。所以，张弛有度在面对刚刚开启的职业生涯，比较有用。我甚至主张，把生命浪费在美好的事物上。有没有试过守三十分钟，就为了拍一片树林在朝霞之下的奇妙变化？追过妹子吧，一年半载或者一两个月的坚持和诚意，换来 Kiss 那一刻的甜蜜蜜，是不是很美好？

不要高估浪漫或者人生的传奇。有时候平平淡淡也是一种低调的传奇。世界这么浮躁，平淡而美好，一如隐秘而伟大，也是不容易。但我们习惯养成脸谱化的视角，那是一种低水平的境界：看山是山，看水是水。你们即将经过另一种境界：看山不是山，看水不是水。你会发现世界不是原来的样子，或者完全颠倒了。以前理解的对人好就是直接的好，你要什么给什么，你哭就给安慰你笑就陪你笑；现在你经历的多了，慢慢懂得原来你要的时候不给或者有条件的给也是一种好，你哭的时候骂你、你笑的时候提醒你不要得意忘形还是一种好。这就不是脸谱化了，因为世界是多维度的，你的人生慢慢立体起来，丰富起来，成熟起来。到头来，发现，一切的爱恨情仇，在岁月面前，不过是过眼云烟，回首往事，哪怕是凄美，也是释然。这是第三种境界：看山还是山，看水还是水。

世人在称呼这个阶段的你们和你们的言行举止，都会用一个词来概括或者形容或者消解：年轻人。每个人都是有情绪的，刚刚步入社会，面对一个竞争残酷的世界，工作的压力和生活的烦恼，都会产生很多情绪。控制不住是常有的事。退回去七年，我也是一个刚毕业的年轻人，能够一直从高一带你们到高三，是我的幸运，但我很多时候的坏情绪通过各种严厉或者你们眼中的苛刻表现出来，确实让你们的高中生活过得不轻松甚至有痛苦，我该道歉，很多时候没有控制住情绪。愿意的话，我们就隔空抬手，想象拍着对方的肩膀，然后你语重心长地说，年轻人啊，年轻人。这更像我一位美女朋友张琳娟说的那样：或许应该在人到中年，有了更多的人生体验和社会阅历，心态平和很多，情绪稳定很多，再去教书育人。那样，像《爆裂鼓手》般的激情会少一些，但彼此像《放牛班的春天》般温暖很多。

要学会情绪管理，越早学会越早对自己的人生有利。他们不是说人生就是一场修行么，更多的时候，人生就是一场情绪的修行。不忍住坏情绪，明天可能就被老板开掉，这个月的房租就交不上。不遭遇极限情绪，我们不知道自己的阴暗面有多大或者到底有多能忍。这样的自我认知探索或许很变态，可生活就是这样。就像爱情的跌宕起伏，也给人生带来很多历练。曾经在山东卫视做《齐鲁乡贤》栏目的美女编导刘培跟我说，季羡林当年就是没有在情感上过多的纠葛，才有更多的精力专注于学问，成为一代大师。我到今天，仍然只同意她说的季老的专注，而不同意她所说的专注的原因：季羡林当年留学时和一个德国姑娘的情愫以及回国后跟家里指派的妻子因为知识水平和思想阅历的差距没有更多可以交流的，才会让他投身到学术，沉浸其中的。他还是太孤独了，孤独的情感力量支配他去浩瀚无边的知识里寻找慰藉。

如果因此对生活和世界产生了无边的恐惧，说明你还有敬畏心。拥有敬畏心对于做人太重要了，你天不怕地不怕，觉得整个世界会围着自己转就大错特错了。敬畏权力，敬畏金钱，敬畏神明，不如敬畏生命。生命最神奇的地方，在于完全不按套路出牌，每一个生命都是独立存在的个体，你也不能像《五十度灰》里的霸道总裁一样无理地让别人干这干那。充分的尊重和理解，是敬畏心的具体表现。

如果你认为以上就是人生的全部，说明你又错了。这样该多无趣啊，人生在世最重要的是：开心。我把肉体和精神的愉悦，放在人生体验的第一或者说基础位置。这或许是你跟随了百分之九十九的大流，保持的百分之一与众不同抑或是怪异。做人就是要开心，如果一份工作长时间不能给你带来快乐，一段感情长时间不能给你带来快乐，一种生活长时间不能给你带来快乐，那就应该辞职，分手，换一种活法。人生苦短，及时行乐，追求开心。

还记得我们的十年之约吗？2015 年很快会过去，接下来的五年，我不会再一年写一篇这样的东西来"恶心"你们。等到第十年，我们回过头来看看，当初的事情你还记得吗？梦想已经实现了吗？你在他乡还开心吗？这个生命平行的宇宙，你我各自经历着自己的人生，哪怕移民到火星或者银河外，酸甜苦辣咸，唯有自知。但三年的更生记忆和开心的感觉还是一样一样的，现世安稳岁月静好，可能不会一直拥有，你会像《绝命毒师》或者《绝命律师》一样被时间和世界磨砺。

但求各自珍重。

第五章

我所讲的，就是我所想的

　　本章收录了多篇讲演稿。创作背景是，担任高中教师三年，完整带完一届学生后，步入社会其他领域工作，接着进行连续性创业，增加了不少新的人生阅历。在高中和大学母校设立奖学金，利用工作间隙返回母校和参与校友活动，在奖学金颁发现场和其他活动上，分享自己对教育对学习与成长的所思所想。

在这颗星球上，对人的投资是最值得的投资

尊敬的阮平校长、亲切的更生教工校友和前同事、亲爱的更生师弟师妹们：

早上好！

今天讲三层意思，第一层意思是"火魂"奖学金其实是对人的投资。我想起关键的一句话，这句话一直贯穿着我在大学、高中母校来做奖学金这件事情。这句话是这么说的：在这颗星球上，人才是最大的投资，没有之一。亲爱的师弟师妹们，你们的父母、我们的学校、这个社会、我们的国家，都在投资你们，都认为你们是这颗星球未来的希望。如果人能够学习进步，能够往前走，那么地球、人类都有希望。

尽管有人说环境污染很严重，有人说资源匮乏，有人说人类很多奇迹不可复制，我也获悉，前些时间，我们学校有一位小校友检查出重大疾病。大家知道，近几年重大疾病越来越年轻化，让我们所有人更加关注健康。大家也看到我们通过对人类自己的投资，不断积累科学技术知识，在攻克重大疾病。最近我也获知，在浙江有几个医学教授，在癌症上有重大突破，他们用苏打水饿死癌细胞，成功让一位肝癌晚期的患者延续寿命三年多，至今活着，堪称奇迹！而当初医院曾告诉病人和家属，如果不治疗大概两个月之内这个生命就会在地球上消失。

我想，今天站着的所有师弟师妹，包括刚才听到说钱就很兴奋的小学师弟师妹（台下笑声），你们是每一个家庭的希望，是更生未来的希望，也是这个社会和国家未来的希望所在。看到你们，我就想起早上八九点的太阳，我已是下午的太阳，但是生命是需要去创造发挥的。看我们训导处的老王主任，在我读书的时候，他的发色已经白了很多，

最近几年他的发色居然转黑，开始变得比以前还黑了。他的精神劲头、他的书法爱好和造诣，让自己的生活色彩斑斓，但他还要跟训导处其他老师一块继续关心学生们。所以我想今天讲的第一层意思是，人啊，是这个世界上最值得投资的，我们不仅要投资你们，也要投资自己，让我们有一个向前进步的动力。

第二层意思，如果我要支持大家，或者说我们要继续往前走得更顺，让需要帮助的人能够更有力量往前行，就要让更多的人能够站出来帮助别人。我非常高兴，也非常受到鼓舞的是，我们"火魂"奖学金进行到第四个年头，我们学校更生校友有越来越多的人关注、加入到奖学金出资和发起人的行列。这个地方还特别要介绍一下今年的另外两个共同的发起和出资人，他们虽然没有来到现场，但是他们委托我表达对学校教工校友、学生校友的问候。其中一位是高2008届的武江芬校友，武江芬校友非常优秀，在校的时候在高中部连续多次获得特等奖学金，最后以优异的成绩考上了南京航天航空大学，去年她研究生刚刚毕业就被美国通用集团录用，做着医疗销售支持方面的工作。武江芬校友非常感恩学校对她的帮助，所以刚刚工作一年，刚刚组建家庭，刚刚怀孕（台下鼓掌）……武江芬校友非常关心学校、感恩学校，也想支持大家一把，所以今年开始固定参与出资这个奖学金。

今年最让我感动的是，在更生历史上特殊的一段办学时期出现的中职大专班的同学，特别是刚才李继陶主任讲到了1999届成航班的一个名字，那是我的师兄，也是你们的大师兄，万仕敏师兄。他的班主任是现在我们招生办的刘地斌主任，刘主任当年对他的教育培养影响历历在目，我们之前发过一篇万仕敏怀念母校的文章，其中写道："我清楚地记得，当年刘地斌老师在我犯错的时候痛骂我的情景。"你们现在没有见到斌哥（台下师弟师妹们喊"斌爷"）痛骂人的场景吧？他也清楚地记得获得成长、担任校学生会主席的时候，校长轻拍他肩膀的温暖鼓励。他跟初中、高中部的师弟师妹们和（初高中）校友几乎没有关系的，但是他感恩学校，获得成长后，也决定加入我们奖学金的出资和发起活动中来。他也成为了"火魂"奖学金的发起和出资人，我非常地感动！有越来越多的校友有这个想法，能一起来加入，我们的力量会更大，我们以后资金的来源也会更充足，对大家的奖励力度也会加大。所以我提议在他们不在场的情况下，让他们在远方感受到这一切，一起鼓掌感谢（武江芬、万仕敏）这两位校友！

最后一层意思，各位，我今天站在一个特殊的角度，来分享我目前的感想和对大家的期许，因为在我看来：你们即将或者现在已经是更生学校的校友。我也非常荣幸的在过去很多年不断地加入到更生校友会工作，我和校长最近几年逐渐达成共识，我们坚定地认为，更生不止一个更生，有同学说"你扯拐……"（台下笑声）。我们站着的这个地方是一个更生，对，这个更生是我们更生的基础，是一个实体的办教育的地方，但我们还有两个更生：第二个更生是以我们校友凝聚起来的校友会为基础的校友更生。我们还有第三个更生，是校长创办更生以来，逐步形成一个完整体系的更生教育理念和更生对社会各个角度的解读的、独特的思想文化，是这样的一种精神主体的更生。这种更生精神贯彻着教育更生、校友更生，连同精神更生，我们就有三个更生。

我们未来学校会有更多的奖学金、助学金、还有更多帮助学校共同发展、往前进步的力量，这其中最重要的两股力量，是我们更生校友和我们更生的精神文化。我们有很多校友都非常优秀，我希望我们一同努力。在后排站着的我们高三的师弟师妹，你们再过一两百天就会完全合格地成为我们更生的校友，你们会加入到更生校友这个平台，我们会开枝散叶，到世界各地、五湖四海。最近一两年我也有机会在服务一些互联网公司的时候，出差到国外、全国各地，每每到了这个时刻，我都愿意去跟当地校友进行交流，因为他们都太优秀。给大家举一个简单的例子，就在这个周末，我们学校教务处的王德辉老师和我们的阮顿老师到杭州出差，杭州的校友闻讯之后，主动跟他们联系，要跟他们一块来一个"重回青春"之夜……（台下笑声）你们想歪了！他们怎么玩呢？他们穿上洁白的衬衫，把小学同学才戴的红领巾系在自己的脖子上，一块坐在餐厅，遥想当年在更生读小学、初中、高中的青春岁月。甚至有在部队工作的、驻地在宁波的龙阳校友，从宁波赶到杭州跟他们一块聚会，这个让我们非常感动。他们也在商量接下来如果更生更多的奖学金、助学金需要他们出力，应该怎么去办。我在从事更生校友会工作，得到这些消息备受鼓舞。

所以，今天最后再说两句话，倒数第二句话：身在此中，却不知此中有多少幸运。当你们有一天离开更生这个校园，去到别的学校，回顾你的更生生活，可能留下的一切都是美好的。曾经一切的不愉快，在你回顾学生生涯的时候，你们会觉得都是一种美好。你们现在比我们当年幸福太多了，今年回到学校发现有空调了，特别是宿舍。知道在"更生之火"微信公众平台上都怎么留言"抱怨"的吗？这种"抱怨"说"现在的学弟学妹好幸福啊，我们当年电风扇不够用，直接是往自己身上浇一桶冷水，躺到凉席上睡到半夜再洗一道"……你们现在幸福多了，所以我有信心相信你们生活、学习会越来越好，让我们以一个掌声祝愿更生越来越好！

最后一句话：我非常愿意跟师弟师妹们交流。因为我曾经也在更生工作过三年，我在更生工作的三年，在场的教工校友，有些是我当年亲密的同事，我们有很多在这个地方的青春回忆。希望我们能再一起携手前行、共同进步。有问题找老师，有需要找学校，有更多想法找校长，有更多想要做的、好的玩法找我，谢谢大家！

（第四届"火魂"奖学金颁奖仪式上脱稿致辞）

趁年轻，倒逼自己一把！

5月24日，还和刘杰、伏彦站在淄博市张店区张周路12号的鸿远楼前感慨"十年树木"，2004年的小小白杨树，2014年已经茁壮成长，尤其是启智楼报告厅外面东侧笔直的一排，大有直冲云霄的气势。大学不仅有大师更有大楼和大树，为一所大学增添一份底蕴。

5月25日，我飞行在中国八千米高的天空从北京前往成都，为同正和岛一批企业家进入西藏做最后的集结和准备，看到窗外耀眼的阳光，想到2004年和同一所高中毕业也考入山东理工大学的赖剑英一起从成都坐K207次火车前往淄博报到，经过三十八个小时的硬座，带着满嘴这一生可能都忘却不了的泡面味道和浑身的汗臭，来到了比高中大六十倍、占地面积三千多亩的大学，心中真是别有一番滋味。

十年了，大学生活四年，工作六年，时光犹如白驹过隙。十年前，我在大学听的第一场报告就在山东理工大学西校区启智楼报告厅，主讲嘉宾是著名作家张炜。那天我早早地吃过晚饭，乘坐7路公交车从东校区赶过来，座位已经没有了，只能从过道拥挤的人群里挤到前面找个空间，掏出笔和纸，边听边记边思考。张炜的报告是当时举办的"山东理工大学文化名人报告"系列活动中一场，此后王蒙、孔庆东、周思源、欧阳中石、莫言……各届名流都亲临主讲，我不曾落下一场。特别是莫言那一场报告，母校大学生艺术活动中心刚投入使用，报告会地点在里面的樱下大讲堂，我和交通学院2004级的李伟从济南赶回来，从学校正南门下车，疾走加小跑，终于赶上后面大半场。这种课堂之外，通过报告会连接更多各界名人社会精英和他们非常丰富强大的精神世界的学习形式，给了我大学生活另一种精彩。

十年后，我和刘杰、伏彦再次来到山东理工大学西校区启智楼报告厅，这次的主讲人是我们自己，听取报告的是在校的90后学弟学妹。这报告和当年的文化名人报告不可同日而语，但参加"大学生创业论坛"让我们感到异常兴奋。因为我们三人有一些共同点——

一、大学时，就都有创业的想法。伏彦毕业六年后，在2013年创办"翠辉珠宝"有限公司，开始进行翡翠电子商务创业，立志于打造翡翠玉石圈内最有价值的交流平台和资源共享平台；刘杰尽管在搜狐工作多年，现在还负责搜狐汽车一百八十多个地方站的内容运营，但从大学在校时创建"80后论坛"到工作后利用业余时间创办媒体招聘信息平台"笨鸟"网，最近又创建"车图腾"网和同名微信公众号，可知他对创业有着浓厚的兴趣和愿望；我虽大学毕业后在高中母校执教三年，后来混迹于传统媒体和移动新媒体，创建了自媒体"天方燕谈（ID：tianfangyantan）"，2014年4月离开搜狐加入峨眉山"尽膳口福"餐饮管理有限公司，这是一个传承和发展四川乐山地方特色美食——"尽膳口福"跷脚牛肉的创业公司，我担任营运总裁，忝列创业者中的一员。

二、都在母校的山东理工大学报社做过学生记者，都在"青春在线"网站做过工作人员。我们三人从大学到工作，身上的媒体属性都比较明显，我还因为曾经做过大学生记者协会第二届主席和《理工青年》报的创刊编委、副主编，获得了香港成报传媒集团的认可，出任过香港成报网总编；这些比较突出的媒体属性是因为当年的领导老师们代表母校给了我们平台和机会，我们也正好感兴趣和比常人用心一点，所以在毕业找工作和寻找与世界沟通交流的方式上不太费力；媒体属性强也容易得到更多更广的人脉资源，结交三教九流各界人士。我们一直在思考如何更好地进行跨界资源整合，让媒体属性反哺产业链，做一些实体经济的事情。

三、还是因为"青春在线"网站，我们打开了互联网这扇重要的窗口。进入互联网时代特别是移动互联网时代，一切的传统行业都在被颠覆，生产的流程、营销的方式和消费的渠道都变了；而我和刘杰、伏彦深得其中福利，从 PC 互联网到移动互联网，从本世纪初期到现在短短十五年左右的时间，我们成为受益于互联网的一代人；移动互联网时代下，涌现出无数的创业新机会，也因为互联网的硬件和软件革新，创业的成本大幅降低，创业正显得前所未有的"物美价廉"。

时任校团委创业实践部部长的刘中合老师对我们说，"第 190 期的'大学生创业论坛'具有纪念意义，你们三人回来主讲，主题符合时代，内容安排充实，现场节奏明快，同学们说讲得精彩讲得好"。其实，我们心中有愧，母校风雨走来已经五十八年，据校友办李修春主任介绍毕业校友已达三十万之众，在世界各地、在中国各行各业创业者中的佼佼者不计其数，刘杰、伏彦和我只是刚刚走在创业的道路上，是众多校友中的新兵。校友办王鹏老师非常幽默，对我们说，母校不会等到你们成功了才找上门来，母校更希望你们现在就成为学弟学妹的榜样。诚然，我们也一直在努力：伏彦的"翠辉珠宝"今年每月的流水已达二百万，预计年销售目标一千六百万可以提前实现；我负责营运的"尽膳口福"是乐山市非物质文化遗产，在世界自然文化遗产峨眉山下有两家门店，获得了 2014 年中国餐饮名店荣誉称号，成都、北京新店即将开业；刘杰业余时间创办的"笨鸟"网和"车图腾"网也稳步发展，"笨鸟"网的同名微信公众号目前订阅量已突破五万人、平均每日有二十万人次浏览，"车图腾"网的同名微信公众号开通短短一个月，在没有任何外部推广的情况下订阅量突破二万人、平均每日有十一万人次浏览……

我们因为这次参加"大学生创业论坛"再次返回母校，到达的当晚就受到校友办领导老师的热情欢迎和款待，翌日中午我的"母院"——

法学院党总支书记刘昕老师又设宴招待我和刘杰、伏彦（我们当年在"青春在线"网站工作的时候，刘昕老师是学生处分管网站的领导）。傍晚活动圆满结束，党委（校长）办公室主任迟沂军老师又联系此次活动的邀请部门校友办的主任李修春老师、活动的主办部门校团委的书记赵明老师、音乐学院党总支副书记牟万新老师（曾任"青春在线"网站指导老师）、音乐学院团总支书记施海花老师（我大学第一任辅导员老师）为我们三人举行了一次别开生面的"校友聚会"。学生工作部（处）长、武装部长刘明永老师（"青春在线"网站的主管部门）刚刚结束在北京的学习，得知我们回到母校，取消了原本第二天回来的计划，当天赶回淄博与我们相聚……在我的记忆里，每次返回母校都有领导老师的热烈欢迎和亲切关心，刘杰、伏彦还有更多理工学子和我一样，感念于心。只有更加努力提升自己，为社会和母校多做贡献，才能对得起这份师生情，母校情！

当晚的聚会上，刘杰作为我们三人中最老的"青春在线"网站成员，再次提起母校在"青春在线"工作过的一批毕业老校友有设立"青春在线"奖学金的愿望，我和伏彦当场表态全力支持。老师们都非常高兴，迟沂军老师还体谅我们正在创业，建议我们有一个准备的过程，可以再过两年，母校六十周年校庆的时候，正式设立"山东理工大学'青春在线'专项奖学金"。我们感谢老师们用心良苦的建议和鼓励，也正好用这个"两年之约"勉励自己：趁年轻，为了更好的回报母校及老师们的一片深情，倒逼自己一把，在创业的道路走得更快更好。

返回北京的高铁上，我们收到了党委（校长）办公室副主任郭万保老师（"青春在线"网站第一任指导老师）的微信消息，每次回来都给他添麻烦，每次都叫我们不要在意，他说"这算什么，我们既是师兄弟，也是忘年交"。郭万保老师还给我上过《大学生人文素养》课，他的文笔很赞，这次还在微信消息里送我们一首诗——

217

似我浓情一夜雨，为君着意洗尘霾；

心怀赤胆回母校，口吐莲花上讲台。

笑看当年桃李树，还期异日栋梁材；

金樽好酒留不住，奋骥常将鹊报来！

　　临走前，校报社长、当年我在大学生记者协会的"师傅"穆冠成老师还找了 24 日上午的间隙让我们和在校学生记者见面交流了一下，《山东理工大学报》即将迎来创刊三十周年，他对我说"多关注母校发展，多为校报建言"。学生工作处副处长王玉冰老师（我在"青春在线"网站工作时的指导老师）还送我们母校精美的明信片、笔记本和学弟学妹们心灵手巧的绘画书签。我原本计划在"大学生创业论坛"上送出二十本自己正在百度上预售的新书《颠覆：移动互联网时代的另一种裂变记录》，后来也因为学弟学妹们太热情，送出去了五十本……母校的可爱和母校师生们的亲切就是这样给我们许多温暖和动力，母校给予我们的太多太多，我们能回报母校的却太少太少，我们只能更加珍惜，勇往直前。

（2014 年山东理工大学校友讲坛脱稿演讲）

我们把这件小小的善事做了

尊敬的（山东理工大学）刘国华副校长，亲爱的迟（沂军）老师、刘（明永）老师、郭（万保）老师、李（涛）老师、王（鹏）老师、陈（兆磊）老师：

感谢大家这段时间以来，前前后后为这个奖学金的费心，大家辛苦了！

"青春在线"网站是 2001 年 11 月 8 号成立，成立以来历经十七届团队，近期刚刚完成了新鲜血液的更换。在这个过程里面，我们中间这几届，因得天独厚的条件，得以将前前后后的站友串起来。我们很感念在校的时候学校的培养，"青春在线"网站在党委学生工作部的领导下，给我们创造了巨大的发展空间。

我们一直有个想法，当有一天我们能够发展得很好，一定要传承"青春在线"这种积极向上、勇于拼搏、敢于创新甚至积极创业的态度，设置这样一个奖学金。这个想法是当初刘杰提出来的，先后有咱们两任学生工作（部）处的领导迟沂军老师、刘明永老师见证。前年我们"青春在线"在北京香山聚会的时候，迟老师就说，奖学金金额不在多少，但是心意和这种精神非常重要。去年刘明永老师在百忙之中参加了我们的聚会，表示，"青春在线"做（奖学金）这个事是为大家服务的，只要大家有这个想法，咱们学校也一定非常感谢和支持。在这种情况之下，我们前前后后准备了很久。

虽然现在经济不景气，创业维艰，我们的感觉是挣钱不容易但是花钱更难，尤其是把钱花到该花的地方。我们反复讨论这个奖学金如何设立，怎样才能让它更为持久，更能够扶持到我们学校创新创业的师弟师妹。我们反反复复讨论后决定，"青春在线"创新创业奖学金一定要与过往的奖学金有所不同。所以在具体设立奖学金的时候，我们考虑了两个方面：第一个方面呢，它确实能在不同层次上给予学生现金鼓励；与此同时，为突出创新创业的主题，我们每个人还将拿出一笔可观的资金对这些创新创业项目投资入股和做深度孵化指导。这样两个方面的结合可以把投资和公益联结起来，而且更有利于奖学金的持续发展。

在"青春在线"创新创业奖学金成立的前夕，我们也请教了我们的师兄师姐，他们也很支持。我们做成了一个众筹式的奖学金，未来"青春在线"奖学金不会仅仅局限于我们五个人，也可能明年会有更多关注"青春在线"奖学金的站友代表、校友代表甚至是更多对我们学校这种创新创业精神有兴趣的社会人士，通过众筹的模式加入到这个奖学金出资队伍中来。现在这个奖学金刚刚种下一颗种子，甚至还没有发芽，未来能不能长成一棵参天大树，请今天各位领导老师还有我们"青春在线"的兄弟姐妹们一起来见证。我们希望能把这种精神传递下去，把我们的初衷做好。

刚刚也跟吕（传毅）校长（注：仪式前，时任山东理工大学党委副书记、校长的吕传毅教授会见了"青春在线"创新创业奖学金发起与出资人）谈过，为什么我们这些年轻的校友厚着脸皮来设立这样一个奖学金？按一般来说是不太可能的，年轻的校友自己也处于创业阶段，没有更多的资金能力，但是我们想，也有做成的理由。第一个原因，年轻校友更有活力、敢于拼搏，我们就是要倒逼自己一把，我们就是要通过这个奖学金的设立来时时刻刻提醒自己，今年必须多挣一部分钱，这部分钱一定要留在那，把这个奖学金做得更好。第二呢，既然我们和母校的感情非常深厚，也感念母校对我们的培养，我们就做个示范，起个头，看看能不能在中国高校风气里引领新的潮流。我们在做的过程中也希望能凝聚更多的校友。我们学校已经有将近二十七八万的校友，这一点很可怕。假如一个人每年拿出十块钱、一百块钱，滴水穿石，就能将这个小善不断凝聚成大善。第三，我们自己会很开心，也能让更多的人来享受这种积极的慈善能量。

所以，我再次代表我们五位对学校领导老师的支持和前前后后的努力表示感谢。今天这个日子非常特殊，11 月 8 号，中国的记者节，我们也感谢在大周末帮我们做这些事的老师记者、学生记者们。在"青春在线"成立纪念日这样一个好日子，我们把这件小小的善事做了。

再次感谢领导老师，感谢大家，谢谢。

（2015 年"青春在线"创新创业奖学金签约仪式上致辞）

"火魂"奖学金可以是"火锅"奖学金，
更生校友力量不断凝聚壮大

亲爱的师弟师妹们，亲切的阮顿老师及更生的广大教职工校友们，还有此刻仍然在康复期间但孜孜不倦工作在小学宿舍楼上的阮平校长：

大家好！

首先还是向所有的老师和同学们道个歉，耽误大家大课间的时间、可能还有第三节课的部分时间。我们在这里集会，我很感慨，第五年了，今天也想借此机会表达三个意思。

第一个意思，我是想说"火魂"奖学金，它有一个梗，这个梗是在现在众多流行的手机或者网络输入法里面，当我们输入"火锅"的拼音字母的时候，也会出现"火魂"两个字，当我们输入的"火魂"的拼音字母的时候，你也会发现首选项可能是"火锅"。所以我曾经开玩笑地跟阮顿老师讲，我说"火魂"奖学金有可能更多的就是"火锅"奖学金（全场笑声），就是请我们的几十位同学吃一顿火锅。但其实这里面有一个更深刻的、更有意思的含义：如果我，包括武江芬、万仕敏、吴平超等校友，我们每一年、每个月请客，少请一次火锅，少吃一顿火锅，可能我们的"火魂"奖学金每年的奖金款项就累积出来了，所以它真的有可能就是火锅奖学金。这个"火魂"奖学金，我觉得最大的意义是告诉我们，做公益，做慈善，或者说做一件好事，是很 easy 的事，它没那么难，尽管也不是那么轻松。现在我们做下来还做到了第五年，这里有可能很多师弟师妹已经见我见得有点烦了，颜值又不高还每年都回来，脸皮够厚的。

第二层我想表达的意思就是，"火魂"奖学金对于我们来说就好像是一种倒逼自己一把的动力，它会 push 我们在整个人生里面去反思自己，去提高自己，把自己变得更优秀更强大。因为只有我们这些奖学金的共同发起和出资人工作得更好，才能够去把我们更生的精神，去把当年老师教给我们的东西发挥得更好，可能最终来讲，我们的"火魂"奖学金才能不断的壮大，帮到更多的师弟师妹们，这点从来不含糊。我每年大概都会给自己一些新的人生目标，因为我觉得人生要过得有意思、有突破。今年我就做了两件事情，第一件事情，就是 5 月份的时候我应邀参团去了尼泊尔，参加珠峰 EBC 大环线和珠峰大本营的徒步之旅。师弟师妹们，我们大概用了半个月的时间，从海拔三千米的地方徒步，一步一步、一点一点地走到了海拔五千六百米左右的珠峰大本营。在这个过程里面，最难受的是适应每一天自己体能、心理和情绪的变化。但我觉得我有一个特点，越到海拔高的地方就越兴奋越嗨。所以大概到了海拔四千米到四千五百米的地方，同行的朋友还给我录了一个视频，我在那里跑步上台阶，这在高原反应很重的地方，对很多人体质是极大的挑战。但是我很开心的是我利用三年的时间，从 2014 年到 2017 年，圆了我自己的梦想，珠峰大本营的北线和珠峰大本营的南线，这两条线我都走完了。所以有可能我应该是第一个把珠峰南、北线大本营走完的更生校友（现场掌声），我觉得这点就有突破，就有意思。希望"火魂"奖学金也能对师弟师妹们突破自我产生推动！

第二件事情是今年 6 月到 7 月，我参加了中国人民大学新闻学院的媒体攀登计划专家培训班，我发现今年我就跟这个攀登啊爬山啊有点缘分，在这个班级我们享受了人大最顶尖的师资，以及中央电视台、新华社、中国青年报等一线资深老师们的培训和指导，让我们对自己的专业，对我们的工作都有了进一步的思考和提高，这点我觉得很不容易。

但是呢，通过这两个月的培训，我就成为了一个人大的编外校友。如果有同学留意人大的相关信息就知道，今年是人大八十周年的校庆。人大今年有两件事情让我有深刻印象，第一件事情是人大两个杰出的校友：京东集团的创始人及 CEO 刘强东，高瓴资本的创始人张磊，他们相继回到母校，一口气一人捐了三个亿。从此人大有一个坊间传说，就是回母校你首先得揣三个亿，好在我们更生学校还比较包容，我们回来还没有这么高的门槛。但是人大的校友又做了第二件事情，在人大校园的旁边有一个地铁站，就叫人民大学站，他们最近把人民大学站进站通道的广告包了，全部用来祝贺人大的八十周年校庆，而这些广告主要是述说在人大八十年的历史上，所有著名的学者和杰出的校友的故事，这一点激励我们不断向前，虽然我是一个编外校友，但是我觉得也享受到了它这个荣光，它鼓励和指引我在人生的道路上走得更进步。

我们更生学校的历史上，也有好几个非常优秀的校友考入了中国人民大学，所以我希望我们一块儿借助这种动力，以自己未来所在的理想大学为动力，或者以我们的母校为动力，去奋斗。我在这个地方立一个 flag，立言为证：我希望在更生学校三十年校庆的时候，我们校友把 5 号公共汽车所有的车体广告给包了行不行？（现场学生：行！）以后 5 号公共汽车就是更生的大巴！（现场掌声）

同学们、老师们，我最后想要表达的一个意思就是想说，我还兼任着学校校友会的相关职务，但我非常非常愿意去做这份工作。因为，我很欣喜地看到在更生的不断发展历程里面，越来越多的校友凝聚起来，形成了一种力量，这种力量至少有两个方面的积极意义。第一个积极意义是我们共同交流互助，彼此肩并肩，齐头并进地去把自己的人生奋斗得更好，以别人为榜样，见贤思齐，往前发展。第二层意思是，记得在今年 7 月份，我赶回乐山去看望正在休养和康复阶段的阮平校长，他无意之间说了一句开玩笑的话：以后更生有可能真的有一天会变成一个由更生校友们共同来创办管理、推动发展的学校。这点让我很振奋，因为我已经看到了这其中的希望，在各位师弟师妹们周围，其实已经有了很多更生土生土长的、饱含着更生基因的师哥师姐。他们返回母校来工作，成为你们的老师，与他们之前的老师、现在的你们，师徒三代，同台竞技，这是我们更生的一个最大的特色。而这里面以阮顿老师为代表，因为她也是高2002届毕业考入大学的更生校友。我有信心，我相信，在阮顿老师和其他老师的共同努力下，在我们更生校友们的共同关注和支持下，我们的"火魂"奖学金会越来越壮大，我们的同学们会发展得越来越好，我们的更生学校将会迎来更辉煌的明天！

谢谢大家。

（2017年第五届"火魂"奖学金颁奖仪式致辞）

225

你跟我一起，打造人生一种共同的价值升华

尊敬的赵明部长、丁桂波院长，学生处、校友办、创新创业学院的领导老师们，亲爱的各位师弟师妹：

大家上午好！

站在这里心情比较激动，想起昨天北京风大冻得不行，我参加了苏宁春节大促发布会就急忙赶往南站，几乎在最后时刻坐上了G475，来到淄博。

我想这就是创业的节奏吧，没有周末节假日，没有喘息的机会，就是一路向前，就是干，Just Do It。

尽管我还在创业路上，尽管还做得不够好，但非常高兴再一次回到母校，在"青春在线"创新创业奖学金一年一度的颁奖现场见到大家。这让我想起当年在学校的时候，就和奖学金的共同发起与出资人之一2001级校友刘杰说起：等俺们以后挣钱了回学校设一个以"青春在线"为名字的奖学金。也让我想起2016年第一次颁发奖学金的时候，时任山东理工大学党委（校长）办公室主任、现任德州学院党委委员、副校长的迟沂军老师说：将来功成名就回校轻松地颁奖学金，和现在创业不久回校郑重地设奖学金，心意和分量是完全不一样的。更让我想起"青春在线"创新创业奖学金应该是山东理工大学设立创新创业学院后的第一个创新创业奖学金，是所有发起与出资人在人生创业路上倒逼自己一把的动力。

看到今天一个个获奖的师弟师妹，我由衷地祝贺与羡慕。因为你

们有着年轻就不怕失败的试错成本，你们有着更多的创新灵感和更强的创业动力，你们甚至有着在前面探路的我们可以避免走更多的弯路。

最近一两年，全球包括中国经济大势不太乐观，创新创业也在不断寻找新的动能。作为你们的师兄和更早创业的人，我给你们提出三点建议：

首先，历练自己和团队一直坚持创新的精神和不断抗挫的创业心态，这是基本面。

其次，打磨自己和团队的差异化竞争力和高于同行的业务能力，这是主要面。

最后，形成自己和团队活到老学到老的学习习惯与永远好奇的探索精神，这是加分面。

建议我不展开细说，相信你们在创新创业过程中，能得到日益增多的实践感悟和体会。这也是我对母校情深的原因之一。当年在山东理工大学求学时，母校的良好体制与机制还有很多领导老师们，给我提供了"青春在线"网站、大学生记者协会、团委、学院班级等等平台，在正式离开象牙塔奔赴职场和社会前，得到了相当充分的实践与锻炼。

进入了社会，你们会发现大学真好啊，不光是可以 LOL、打打"农药"谈谈恋爱或者文体两开花，也可以和志同道合的人一起做点有趣的事有意义的事有创新创业价值的事。

生命很宝贵，生命也在于折腾。希望你们珍惜，希望你们尽情地折腾。如果有一天，你们超越了我，超越了更多的师长前辈，你们就成就了，也就活出了精彩。

创业维艰，做任何事坚持也都很难。就像我们的"青春在线"创新创业奖学金，也不知道能坚持做到哪一天，但看着你们的创新创业成绩，想到我们能够锦上添花地送上鼓励与祝福，我就觉得坚持很值得。如果有一天，你们也有心愿和能力加入到共同发起与出资人的行列，那就是我们设立此奖学金的一种有趣回报，是山东理工大学学子们创新创业一种有意义的代际互动，是我们几十年人生一种共同的价值升华。

谢谢大家！

（2018 年 12 月 28 日青春在线创业创业奖学金颁奖仪式致辞）

毕业十年，大学还是人生最美好的时光

尊敬的刘昕书记、王玲院长，社会学系牛喜霞、秦克寅、刘海鹰、胡安水、迟丕贤、马东顺诸位老师，曾经担任我们辅导员工作的李华伟、李红玲老师，还有各位一起返校参加聚会的老同学和你们的家属特别是社工 2004 级二代：

大家下午好！

今天激动万分，也感慨万千。

当年在教学楼上课，在实验室做讨论、调查、问卷统计……往事历历在目，牛喜霞老师的认真钻研劲头、秦克寅老师的胸有成竹范儿、刘海鹰老师授课的激情饱满、胡安水老师的智慧幽默、迟丕贤老师的爱生敬业、阎更法老师的讨论课堂、张建华老师的搞笑段子……还有倪勇老师打印一张纸能讲两课时的霸气侧漏，都化为一生难忘的印记。

当然上课玩手机、拿书挡着睡觉、偷偷逃课，也是大家学习中偶尔会犯的毛病。

有一次在三号启智教学楼，我和付新运坐在一起，在社会工作导论课上开小差聊天，不知讲到什么笑出了声，授课的成伟老师一次提醒后我们还笑，第二次终于忍不住生气了，她说"这节课不讲了，你们俩上来讲"。幸好很快下课铃声响了，我们去道歉、周末打电话再沟通，成伟老师执意要我们下周上课上台讲社会工作中的移情和同理心知识。想来是新运"大智若愚"，刻意不准备上台照本宣科读了几段书上的表述，然后多少准备了下的我上台傻乎乎吧啦吧啦讲了十分钟，还煞有介事地谈了我对知识点的理解，记得张笑同学当场跳起来起哄带头鼓掌，搞得成伟老师和我都很尴尬。

在阎更法老师的性别社会学课上，我也有一次上台分享。阎老师给大家影印了弗洛伊德的《性学三论》，前半学期课堂上分组研读，后半学期每组推选一人上台分享体会。我被所在的组推选上台，在黑板上先写了"性"和"情"两个字，然后分别加上了一个"爱"字，谈完对人类三大情感之一的爱情二元和男女二元的理解后，我又在黑板上写下了"中人"两个字，和"性情"连起来就是"性情中人"，表达了对人的情感的一些粗浅理解。十年之后仍然感激阎老师当场的表扬和同学们的掌声鼓励。

但我的分享都比不上全西艳的一句话让人拍案叫绝。记得也是在咱们实验室，一次小组讨论上，我们小组的话题是"中国人的处女情结"，小组里有男有女，女生都有点羞于发表观点，我也说在传统中国社会里男人有这个情结、女人也受社会影响带着这个情结。清楚地记得，等到全西艳发言的时候，他站起来，一脸认真地说："对我来说，处女情结是没有的，因为如果我爱一个人，在乎的不是对方的身体，而是对方的心，得到了对方的心，也会得到对方的整个人。"整个小组不由自主地鼓起掌来，尤其女生们"哇""哇"地喊着鼓掌。

全西艳的发言让人惊艳，也难怪他最后能到英国专业排名第十四位的华威大学社会学系并获得博士学位。

坦诚地讲，当年一年级大文大理学习后，凭综合成绩选择学院和专业，很多靠前的同学去了经济、管理学院，而社会工作专业也是法学院三个专业里最不被了解和看好的专业。但像我这样的经常逃课去做其他校园工作、学习也不算拔尖的，到最后毕业论文《论大学生基督教团契的现状与发展趋势——以山东理工大学为例》能获得牛喜霞等老师打出建系以来的最高分，除了选题比较新颖，可能还真是系里论文指导老师秦克寅和其他老师们三年栽培的结果。因此，更不要说我们社工 2004 级很多更优秀的同学当年成功考上研究生、选调生、公务员，还有从商从教、各行各业的……经过十年，大家都在自己所在的行业领域小有建树。

十年来，我当过老师、做过广告、卖过土豆、伺候新老媒体、搞餐饮、开超市……不论是引导学生、管理班级、领导团队、经营公司，每一次跨行、每一个工作我都深深感到社会工作专业、社会学科带来的触类旁通、系统思维、视野开阔和阐述分析、查找症结的能力。社工 2004 级的专业必修课、选修课有社会学、社会工作导论、外国社会学史、中国社会思想史、社会心理学、法律社会学、性别社会学、社会发展概论、社会统计学、心理咨询、小组工作、团体工作、人力资源管理、物业管理……一系列课程设置具有综合性、复合型的特点，学得不好可能觉得很杂，学得好就会觉得一通百通。

十年来，我忘不了 2008 年毕业季，时任法学院党总支副书记的王仲孝老师、团总支书记李华伟老师、辅导员李红玲老师与法学院的2004 级学生干部在花园餐厅最大的圆桌上依依不舍，流泪拥抱；我忘不了当年母校推行本科生导师制，和徐强等同学分到了时任法学院院长刘冠生教授为导师，他帮助徐强解决了勤工助学岗位，知道我家里困难还塞我一个牛皮纸信封，那是他被邀请到校外做讲座得到的二千元钱。我也忘不了李华伟等老师尽可能顾及到品学兼优和家境困难的同学，还推荐我到学校里获得了国家励志奖学金和校社会工作单项奖。有一次有急事周末找李华伟老师盖章，我俩到了办公室门口发现没带钥匙，身材有些发福的他灵机一动让我从隔壁翻窗子进去开门，这才盖好章把事处理好了。如今我也圆润得也像极了当年的他。我还忘不了 2 号公寓楼男生 452 宿舍，我们一个宿舍三个主席，有院学生会主席李元俊、院社联主席杜伟和校大学生记者协会主席我这个"冒牌主席"，可我们宿舍的卫生和纪律成绩屡屡踩红线，毕业离校前收拾宿舍阳台，才发现云南来的刘正鹏同学吃掉的几十瓶老干妈和上百个可口可乐瓶子。

十年来，我在四川雅安见到了徐强，在广东中山见到了付新运，在重庆见到了赵秀娟，在济南见到了李元俊、傅书萍、周蓉蓉，在潍坊见到了杜伟、张伟、李永平，在广东深圳、云南昆明、首都北京见到了冯刚、姜燕，在江苏南京见到了李玉波……

今天返校又见到了这么多的同学，据说我们是2004级法学院三个专业里十周年聚会返校人数最多的一个专业，让我们为自己鼓个掌！我还在广州和阎更法老师相聚，在首都北京、淄博和刘昕书记相聚，在淄博也和王仲孝、牛喜霞、刘海鹰、秦克寅、马东顺、李华伟、李红玲等老师相聚。这真是，社工师生在校一家人，毕业更是一家人。2016年在印度出差因为给牛喜霞老师家人买药，我也提前三年见到了《我不是药神》的一部分类似情节，但能帮到老师或同学，我都会觉得很开心。

更有缘分的是，十年之前马东顺老师是我在校报社大学生记者协会的指导老师，十年之后他读研成了和我们同一个系按年龄的师兄、按入学的师弟。

美好的回忆又在眼前，美好的聚会就在眼前！回忆里，还是毕业散伙饭当晚，这帮同学觥筹交错，男同学之间抱膀子干杯，女同学之间搂腰合影，男女同学之间拥抱告别。那晚加上大一宿舍撸串儿、学弟学妹请宵夜，我一共串了三场，当时的女朋友踩着自行车黎明把我驮回去，我在后座上揽着她的腰，微风拂面，觉得美好不过那一刻。

今晚，我们又要举行毕业十年的相聚晚宴。希望老同学们不要学网上的"同学会拆散一对是一对"，而要学"同学会开心一醉是一醉"，大家一定和领导老师们开怀畅饮、多多叙旧，珍惜相聚的每分每秒。

因为我们又回到了自己可以骂 N 遍但绝不允许别人骂它哪怕一遍的母校，回到了倪勇老师说的度过人生最美好时光的大学！

　　谢谢！

　　（2018 年山东理工大学法学院 2004 级社会工作专业毕业十周年聚会致辞）

但凡成事者，自然有文笔

　　历朝历代，大文豪就不说了，从政经商的，但凡成事者，有格局有情怀则自然有文笔。

　　表达往往是面向公众的。人在天地之间，从降生开始，除了不断接收外界信息内化为自身的一部分，还要因为生存和生活与外界的人、事、物发生联系，从而有了交流和表达，所谓吐故纳新。找到一种属于自己的表达方式，文字、图片、音频、视频抑或现场表达，不要放弃它，假以时日，用人生阅历和生活体验，用情怀用格局，去填充它去强壮它，你就成了。

　　仅仅从文字表达而言，往往是厚积而薄发，内在的东西通过文字自然地流露和传递。文字既是别人认知和感受你的载体，你也通过它输出情绪，让自己内心世界和你之外的世界产生连接和交流，从而让你和别的人、事、物在一个生态里达到平衡。这文字是你写给别人的，也是写给自己的。

　　以前说，字如其人，字因人贵，好比面由心生，面随气行。文字形成文章，从而拥有文眼、文风乃至文骨，只要确实是你亲自所写，毕竟是你生命的一部分，必定体现你本人。常常听到有人说"写这个找不到感觉啊""最近没有心情写喔""这个没有写过呢"……都是写作上的阴阳不平衡，自己处于入门级的上下浮动，没有突破写作抑或表达的心理高原期。也有的人一生停留于此。

　　很多人写作情绪极不稳定，创作感觉时好时坏，多数时候是受心情影响和外界干扰。能让自己达到平衡，从文字表达这个方式去保持一贯而有品质的水准很难。但如果阳面是可以随着人、事、物而喜怒哀乐，阴面是内心深处保有一份纯真和理性，静水流深，其文字形成的文章，多半不差，或许还能螺旋式上升。

中国人很早地参透了阴阳平衡，也就是出世和入世。一个人做到既能在人群喧闹中吸引眼球拥有话语权，一呼百应；又能在灯下独处，青灯古卷，出，可为相；退，可为民。如此，就已经达到心灵上的极大自由和平衡。把文字当作信仰，确实是一种纯粹了，这是出世。但文字同时又能是很多人挣钱养家的手段，很多人追逐功名利禄的工具，很多人彪炳千秋成就伟业的背书……这是入世。

但我不太喜欢在入世的时候用出世去粉饰，按照现在的话讲，就是这样做太装。把入世做到极致，自然就到了出世的时候，二者混杂，不仅不纯粹，而且是自毁修行的节奏。

这也是用文字表达的诚意。诚意从来没有高低，有就是有，没有就是没有。但是诚意有对象，有时候是为稿费有诚意，有时候是为真情有诚意，有时候是为自己有诚意，有时候又是为芸芸众生有诚意。因此，写作是有价和无价这个区间之间的事。

人生于世，是一次修行，这过程里总有三种自由值得我们追寻：财富自由、时间自由和心灵自由。表达的水准高低，跟追寻自由的能力和可能性息息相关，我总是希望自己和亲朋好友都能找到适合自己的表达方式，让自己在人生路上去连接世界，向自己和外界传递修行和追寻到了什么程度的信息。

（2018 年媒体高层闭门私享会分享演讲）

相逢的人会再相逢，我们创业的江湖再见

尊敬的各位领导老师，亲爱的学弟学妹们：

大家上午好！

原本这次颁奖仪式，推选中文专业 2002 级校友、山东麦多多、米来电商联合创始人、总经理，德州市第十八届人大代表，徐栋祖先生代表奖学金共同发起与出资人们致辞的。但因为家中突发急事，他不能亲自到场，临时改为我来代表他及其他发起与出资人发言。

徐栋祖先生是我的师兄，也是山东理工大学"青春在线"网站第五届站长。我与"青春在线"结缘，第一个见到的就是他。那是 2005 年 4 月，在当时文学院蒲公英文学社社长刘文兵的引荐下，我在钱家村现在的稷下湖里饭馆见到了徐栋祖，并且初步了解了"青春在线"的招聘考试等机制。后来经过笔试、面试，我进入"青春在线"试用，第一篇消息稿也是徐栋祖在电脑前逐字逐句当面修改的。到了当年 6 月，随着第四届站长刘杰等一批站友因为毕业等原因卸任，徐栋祖由副站长正式成为站长，我也转正成为采编部成员。

栋祖做事极为认真，狠抓细节，严厉中不乏人性关怀，倡导一种专业精神。我后来成为第七届"青春在线"网站站长，一路的成长发展也受到他的影响。

他早我两年本科毕业，然后在青岛闯荡过，也做过北漂，最后和爱人决定回到家乡德州市夏津县创业。栋祖率领他的创业团队一方面做好电商客服业务，另一方面挖掘地方特色品牌。2017 年暑期我陪同

另外一名家乡是德州的师兄、"青春在线"网站第一任指导老师、咱们学校生命科学院的党总支书记郭万保老师率队到夏津县参观考察。我见到了徐栋祖他们一千多平的地方特产品牌展馆，看到了几十个人团队的激情晨会，感受到了他们在三四线城市创业却服务着远在千里之外的很多知名品牌和对德州、夏津在京东等电商巨头平台上的特色品牌馆的支撑。

不仅仅是徐栋祖，作为"青春在线"创新创业奖学金的共同发起与出资人，刘杰、伏彦、王成、时艳涛和我，也在创业路上摸爬滚打。马智、王嘉、宁文洁也在各自的工作和生活里发挥着创新创业精神。

精神要传承，情怀才能流传。我们共同发起与出资设立"青春在线"创新创业奖学金，就是希望鼓励山东理工大学的学弟学妹们积极创新、努力创业，就是希望"青春在线"这四个字所代表的创新创业精神能够传承发扬。

2019 年即将结束，现在可以负责任地说，它可能是过去十年最差的一年，也可能是未来十年最好的一年。因此，我代表所有发起与出资人向大家分享五点体会——

一、坚信一万小时定律，不断打磨自己的基本生存技能和不同于其他人的专业长项。

二、做离钱近的事，要保持对商业逻辑清醒的持续认知，避免被欲望黑洞吞噬；做离钱远的事，要沉得住气静得下心耐得住寂寞，避免鼠目寸光前功尽弃。

三、合伙人一起创业，其实比谈恋爱还难，比婚姻更有风险，不仅要有很好的准入和过程约束、激励机制，也要有合情更合理的退出机制。

四、创业不光讲究智力、体力、能力、耐力、定力，还需要打磨心力，要不断打磨。

五、每个人创业所追求的梦想都不同，有大有小，但没有高低之分，梦想可能很不值钱，但对具体个人而言，梦想都很值得。

感谢母校山东理工大学为我们提供创新创业的舞台，祝贺所有获得"青春在线"创新创业奖学金的学弟学妹！徐栋祖和他爱人聊天，偶然得到一句很不错的感悟："知识是为了工作，工作是因为有爱"。他们希望学弟学妹们在学习的时间好好学习，立志、修身、齐家、治国、利天下，把自己的命运与祖国的伟大复兴相连接，克服精致的利己主义，中华民族的伟大复兴必将在你们身上得以实现！

假以时日，你们将会和很多优秀校友比肩，甚至超越绝大多数人，我和所有发起与出资人都衷心的祝愿并且相信这一点。

人生宝贵，世界很小，相逢的人会再相逢，我们创业的江湖再见！谢谢。

（2019年12月27日"青春在线"创新创业奖学金颁奖仪式致辞）

第六章

对中国的教育：有态度，没情绪

　　本章从自身的实际经历和思考出发，对教育一些具体现象与问题表达理性的看法。全书也从感性的分享，升华到理性层面的思考总结。

人工智能时代的育儿观

我们处在科技与人文交汇的历史时刻，尤其是生成式人工智能（AIGC）、混合现实（MR）的头显等面世，这些设备与技术让人类社会主导的地球文明进程显得关键而微妙。

毫无疑问，我们这代人正在见证历史，人工智能时代正在到来。时代给予的方方面面的命题很多，育儿就是其中具有代表性的一个。碳基生命之外，硅基生命加入地球文明进程，人类的育儿，要额外考虑未来的生存竞争有人工智能的因素。

毕竟，人工智能不需要休息，无时无刻不在训练与进化。倘若一天，地球被人工智能统治，抑或人类所有的生产活动被人工智能取代，是否下一代或者说育儿就无须考虑学习和提升自我了？

答案应该是否定的。基于人类自身发展与安全的需要，加上文明进化的需求，育儿非但不能减弱反而更要全面加强。

但加强不等于简单的与"鸡娃"划等号，也不是人人都要做北京海淀的家长。我们需要的是，一个在人工智能时代的育儿观。

换句话说，就是人工智能时代，人类的下一代，究竟应该成长为什么样的一代人？

人工智能经过一定时间的训练和演进，在体力劳动和脑力劳动上，都会达到甚至赶超人类的平均水平。过去和现在，地球文明进化史，主要呈现人类文明的三大特征：丰富性、多样性与独特性。未来社会，人工智能创造的文明，在丰富性和多样性上，与人类齐头并进是没有悬念的。但在独特性上，人工智能无法像人类一样在地球上体验，并且因时、因地、因人而异。也因为这些原因，每个人都是独特的生命存在，具有生理、心理和灵性上的细微差异，导致每个人都与众不同。

即便人工智能训练与进化跟上，进行各种细微的参数调整，但像人一样基于自身的独特性，从而进行灵性创造，恐怕人工智能是无法实现的。

不过，令人一定程度担忧的是，现在的青少年四体不勤五谷不分。作为未来人类的主力群体，当下青少年相比过往任何历史时期都缺少足够的生活体验。

是时候更新我们的育儿观念了。人工智能时代，我的育儿观主要是三点：

第一，下一代人要有基于生存必需与基于兴趣必要的知识素养，构成自己独立的认知和思维模式。碳基生命也得有自己的行事行为模式，知道逻辑并懂得运用逻辑，能够独立思考，是在人工智能时代生存生活的基本要求，如此才能与硅基生命共存共荣。

第二，着重培育下一代人的想象力与审美力，那是人工智能时代，碳基生命与硅基生命最大的不同点，也是其最大的独特性所在。即便人工智能发展到高度文明，也不能拥有像人类一样独一无二的想象力，更不具备基于自身独特体验而累积产生的个性化审美力。

第三，引导下一代人培养自己至少一项特长，使之终身能够靠着特长，向外增强辨识度，向内调解自我、获得人生的自洽。在人类的族群、种群和社群生活中，一个有特长的人就有自己的特点，人生就会有特色，容易在群体生活中脱颖而出，并且在遭遇人生危机例如更年期时，凭借特长寻求到自洽。

在我的育儿观里，人工智能时代的未来人类，应试的成绩或者竞争的排名不再重要。基础教育，特长教育，美育，这三个方向的育儿，变得日益重要。以人工智能为代表的硅基生命，想要克隆或者用最佳参数去生产一个仿碳基生命，并没有什么问题。然而几乎可以肯定断定的是，独立、独特且有相当水准想象力与审美力的碳基生命，不可能仿制。

拿什么拯救你，我的中国男孩？！

中国的男人已经不像男人了。

2006年中央电视台的春节联欢晚会上，有一个小品叫《炪耳朵（音：Pa er duo）》，是西南地区特别是川渝两地独有的方言，"炪"读音pa，左右结构，偏旁火部，右边是巴，原意为被火烧、火炖得很软，这里指丈夫在经济家庭地位等方面被妻子控制，火巴耳朵指代对妻子很畏惧、在妻子面前言听计从的男人。

由于现在生活的物质压力越来越大，房子、车子、位子、票子、儿子……很多中国的男人已经心有余而力不足，这种整体的疲软状态在社会各个层面随时随地都能碰到。

其实，最要命的是，中国将来的男人，现在的中国男孩，正在受到"女性化"的威胁。

中国青少年研究中心副主任孙云晓2010年1月出版的《拯救男孩》一书，披露了当下正在发生的，让家长、教师和公众深感震惊的一些事实和数据——

"中国男孩的体质呈逐年下降趋势，与日本男孩相比，中国男孩变'矮'了：中国7岁到17岁的中国男孩平均身高比日本同龄人矮了2.54厘米；男孩比女孩的情绪更脆弱，北京儿童医院7年间19196个病例中，男性患儿占69%，其中6—11岁男孩心理疾病发病率是女孩的两倍；国家奖学金"阴盛阳衰"，男生学习佼佼者比例呈自由落体式下降，初中和小学的男孩更是早就掉队了，男孩学业全线告急……"

曾在高中教育第一线的我，切实地感受到了这些问题。我任教的乐山市更生学校，高中三个年级，当时文、理科的第一名，都是女生。高一年级，699名学生，男生327名，比女生少45名，最近一次统一考试，年级最后50名（文理合计，下同），男生占了38名；高二年级，568名学生，男生263名，比女生少42名，最近一次统一考试，年级最后50名，男生占了41名；高三年级，631名学生，男生304名，比女生少23名，最近一次统一考试，年级最后50名，男生占了35名。广西某中学，曾把53名男生集中组成一个特殊的班级，因为他们都是原来各班的"差生"。"有些男孩娇滴滴的，行动扭扭捏捏，比女孩还要胆小怕事，而有些活泼好动、敢冒险、敢质疑的男孩却被看成问题孩子。"在孙云晓看来，男孩"全面溃败"乃至趋向"女性化"的现象，已成为全局性、整体性的问题。

人们一般认为，在小学和初中阶段，由于女生的生理和心理发育早于男生，女生成绩优异、伶牙俐齿、擅长组织活动，是学校里的佼佼者，通常到了中等教育后期，男生往往就能追赶上甚至超越女生。但是，从20世纪90年代开始，女生的学业优势不断扩展和延伸，几乎在所有学科领域、在各级教育水平上女生的学业表现都赶上或者超过了男生。

有研究者对2002年重庆市六千多名高中生的会考成绩进行统计发现：女生的学习成绩总分显著高于男生，在学习最好的学生中，女生的比例高于男生；女生除了在传统的文科（语文、英语、政治、历史）上的成绩显著高于男生以外，在数学和生物这两门男生的传统强项上，女生得分也显著高于男生；男生占优势的科目只剩下物理、化学和地理。研究者对高考状元的统计发现：1999—2008年间，高考状元中男生的比例由66.2%下降至39.7%，其中，文科状元的男生比例由47.1%降至17.9%，理科状元的男生比例由86.1%下降至60.0%。"状元郎"已成过去式，"状元花"则更为贴切。

更值得注意的是，男生的学业落后现在已经延伸到高等教育领域，男生的学业成就远远落后于女生。我根据教育部公布的 2006—2007、2007—2008 年度国家奖学金获奖者名单和当时高校男女生比例进行统计分析发现：2006—2007 年度，在五万名获奖者中，男女生获奖的"实际比例"为 1:2.01。2007—2008 年度，这一数据则为 1:1.95。连续两年，男女获奖比例如此悬殊，发人深思。统计还表明，2007—2008 年度，在教育部颁发国家奖学金的所有 2,287 所高校中，有 1,785 所高校中男生获奖人数少于女生，大学男生学业落后的范围是全国性的。

2006 年 8 月，新生录取工作结束不久，在清华大学校内 BBS 上出现了一个帖子，列出 1991 年至 2006 年清华新生中的男女生比例变化。比如 1991 年，2032 名新生中男生 1643 人，女生 389 人，男女比例为422.37：100。随着女生比例大幅度上升，到 2006 年清华 3313 名新生中，男女比例为 194.23：100。

相对于女孩，体质上，男孩在视力不良、超重、肥胖发生率方面持续走高，呈现"胖无力"特征，健康持续恶化；心理上，男孩更容易染上各种成瘾行为，出现情绪问题乃至心理疾病。哈佛大学心理学家威廉·波拉克在《真正的男孩》一书中说，当代男孩"胆小懦弱""缺乏自信"，取得的成就"远不及"当代女孩。

为什么在高中、在小学、初中、大学，甚至幼儿园，中国的男孩都出现很大程度上的弱势，而且随着时间的推移，中国男孩的"女性化"越来越明显？

关键在于中国的具体社会环境。这决定了中国男孩从小到大，从上学到工作、生活，都受到"女性化"的威胁。

一个人，生下来，自然就决定了性别。但人是自然属性和社会属性的集合体。自然属性与生俱来，是男是女，从生理结构就可以断定。但，人最终认定自己的性别，需要通过后天习得社会属性。后天习得的过程中，出现偏差，就会导致性别意识错位。

出生以后，在婴儿阶段就已经在进行社会性别的习得。所以，英国社会学家吉登斯给"人的社会化"下的定义就是：无助的婴儿逐渐变成一个有自我意识、有认知能力的人，并熟练掌握他或她生于其中的社会文化习俗。

这里的"自我意识"就包括自我性别意识。婴儿的社会性别意识习得可以肯定是无意识的。孩童阶段的人在准确认定自己是男孩还是女孩之前，就已经接受到了一系列"前言语"的暗示。比如孩子们接触到的玩具、故事图画书和影视节目往往都会强化男性特质和女性特质之间的差异。

而中国传统家庭的教育不尊重、不鼓励独立，往往"圈养"孩子，导致男孩的开放、开拓意识得不到发展，男孩的阳刚气质得不到培育。中国实行计划生育以前，一般家里有好几个孩子，家长很忙，物质条件也不好，养孩子很"粗放"，所以男孩子相对皮实，独立性强，大点的男孩在家里几乎顶半个家长，要负担照顾弟弟妹妹的责任。这种"穷养男，富养女"的做法，对于现在的男孩来说是不可想象的。

如今的钢筋混凝土搭建成的城市丛林中，人类远古社会的丛林生存法则已经不能有效影响处于成长成熟关键时期的中国男孩。这些中国男孩们被家长告知："好好呆在家里，看电视上网都行，别出去，外面乱得很。"独生子女，再加上重男轻女的家长也为数不少，所以"男孩在家都跟眼珠子似的，男孩养得太娇了"！

有老师告诉媒体，班上男孩都十六七了，很多人什么家务活都不会做，一有问题立刻求助家长，不会自己解决。一次，她批评了一名男生，结果这个男孩第二天请来父母到学校为他辩解。"家长这样对待孩子的错误很不明智，好像什么事情都可以出面替孩子摆平，孩子觉得根本不用对自己的行为负责，这种呵护确实过度了。"

性别社会化，会受到来自家庭、学校、同龄群体的影响。甚至大众传媒也能影响人的性别社会化，例如湖南卫视在"快男"节目里中性化的男孩优胜，人生观、价值观尚未成熟的男孩，很容易直接模仿其外在形象，导致审美观、价值观混乱，使很多喜欢中性化"快男"的男孩在服饰、发型还有言行举止上都"女性化"。

有的父母可能也赞同中性化，愿意去培养一个女性特质和男性特质的融合产物。他们更希望男孩对别人的感受更加敏感，有能力表达关爱；也希望女孩能够主动寻求机会学习和自我改进。但是这种"中间路线"很难，挑战社会性别习得模式。因为，人类几千年来的发展告诉我们，必须尊重自然的、天生的性别差异。否则，会出现类似中国男孩"女性化"的问题。

而现行的应试教育制度使中国比其他国家更容易出现男孩危机。

据孙云晓分析，应试教育对男孩女孩都不利，但对男孩的伤害更大。首先，学校教育漠视性别差异，男孩的一些好动、竞争与叛逆的天性往往被看作缺点，"资产"变成了"负债"；而且，应试教育强调动脑而不注重动手能力，天性"想跑想跳"的男孩被按在座位上学习，缺乏应有的运动锻炼；接着，学校和社会采取单一的评价方式，把"成绩搞上去"当作唯一要求，使男孩深感挫败；此外，现在学校里大部分教师是女性，教育环境中缺乏男性教师，这种教育方式也对男孩的成长不利。

一个经典的案例是：几个男孩在河边玩，其中一个孩子溺水了，其他几个男孩没有呼叫、没有找人，反而平静地各自回家，好像什么也没发生过。事后，当大人问起，他们说自己害怕，怕担责任。孙云晓指出："……男人的第一魅力是责任感。不负责任的男人多了，女人还会感觉到安全吗？如果不拯救男孩，将会产生越来越多缺乏责任感的男人，这对女性来说可能是噩梦的开始，它肯定会危及女性和社会的和谐。"

2010年1月8日，中国社会科学院在《当代中国社会结构》发布了这样的信息：到2020年，中国有2400万届（当）婚男性无妻可娶。中国男女性别比例严重失调。早在2001年3月28日，中国第五次人口普查资料就显示，目前男女出生性别比为116.9: 100。出生人口性别比，是反映婴儿出生时性别结构状况的统计指标，即在出生一百个女婴时，男婴有多少个。普查结果还表明，不仅农业人口中出生人口性别比较高，非农业人口的出生性别比也呈升高趋势。地球人类男女性别比例是由生物学规律决定的。但是最近十多年来，中国怀孕家庭采用人工方法鉴别胎儿性别后放弃女婴的行为较为普遍，导致男女生比例大幅失调。中国社科院的学者认为，十年后，社会只能通过"隔代婚姻"和"姐弟婚姻"解决2400万男性无妻可娶的难题。

这意味着，再过十年，这些"女性化"的中国男孩到了适婚年龄，将更没有婚姻竞争力，可能被外国男人抢走自己的中国媳妇。有人会说，那中国男孩也去找外国女孩好了，然而"女性化"的中国男孩在国内尚且没有竞争力，何谈国外呢？

当然，调节男女比例失调，解决"女性化"的中国男孩婚姻问题貌似可以通过以下手段：

一、发展变性手术。

二、准许克隆人类，专门克隆女人，美女。

三、从外国进口女性，或者把男性出口到狼少肉多（女性比例很高）的国家。

四、奖励生女孩，生出来的是女孩，比如奖励一万元（或根据各地不同），考初中、高中、大学的成绩女生都加10分。

五、生女孩不在计划生育的控制范围之内，可以随便生，想生多少生多少，但如果生出来的是男的就重罚（从第二胎开始）。

"童话大王"郑渊洁也建议科学院把研发机器人配偶纳入科研计划,"以此预防人口生物链在中国发生断裂,使民族在地球上得以延续"。

　　其实,最根本也是最直接最有效的办法,是拯救中国男孩。家庭、学校、制度内的权力部门包括舆论传媒,当然还有女性以及男性自己,应当尊重自然、先天的性别差异,让中国的男孩在接受教育、成长成熟的过程中,具有人类男性的特质。从小到大,从上学到工作,从独自生活到婚姻生活,敢于担当责任,勇于面对生活,乐于接受挑战,成为像男人也是男人的男人。

　　够爷们的中国男人。

不是再难出寒门贵子，而是社会板结只许出豪门贵子

中国科举制的兴起，就是当时统治阶级笼络百姓，同时扩大统治基础不断更换政府血液的有效方式。古往今来，多少寒门子弟抱着"学而优则仕"的观念，赤裸又赤诚的走向社会的上层。哪怕退回去十年，20世纪的最后几十年，在神州大地上，"读书是唯一的出路"还是响彻大江南北，响到那些偏远的山沟沟里。好好读书，考上大学，哪怕不做官，出来做个生意，当个老师，也是"泥腿子"变成了城里人。一人能读书，全家人的光荣。

但是，今日的中国，寻常人家似乎很难再出个"贵子"了。话说"穷人的孩子早当家"，该是普通身份的学生更努力学习，争取以后更好的生活机会啊。为什么现在学校里成绩好，似乎都是那些家里有钱有权的呢？

其实，很多人只觉得这是一个怪现象，而没有细想其中的根源。

根源就在于中国社会现在的板结化程度越来越高。既得利益集团千方百计想继续垄断社会资源，官二代富二代官三代富三代一出生享受着天然的家庭优势，整个社会的阶层金字塔结构已然形成，被重重压在底层的"寒门"子弟几乎看不到人生向上的奋斗渠道。读书的时候老师为了讨好有钱有权的家长极力地哄着捧着家境好的学生，考公务员的时候考官为了关系为了金钱极力地暗取巧取有背景的考生，办手续的时候职员们为了收礼为了给面子极力地优先抢先让有钱有权的人办……

中国这样一个自古以来的人际社会、人情社会，即便在近代接受了德先生（民主）、赛先生（科学）的洗礼，发展到现在，还是成为了一个阶层流动接近凝固的不公平社会状态。百分之二十甚至更少的

人掌握整个中国百分之八十甚至更多的财富资源和社会资源，权贵阶层还想要继续垄断这些生存资源，就要自私地关闭阶层上升流动的渠道，让更多的人世世代代做底层人员。

在这样的残酷社会现实面前，普通家庭的子女努力读书又能怎样？尽管有些老师想做到公平公正，但是这个社会的潮流是一切"向钱看"或者"向权看"，很多青少年在学校里看透了这些人情世故，不好好读书的越来越多，他们常用的一句话就是"读书有什么用，大学毕业照样找不到工作"！别说好工作，就是给子女找个工作，家长在没钱也没权的情况下，亲戚朋友转了好几层关系，终于托了一个有点关系的人可能也就是找到一份还算饿不死的活儿……家长们也看透了，让子女读书是没什么用了，还不如去读个中职技校学点技术，或者打工学一门手艺，挣钱养家。

即使有侥幸的寒门子弟从这残酷的社会丛林中混出来了，出人头地了，混得一官半职，心态也早已扭曲了。他们变得为达目的不择手段，"鸟为食亡，人为财死"，整个社会弥漫这一股物欲横流、人心浮躁的不祥气氛。有多少贪官，不正是年轻时受尽了家里穷自己没钱的苦，开始拼命捞钱以求补偿自己那颗纠结的心？

当然，也有太多贪官，已经不愁吃不愁穿不愁钱不够花还在贪，那也是面临这样一个板结化的社会，觉得钱越多越好，囤起来，以备不时之需。

中国的社会就是这样，不是再难出寒门贵子，而是有着社会板结只许出豪门贵子的风险。中国的历史也是这样，每每到了这个时候，富不过三代，过犹不及。非要到崩盘的时候，才知道人太少了游戏也不好玩，你取消太多人玩游戏的资格，他们就会联合起来破坏你的游戏，再建立一个新的游戏……

或许，哪天中国的寒门又会不断地出贵子。

大学：我们骂了四年，却牵念一生

当南风吹起，校园里凤凰花开的时候，你就要离开校园，开始社会人生的旅程。请让我用《毕业生》这首歌为你祝福，好吗？

十年之前，我也从那个一天可以骂八遍的山东理工大学毕业。十年以后，我却真像"根叔"（李培根，原华中科技大学校长）说的那样，不能容许别人骂她哪怕一遍。或许，这就是会让我牵念一生的她，我的母校。

2008年的6月，我剃了个光头，以此来兑现和哥们马智毕业一起剃光头的诺言。一场接着一场的散伙饭，和书记喝和处长喝和科长喝和老师喝和同学喝……2008年6月30日，我身穿学士服，头戴学士帽，流苏被院长捋顺的时候，有那么一点恍惚。我毕业了。

那一天，宿舍楼下是行李箱、行色匆匆的男男女女和垃圾车上一床又一床的被子。我们没有像"被子哥"那样，写上"哥要走了"，留下宿舍里一片狼藉。我收拾完东西，站在阳台上，最后一次看看我的大学，想起了很多很多……

还记得刚到比较干燥的鲁中淄博的时候，水土不服，我一个大老爷们开始想乐山乐水的家。还没有治好的鼻炎又开始严重，每流一次鼻血我对这个大学的怨念就增加一层。食堂里也没有和四川一样可口的饭菜，我才吃半个白面馒头，临沂的李媛媛同学已经吃下了两个。

还记得大一上学期听课的时候，几乎绝望：我听不懂高等数学课。不是高数太难，是数学老师操着的山东话，成了我学习的最大障碍。加上我对数学不是十分感兴趣，以致了我后来重修了两次高数才得以及格。大二下学期的英语老师明明知道我要负责建校五十周年庆典活动的网络报道，说"李燕你没有问题的"，却还是坚持让我59分挂掉了。

还记得大一下学期，2005年的4月某一天，从开水房提着两个暖壶出来，没走几步就爆了。左腿外侧烫得通红，真想画个圈圈诅咒学校买垃圾暖壶给我们的后勤采购。我人生中买的第一辆全新自行车，在骑了三个月后终于在一天早上消失在东校区6号楼下的车棚里。

还记得第一次竞选学生会主席，我的演讲赢得全场三百多名同学的热烈掌声，结果却在团委老师那里失败，原因在于我不是党员，另外一个人高中就入了党。我想那时我可能不止一次地骂过我的老师，骂过我的大学，骂过所谓的"潜规则"。

还记得去教务处开个证明，这个老师让我找那个老师，对面的老师让我找她对面的老师，她对面的老师说"我很忙，你下午再来吧"。我想那时我可能不止一次地骂过我的老师，骂过我的大学，骂过所谓的"摆架子"。

还记得毕业去图书馆办手续，负责盖章的大妈级老师说"你前面的手续没完成，我不能给你盖章"。我说"也没说谁前谁后啊，你给我盖了我再去盖前面的，反正最后十几个章少一个我也走不了"。我说了多久，她就坐在那里摇了多久的头。我想那时我可能不止一次地骂过我的老师，骂过我的大学，骂过所谓的"死脑筋"。

还记得……还记得很多很多，除了四年里骂大学的时候，也还记得至今牵念的那些人和事。

也还记得2004年的8月27日，雅典奥运会还在进行，我第一次出乐山，第一次坐火车，第一次出四川，第一次横跨中国东西部地区，第一次到山东，第一次到淄博，第一次学会骑自行车……很多很多的第一次，在我上大学的时候被创造，包括我第一次用手机。水土不服老流鼻血的同时，我再一次成为勤工助学的学生，先是早上六点起来扫校园大道小路，后来转到图书馆，在样本书库打扫卫生和整理书籍。负责那里的是两位老太太，其中一位曾经担任过副馆长。一月下来一般能有一百元以上的工资，好的时候拿到一百三十元，我们有四个人，好心的老太太们总是让我们轮流拿一百三十元，那一学期四个月就一个人拿一次。工作很轻松，扫地，拖地，用拧干的抹布擦书架，规整每一架的图书。工作完了，我就看书，林达的《历史深处的忧虑》《总统是靠不住的》就是在山东理工大学东校区图书馆样本书库看的，有时候老太太们也询问我们几个的家境和其他情况，聊几句。第二学期要长一点，算起来勉强五个月，老太太第一个月结束的时候让我留一下，故作神秘地对我说："这个月你拿一百三十，期末你就还能拿一次。"

大一的时候除了上课、开会和勤工助学，我偶尔去体育场锻炼一下，其他时间几乎都在学校机房度过，不可否认网络时代的生活方式对我当时和现在以及将来都产生了或者会产生很大的影响。五毛钱一小时的上网体验要不要？我当然要。周末的时候，早上买上几根油条带一瓶水就去排队了，中午出来吃个饭，又去排队，晚饭可以不吃，一直上到北京时间二十一点，机房老师开始进行"清退"工作，这才恋恋不舍地回到宿舍，泡个方便面吃。我上网主要三件事：聊天、看电影、逛各种网站写各种文章。逛各种网站写各种文章是一件事，因为我逛文学网站就写文学文章，逛电影网站就写电影评论，是连贯对应的一件事。不得不承认，直到今天，网络已经成为我生活的重要组成部分，甚至帮助我更好地生活。

比如大一的下学期，4月1日那天，我照例逛着网站，看了一下学校的网站，随意点进了"青春在线"，里面有愚人节的专题，很多很好玩的愚人游戏和很多很好看的青春文字，然后开始关注这个网站。4月下旬，"青春在线"挂出招聘学生记者和编辑的通知，而且有一条内容很诱人，就是提供高于一般勤工助学的待遇。我骑着自行车，赶到西校区的大学生活动中心，报名，笔试，面试，然后成为了一名网络学生记者（试用）。后来老站长刘杰毕业去北京大型门户网站工作的时候对我说："小伙，面试的时候看到你用塑料袋装着的一摞作品，我就看好你了。"

是的，我也还记得2005年6月，我准大二，在大文大理院系自主选择中，由于成绩的关系，准确地说，是法学院社会学系选择了我。我辞去了图书馆的勤工助学工作，然后开始学写消息，写通讯，除了在"青春在线"上发表，也投给校报。《山东理工大学报》当时很牛，是淄博地区唯一的一份山东省优秀报纸，连《鲁中晨报》《淄博晚报》《淄博日报》都不是。9月，网站的默路找到我，他同时也是校报的学生记者，说"这期的校报四个版面你都有文章发表了，不请客是不行的"。后来我到好几个宿舍收集了几份那期的校报，寄了一份给我的高中校长。

再后来，我做了"青春在线"的站长，还做了大学生记者协会的主席，还是《理工青年》报的编委、副主编，组织报道了2006年山东理工大学建校五十周年系列庆典活动，没有见到校友杜丽却见到了各行各业杰出的校友，为此还不幸挂掉了英语期末考试（就是前面提到的59分）。也认识了很多文笔不错直到现在也笔耕不辍的人，陆小凤、老孟、老杨、小惹、小鲍、小雪、小白……2006年暑假去上海参加教育部中国大学生在线第二届网络精英夏令营的时候，现场看了蔡依林、何洁、郑智化的演唱会。那时的蔡依林因为一首《舞娘》，火得不得了，上海有她很多的粉丝。我在文广影视集团的演播厅里一边听很多人嘶声力竭地吼叫着，一边接着一个电话，电话里说高中文学社的一名很不错的男生刚考上我的大学却在大渡河溺水了。

我回到学校开始致力网站线上专题制作、线下活动组织，校党委书记、副书记还接见了我，为网站题字。那时马智还没有毕业，我们常在一起谈论一些形而上学的东西，我们甚至在他2007年毕业临走的时候，坐在一个十字路口的中间足足聊了两个小时，在别人看来很是玄乎。他老家在山西代县，是我在"青春在线"认识直到现在最好的哥们，读了很多书，后来去了北京，成了腾讯的编辑。我们针对时事热点和学校的具体情况，做了很多专题，"马踏飞燕"的合用笔名也名噪一时。我俩经常被邀请参加全校二十五个学院大大小小的活动和大学生记者协会组织的新闻写作培训班。我所在的社会学系、法学院领导们也经常找到我，暗示我要为系里为学院做点贡献。也还真是这样，系里和院里很多工作和活动被报道出来，很多法学院的同学在学校的网站、报社、广播电视台工作也做出了成绩，那两年，法学院年年是学校宣传报道先进集体。

也还记得 2006 年，何员外的《毕业那天我们一起失恋》已经流传四年，《越狱》开始在中国引爆，网站的赵每周必看。我在大三谈起了大学的第一场恋爱，对象是美术学院大四的小灰。因为有共同在网站工作的经历，还有我的姐姐邹文静也是她的朋友，我们迅速升温。

一年之后，小灰毕业，去了新疆阿勒泰地区吉木乃县做西部志愿者，这是我极力促成她努力争取的结果。异地总是让感情变淡。我想起和她一起吃了那么多次饭，想起和她一起逛了那么多次校园，想起和她一起的那些美妙时光，就在彼此之间感情最脆弱的时候买了火车票，从济南坐了火车。五十个小时后，我从硬座的位子下车，白色的 T 恤已经弄得灰黑，又从碾子沟车站坐了夜班车，向西，向西，一路向西，第二天到了吉木乃。我想有着舒适生活的聊城女孩子跑到边陲小城，那种孤独和寂寞在夜深人静的时候应该会悄然袭来吧？想起自己坐了五十个小时的火车，又坐了十二个小时的汽车，到了一个地方，见了一个人，来的时候满怀热情充满希望，去的时候两手空空怅然若失，有种想哭的感觉。

因为小灰，我后来沉寂了接近半年，却因此喜欢上了电影和追剧，大多时间在看《与青春有关的日子》，比起佟大为，当时我更喜欢演卓越的文章，后来的《奋斗》现在的《蜗居》还有《走着瞧》，越来越出息了。我一般只看电影，比如和小鲍两个大老爷们去山东当时唯一的五星级电影院淄博全球通电影院看《色戒》，结果劲爆的镜头都被删掉了，我俩失望而归；比如我和小鲍还有马智去看《变形金刚1》一人买了一根冰棍还没进放映厅就被引导小姐拦下来了，说不能带有壳的东西进去吃，小鲍把塑料纸扯下来放进面前的垃圾筒问"这样是不是可以了"。后来我发现网上越来越多的"越迷"，也跟风看了第一集，结果一发不可收拾，记得第一季我看了两遍，看《越狱》从大三看到了大四，从毕业看到了工作，从淄博看到了乐山，从2007年看到2009年，以迈克病死收尾，实在可以证明我那无处安放的青春……

是的，我从大学毕业了十年，我的大学就让我牵念了十年。我想这是一种复杂的情感，由恨而爱，而我们知道最后都会爱上她。因为恨让人铭记，是爱的最高境界，当你习惯了大学生活就剩下爱了。你如何不爱她呢，她可是你十年青春和梦想的所在。

我的大学，她可能让我牵念一生：我牵挂大学里那些帮助我激励我的老师和姚福生校长（1932—2008），我怀念大学里骑着单车滑过绿岛那两行在秋天里金黄摇曳的槐树；我牵挂大学里那些一起绽放青春的兄弟姐妹们，我怀念大学里大雪夜可以不转身倒着走的大操场；我牵挂大学里去过的每一个角落每一寸草坪，我怀念大学里或温暖或悲凉的时刻……我牵挂，我怀念。

我的社会学概论老师倪勇教授说，大学是人生中最美好的时光。我想，骂了四年，至今还是牵念的真实状况，说明此话不假。只是林花谢了春红，太匆匆，我多想再来一个大学四年。

中国本专科学生毕业的去向问题
（兼答今天我们为什么上大学？）

追求幸福并体验幸福

要深知：人生的意义在于追求幸福并体验幸福。

世人概莫能外，中国的本专科学生也不例外。

我们"寒窗"十年二十年，为的是毕业不再"寒窗"？为的是有饭吃能生存？为的是娶妻生子成家立业？……这些都是具象而可感知的。亚里士多德讲，教育是实现生活幸福的基础，它可以培养人的道德修养和公民素质，使人能够过上幸福的生活。

根本上，我们是为了追求幸福并体验幸福而"寒窗苦读"。

当今，中国所有在读书的学生之中，本专科学生最具代表性。教育部发布的《二〇〇五年全国教育事业发展统计公报》指出，普通高等教育在校生（即本专科学生）1561.78万人。如此庞大的学生群体，毕业之后的去向成为一个值得关注的话题。

中国本专科学生的毕业，意味着是自己真正开始追求幸福并体验幸福；中国本专科学生毕业的去向，意味着幸福的追求、体验如何开始；关注这个问题，意味着它是个难点、热点。2007年普通高校毕业生达四百九十五万人，其中绝大部分是本专科学生。他们毕业的去向问题，关系到他们自己的幸福，关系到四百多万家庭的幸福，关系到社会的稳定与发展，也就关系到他人的幸福。

中国本专科学生毕业的去向

中国本专科学生毕业的去向，大致可以分为三个大方向——深造、就业和创业。

深造就是继续读书，考研或者留学。本专科毕业之后做出这样选择的学生，有助于继续积累知识素养，锻炼身体、心理素养，为深造结束后追求幸福并体验幸福作更扎实的准备。他们比毕业立即就业或者创业的本专科学生的起步晚，但一般起点较高，所能利用的社会资源较多，获得幸福的速度可能会很快。

就业。可以去打工，为国企、为民企、为外企打工；可以去考公务员或者选调生，为国家、为社会、为民众"打工"；在中国，还可以去当"西部志愿者"，也是一种就业。就业就是即刻开始追求幸福并体验幸福，选择本专科毕业马上就业的学生，起步一样，但起点的高低、能够利用的资源的多少、获得幸福的快慢却是不一样的。关键是看在其毕业之前，自身的身体素养、心理素养、知识素养的积累、提升如何。当然，这些素养的积累、提升不足以达到社会生活的要求，是要待业的，即使好不容易就业了，也有被淘汰而失业的危险。

在传统文化和思维意识之下，中国的本专科学生毕业之后选择创业，需要很大的勇气和魄力。创业难于就业，要资金，要决策，要管理……这要求选择创业的本专科学生的各方面素养达到较高的程度，运用素养而产生的能力综合起来很高。从风险上给中国本专科学生毕业去向排序，深造很"保险"，就业还"安全"，创业是"玩心跳"。但是，如果创业成功，选择者将是最快、最成功的幸福追求者和体验者。

幸福的标准

究竟什么是幸福？

各人的标准不一。

奥古斯汀认为，人类有两种对幸福的追求：肉体幸福和精神幸福，或者说物质和意识两方面。物质是基础，意识上的幸福是高等幸福。也不是幸福越多越好，知足的幸福最好。追求并体验到属于自己的幸福，是人生最大的幸事，也是人生的意义所在。

我们不必"上纲上线"，把国家兴亡、生死大义搬出来，站在人类社会的高度来谈中国本专科学生毕业的去向问题和他们追求并体验的是何种幸福。倘若人类社会每个人都追求并体验到属于自己的幸福，那社会就"幸福"了，人类也就"幸福"了。

中国本专科学生毕业的去向问题关系到幸福。要追求幸福并体验幸福，就要有一定的物质基础，在此之上，才能去追求和体验意识上的幸福。所以，无论是深造、就业还是创业，很实在地去积累素养，提高能力，创造财富，不失为追求幸福并体验幸福的道路上的明智之举。

怎么做？

有人问上大学学什么？其实没有想得那么复杂。上大学，是为了更好的追求幸福并体验幸福；学知识、学做事、学做人，积累、提升身体素养、心理素养、知识素养，如此而已。

现代社会生存竞争激烈残酷，在自己追求幸福并体验幸福的过程中，没有好的身体是不行的，青年马克思在《青年在选择职业时的考虑》一文中说"我们的体质常常威胁我们"，"身体是幸福的本钱"，没有身体，追求幸福都不行，更谈不上体验幸福了。

巨大的生活压力下，我们的心理素养也要不断积累、提升。在追求幸福并体验幸福的道路上，坎坷、挫折甚至失败会不期而至，没有良好的心理素养，我们就垮掉了，再也站不起来，就被淘汰了。

追求幸福并体验幸福需要竞争力、创造力、协调力、影响力……基础的、专业的知识素养积累、提升，会在我们运用它们的时候让我们表现出能够去追求并体验幸福的能力。

时日不多，一梦三四年，中国的本专科学生应该有意识地积累、提升自身素养，在毕业去向问题上认真思考，大胆选择，全力追求自己的幸福并去体验这种幸福。

中国乡村代课教师个个都是卢安克

西部乡村代课教师新年将集体遭清退?

王安治是甘肃省渭源县黑鹰沟村的一名代课老师。2009 年 12 月 21 日傍晚,王安治拄着拐杖来到他曾经代课的学校,当年他亲手栽种的松树已经郁郁葱葱,但他不属于这里了。

已五十四岁的他从 1974 年就开始在当地小学代课,因为中间停了一年而不符合转正条件,在 2009 年 9 月拿到六百元补偿后被清退。家里已经七十五岁的老父亲患有白内障,两个孩子一个打工一个上学,外债欠了将近五万,现在家里生计就靠老婆种的几亩薄地。代课已经三十四年的他在学校经历了九任校长,村里曾有一家三代都是他的学生,身有残疾的他因为常年教书,现在连农活也干不了。(中国新闻网)

代课教师是指在农村学校中没有事业编制的临时教师。1984 年底以前他们被称为民办教师,在此前从教的临时教师基本被转正或清退。1985 年开始,教育部为提高基础教育的师资质量,在全国一刀切不允许再出现民办教师。但不少偏远贫困山区因财政困难而招不到公办老师或公办老师不愿去,这些空缺仍需临时教师来填补,他们转而被称为"代课教师"。

代课教师虽然没有任何"名分",且没有完全享受教师的待遇,却在特定历史阶段发挥着积极作用,特别是在西部地区和偏远农村为维系义务教育承担着历史责任。2006 年,教育部提出要在较短时间内,将全国余下的 44.8 万的代课老师全部清退,随后,代课老师在部分发达省市逐渐淡出人们视野，而在部分省份仍然存在。

2009年底，甘肃因代课老师与公办老师工资相差悬殊（近十倍）和实行一刀切式清退等问题引发社会关注。目前，甘肃各地市按照省人民政府相关规定，正在"坚决、逐步"清退代课教师，甘肃兰州市仍在岗的代课老师不到二百名，渭源县则不到八十名。代课老师是否在本学期结束后被完全清退，当地相关部门正在研究，相关政策也将出台。

卢安克："新新"中国乡村代课教师？

而此时的中国，有一个德国人正在广西壮族自治区东兰县板烈村唯一的一所小学做教育志愿者，就是那种不拿一分钱甚至不在教职员名单里的教育志愿者。

这个德国人叫卢安克。

如果从1999年9月卢安克在阳朔中学教四个初中班的课算起，他来到广西山区从事义务教育已经十年。他承担着一到六年级孩子的音乐、美术、自然等课程，只靠父母每年寄给他的五千元人民币生活。中央电视台《面对面》栏目的主持人柴静问到一个月花销多少的时候，卢安克缓缓地说一百元左右。

这个德国人"不喝酒、不赌博、不恋爱、不吃肉"，甚至真的就像村民们说的那样只吃"红薯叶子"，把命都交给了那里的孩子们。

真的要让中国乡村代课教师个个成为卢安克？！

那是不可能的。

中国的乡村代课教师上有老下有小，安身立命、养家糊口的事情作为人类永恒的生活主题，困扰着每一位代课教师。如果拿卢安克和中国乡村代课教师比较，他们至少有这些不同点——

一、卢安克来自发达国家德国，在汉堡美术学院学习过，接受了高等教育；中国乡村绝大多数代课教师处于发展中国家中国的欠发达地区或者说就是西部地区，大多没有接受过高等教育。

二、卢安克单身一人，由于人生观、价值观不同，生活物质需求很低，每年靠德国的父母给他的五千元人民币就可以生活；中国乡村代课教师拖儿带女，为了养活自己和家人，生活的物质需求有个限度，比起一个人的卢安克，肯定高一些。

三、卢安克申请加入中国国籍未被批准，所以他现在仍是社会福利保障体系完善的德国的一名公民，他可以不要任何工作编制；但中国乡村代课教师没有编制就没有一切，社保对于他们就是一个遥远的梦，哪怕目前的工资也是少得可怜。

……

让中国乡村代课教师个个成为卢安克？

像王安治那样的中国乡村代课教师比比皆是，时至今日，按照教育部最新公布的 21 万的数据，比起 44.8 万，表面上代课教师数量显著减少，实际问题却更加突出。近年来，代课教师群体窘迫而尴尬的生存状况引起了巨大的社会反响。

在条件落后的中国乡村，特别是中国西部乡村（广西也算），生活的不便利和信息的闭塞是公办教师招聘难的一个现实因素。本乡本土的代课教师才更容易留得住、干得好、干得久。而中国乡村教师编制本来就很紧张。不少偏远贫困山区因财政困难而招不到公办老师或者公办老师不愿去生活条件很差的乡村工作，因此种种形成的空缺仍需代课教师来弥补。

以中国的实际讲，教育行政部门并没有力量将最基层的教育需求——解决。国家这么大，各地的情况这么复杂，仅以清退代课教师这一项工作而言，搞一刀切太绝对了。我们连为代课教师提供最基本的公平保障都没有做到。

那么像朱永新建议的那样，在全国普遍推行规范的农村代课教师聘任制度，优先考虑将符合条件的代课教师转为正式编制，对因政策原因被清退的年老代课教师由地方政府解决一点生活保障的问题……都是完全可行和亟需解决的。

而中国乡村代课教师和卢安克也有着共同点的。那就是 ——

一、执着、坚守，中国乡村代课教师和卢安克，都很有爱。

二、为了孩子，教书育人，虽生活清苦而十年如一日，几十年如一日。

三、知天命、尽人事，卢安克也说"如果一个人为了自己的学生，那么学生就是他的后代；如果一个人为了人类的发展，那么人类就是他的后代"，卢安克和中国乡村代课教师的命和孩子们连在了一起，"走掉了，也就没有命了"。

……

可以说，中国乡村代课教师个个都是卢安克。

但是，人是铁，饭是钢，一天不吃饿得慌。中国乡村代课教师也不能个个都是卢安克。

乐山的"中流砥柱"，应该被世人记住

因为疫情防护需要，乐山大佛景区，作为世界文化与自然双重遗产峨眉山 – 乐山大佛的重要组成部分和国家 5A 级旅游景区，2020 年 1 月 24 日关闭了所有博物馆点，1 月 25 日又暂停了对外开放。一时间，千年大佛所在的景区呈现前所未有的安静，但这确实是防护疫情的必要举措。

换在平时，来自全国各地和世界各国的游人如织，熙熙攘攘，源源不断。在提供给亿万旅客的乐山大佛景区游览建议路线中，除了经典的陆路游览路线，还有水路和水、陆环形游览路线——

a.水路游览线：

码头 – 观佛楼 – 巨型睡佛 – 九龙滩 – 三江口 – 凌云山 – 乐山大佛 – 壁津楼 – 麻浩 – 乌尤山（中流砥柱）– 凤洲岛 – 码头

b.水、陆环形游览线：

码头 – 巨型睡佛 – 九龙滩 – 三江口 – 凌云山 – 乐山大佛 – 乌尤山（中流砥柱）– 乌尤寺 – 麻浩崖墓博物馆 – 麻浩渔村 – 佛国天堂 – 碑林 – 凌云栈道 – 乐山大佛 – 凌云寺 – 灵宝塔 – 东方佛都

水路必经的乌尤山景点，都被用一个括号标注"中流砥柱"，引起很多人的注意与好奇。

原来，水路乘坐游轮客船，在岷江、青衣江、大渡河三江汇流处瞻仰世界最高的石刻大佛——乐山大佛，然后顺江往下不远处，就是大佛所在凌云山旁边的乌尤山。在水路游览线里另一个主要的观赏景点，就是在乌尤山靠近三江汇流后长江边上的这一面半崖壁上，刻有

"中流砥柱"四个楷书的朱红大字，每字高四米宽三米，圆径约五米。乘船游览，可以近距离看到这四个雄劲浑厚、内秀沧桑的大字。

考证史料得知，这"中流砥柱"由中国明朝嘉靖年间乐山人彭汝实书写，并找人在临江绝壁上凿刻而成。

彭汝实，字子充，号得山，又号鹤泉，明朝嘉定州平羌乡人（今四川省乐山市土主镇），生活在正德、嘉靖年间，是"嘉定四谏"之一。明朝正德十六年（1521年）殿试，彭汝实考中进士，授官南京吏科给事中。到嘉靖初年，彭汝实多次直谏，并上书嘉靖皇帝（明世宗），斥责奸臣，评断时政缺失。其中，锦衣旗校王邦奇挟私诬蔑首辅杨廷和，制造冤案，彭汝实既抨击王邦奇又同时为杨廷和辩护，但都不被嘉靖皇帝采纳。到嘉靖三年（1524年），他因"议大礼"，为弄臣张璁、桂萼等当权者所恶。

后来，彭汝实知道自己处境不妙，便以亲老上书申请外放，想改任近地教职，吏部却在张、桂二人指使下，诬陷他："汝实倡言鼓众，挠乱大礼，且与御史方凤、程启充朋党通贿。自知考察不容，乃欲辞尊居卑，不当听其幸免。"最后，竟然被朝廷下旨剥夺官职，默然还乡。

回到嘉（定）州，彭汝实建房安居，教授后学。明《嘉定州志》载：彭汝实"归而与安、程诸公唱和，泊如也"。有作诗《凌云寺和韵》——

边客初归春无尽，岩花犹自媚江天。

灵台无恙悲流水，幽鸟何知起暮烟。

秉烛真怜良夜会，对君惭赋白云篇。

年来浪得禅家学，不解诸空只解眠。

这首诗还刻在今天的乐山市凌云山上。

彭汝实十分关注家乡经济文化等建设，留下了《北上门记》《九华书院记》《嘉州水利功成记》《三有洞天象刻记》《忠节公胡仲常先生传》等文章。又有《南中奏议》《得山堂稿》《六诏记闻》《貔珰录》等文集。而乌尤山临江峭壁之上的楷书"中流砥柱"四个大字的摩崖碑刻，就是彭汝实手迹，列入了"峨眉山－乐山大佛世界文化与自然遗产"的清单。

"中流砥柱"四个字究竟具体于何时刻在乌尤山上，已经很难考证。但民间推断认为，发生在彭汝实被罢官还乡之后，去世之前。一个更难的问题是，对彭汝实的生卒年月日，《嘉定府志·人物志》《明史·彭汝实传》等史料也没有明确记载。主要的推断依据为：嘉靖年间，彭汝实和乐山同乡官员安磐（1483—1527）、徐文华（1527年病故）相继去世后，当时的嘉定州官府与民间地主乡绅建祠纪念他们，计划取名"三谏祠"。

谁料祠落成时，恰好另一名乐山同乡官员程启充去世。他在正德三年（1508年）与夹江人宿进、嘉定同乡徐文华同登进士榜，先授陕西三原知县，随后不久入朝任监察御史，在任期间，他多次上书谏事，对冗官、冗兵、冗费之弊建议整饬，有效制止了冒支国库储粮等事端发生。程启充向来言语正直，张璁、桂萼厌恶他。在李福达案中，翊国公郭勋包庇他人，被程启充弹劾，张璁、桂萼因而指责程启充挟私，在嘉靖六年（1527年）被充军辽东，戍边十年。嘉靖十六年（1537年）遇大赦后返归故里，不久病卒在同年。程启充和彭汝实、安磐、徐文华既是同乡（安磐的妹妹还嫁给程启充为妻），又同朝为官，还都是多次向朝廷和嘉靖皇帝谏言的正直官员。于是，三谏祠改为四人专祠——"四谏祠"，四人也并称为"嘉定四谏"。

也就是说，彭汝实手写楷书"中流砥柱"，并找人在乌尤山摩崖石刻四个大字，应该发生在1524年被罢官回到乐山之后到1537年程启充病逝之前更早的时候，在彭汝实去世之前。

搞清楚乐山这个"中流砥柱"的书刻时间范畴后，主要的关注点就聚焦在缘由了。换句话说，彭汝实为什么要把"中流砥柱"四个大字，刻在乌尤山临江峭壁上？

经过考证和分析，我认为，原因大致有三点：

一、乌尤山在三江汇流处砥砺江水激荡冲刷，值得起"中流砥柱"四个字。乌尤山原本是与凌云山连在一起的，凌云、乌尤、马鞍三山并立江畔，统称青衣山。凌云山峙其右，马鞍山居其左，乌尤山介于其中，古时候叫青衣中峰。而这中峰乌尤山又名"离堆"，是两千多年前蜀守李冰的治水业绩之一。据《史记·河渠书》载："蜀守冰，凿离堆以避沫水之害。"青衣山正当岷江、青衣江和大渡河(沫水)三江汇流处，尤其是沫水自西而来，惊涛拍岸，水脉湍急。为了分洪减煞水势、减缓水速和通正水道，李冰在凌云山和乌尤山连接处开凿麻浩溢洪道，引一部分江水绕乌尤山而下，这就使得乌尤山成为水中孤岛，也就是所谓的"离堆"。在夏季雨水洪流中，乌尤山在三江汇流冲抵的态势中，确实就像一个中流砥柱。

二、中国古代读书的文化人、有学识的士大夫和心系天下的人士，总是寄情山水，希望有越来越多的人成为国家和民族的中流砥柱。中流砥柱，出自《晏子春秋·内篇谏下》："吾尝从君济于河，鼋衔左骖，以入砥柱之中流。"字面意思是，像屹立在黄河急流中的砥柱山一样，比喻坚强独立的人能在动荡艰难的环境中起支柱作用。彭汝实在朝廷正直谏言，结果被剥夺官职，虽然满肚子委屈，但心怀天下想为国家尽心尽力的理想还在。与他同乡同时代甚至同朝为官、勇于谏言的安磐、徐文华、程启充也是如此，彭汝实也就寄望在国家出现更多像中流砥柱一样的人士，能够替他们出一份心力，实现抱负。

三、中流砥柱，也是彭汝实对自我的期许和勉励。彭汝实在朝为官只有三四年时间，但嫉恶如仇、敢于谏言，还大胆评议皇帝为政缺失，这样的谏官在历朝历代都不可多得，也都让自己命运充满风险。他回到乐山，又用自己的学识和文化，教导学生，关心家乡建设发展和民生文化。可以说，彭汝实是中国历史文化里倡导"达则兼济天下，穷则独善其身"模范代表之一。他自许与自勉中流砥柱，手书并找人刻于石崖，结果流芳百世，应该说不过分。

五百多年过去，时至今日，在古代嘉州如今的乐山，"中流砥柱"依然在乌尤山的临江崖壁上。历史上也曾出现过几度年久失修，杂草丛生在白垩系夹关组紫红色砂岩壁石上，原本的四个朱红丈余大字有些黯然失色。但共和国成立以来特别是改革开放后，有过多次修缮。根据乐山大佛风景区管委会石窟研究院负责人介绍，在2010年启动的围绕乐山大佛的修缮工程中，搭上了脚手架，就附带对中流砥柱四个大字进行了防风化的颜料重新装填。

在今天，乐山的"中流砥柱"，其实更应该被世人记住。它已经是世界自然文化双遗产的重要组成部分，成为千千万万人历历在目的风景名胜。而更重要的，是乌尤山的"中流砥柱"已经成为乐山本土的历史文化积淀，并潜移默化影响很多乐山人，成为他们努力成才、立志报国的影响因子之一。我在乐山的高中母校校长，就回忆说，小时候他和其他一些居住在乌尤山附近甚至有幸路过或者游览的朋友，看到"中流砥柱"四个丈余大字就感觉印象深刻，在少年时代就在脑海中记住了这个词和它本身像大丈夫一样的磅礴大气，并在成长过程中慢慢懂得其中的涵义表达。

我想，不论战争年代还是疫情防护的当下，抑或平常时期，国家的兴盛富强，民族的伟大复兴，人民的安居乐业……教育的普及，科技的领先，经济的发达，文化的繁荣……中国都需要一个个中流砥柱，都需要更多的中流砥柱。

后记

　　天下的老师，不可能个个都是完人，更不可能奢望人人成为圣贤。何况先贤孔子也非完全没有缺点，允许缺点和个性的存在，才是教育行业的基本实际。

　　在人生路上，我幸而遇到很多好老师，幼儿园，小学，初中，高中，大学……甚至包括工作后，良师甚至成为益友。如果没有这些老师，恐怕缺点很多的我不能成为今天还在争取进步的我。

　　他们的言传身教，他们的指导帮助，他们的批评建议，他们的赞美鼓励，他们的鞭策期许……在我生命的每一个阶段，都成为了驱动力之一，警醒我不要堕入深渊，引导我积极努力。

　　诸多老师中，我与高中母校、乐山市更生学校创始校长阮平先生，相识已有二十四年。我们展开的深度谈话不下百次，每次都是三五个小时，或者通宵达旦。阮平先生不仅跟我亦师亦友，更是在我成长过程最为关键的高中时期产生拐点影响的人物，不仅在学业思维方面悉心指导，在物质上也无私资助我，在精神上还可以说已超越父亲的角色。

　　过去特别是近十年以来，每逢教师节、高中和大学母亲校庆，还有阮平先生的生日，我都会写上一篇回忆与老师们相处或自我感悟的随笔。这些文章，是我亲身经历后的成长记忆，也是难得的个体教育故事。同时，也有结合自己曾经的三年高中教师工作经历和一直在参与的高中、大学校友会工作，分享对"老师"的感受与对教育的观察、思考。

　　这些记录与思考，在姜逸青先生及上海文化出版社的帮助下，现在得以结集出版。在写作本书时，我主要思考的是这些个体的与教育有关的经历给自己带来的为人处世的启发，故书名取为《为人处师——一种个体成长教育随笔》。本书出版过程中，我大学母校、山东理工大学的党委书记胡兴禹教授，高中母校、乐山市更生学校的校长阮平先生，还欣然帮忙作序。包括时任山东理工大学合作发展处处长、校友总会秘书长的李涛老师在内的很多师长和朋友，都在帮助、关切和督促本书的"出生"，在此一并感谢。

应该说，这是一本带有主观性的体验感悟式教育随笔集。古往今来，无论中外，教育一直是有着主观体验与个性化的。正因为如此，两千多年前，孔子才会说"因材施教"。

衷心希望，我这本书在感怀老师们点滴的同时，也成为一种记录个人成长教育史的样本，对当下中国社会的青少年成长教育和教师教育工作有一定的积极借鉴意义。

如果本书但凡能激起一点彼此学习成长的记忆或情绪共鸣，抑或能为家庭、学校与社会教育提供些许思路的启发，我必将心怀喜乐。因为观照天地人间的初心，都是反求诸己。

图书在版编目（CIP）数据

为人处师：一种个体成长教育随笔 / 李燕著. --
上海：上海文化出版社，2023.10（2023.12重印）
ISBN 978-7-5535-2825-0

Ⅰ．①为… Ⅱ．①李… Ⅲ．①教育工作－文集 Ⅳ.
①G4-53

中国国家版本馆CIP数据核字(2023)第175046号

出 版 人 姜逸青

责任编辑 定小蓉

封面题字 王维璜

书　　名　为人处师 —— 一种个体成长教育随笔

作　　者　李燕

出　　版　上海世纪出版集团 上海文化出版社

地　　址　上海市闵行区号景路159弄A座3楼

发　　行　上海文艺出版社发行中心

　　　　　上海市闵行区号景路159弄A座2楼 201101

印　　刷　商务印书馆上海印刷有限公司

开　　本　889 × 1194 1/32

印　　张　9

版　　次　2023年10月第一版 2023年12月第二次印刷

书　　号　ISBN 978-7-5535-2825-0/I.1091

定　　价　48.00元

敬告读者 如发现本书有质量问题请与印刷厂质量科联系　电话：021-56324200